KIM CASPARY

XXS

Buch

Sophia Lambeck ist dreizehn – ein fröhliches, sportliches Mädchen, das gerne und gut zeichnet, vor allem im langweiligen Informatikunterricht in der Schule. Sie lebt in einer Kleinstadt, in der man nicht über Probleme redet. Aber Sophia hat Probleme: Ihre Mutter ist Alkoholikerin, und ihr Vater, ein erfolgloser Journalist mit kriminellen Nebenbeschäftigungen, lässt seine Frustration immer wieder an seiner Tochter aus. Während Sophia nach außen hin das Leben eines normalen Teenagers führt, lehnen sich ihr Körper und ihre Seele gegen den familiären Stress auf: Sie wird magersüchtig und verliert rapide an Gewicht. Als sie eines Tages in der Schule ohnmächtig zusammenbricht, wird sie in eine jugendpsychiatrische Klinik eingeliefert, eine Welt der »Gestörten«, »Gestrauchelten« und »Gefährdeten«, fast alle Opfer zerrütteter Familienverhältnisse: Drogensüchtige, Jungen und Mädchen mit Zwängen und Phobien, Bulimikerinnen und Magersüchtige, die sich gegenseitig überwachen, um die Therapieversuche der Ärzte zu hintertreiben. Der wahre Druck beginnt aber erst während der Nachbetreuung in einer Wohngruppe, die von einem Psychologen geleitet wird, der bedingungslose Unterordnung von seinen Schützlingen verlangt. Es dauert einige Zeit, bis Sophia den sektenhaften Charakter dieser Einrichtung durchschaut – und schließlich die Kraft findet, sich zu befreien und ein eigenständiges Leben zu beginnen.

Mit präziser Beobachtungsgabe und erstaunlicher Sprachkraft schildert Kim Caspary in fiktiven Tagebuchauszügen das Leben eines jungen Mädchens in unserer Zeit. »XXS« ist ein hartes Buch: offen und ehrlich bis zur Schmerzgrenze, sehr spontan, aber auch nachdenklich. Darüber hinaus lässt die Autorin Sophia immer wieder groteske und komische Szenen erleben, Tragisches mit lakonischem Humor kommentieren – und hemmungslos jubeln, wenn sie sich verliebt hat.

Autorin

Kim Caspary – der Name ist ein Pseudonym – wurde 1982 in Hamburg geboren, wuchs in Bayern auf und lebt seit kurzem wieder in Hamburg. Das vorliegende Buch schrieb sie im Alter von achtzehn Jahren.

Kim Caspary

XXS

Roman

GOLDMANN

Umwelthinweis:
Alle bedruckten Materialien dieses Taschenbuches
sind chlorfrei und umweltschonend.

2. Auflage
Originalausgabe Januar 2004

Umschlaggestaltung: Design Team München
Umschlagfoto: privat
Satz: Uhl + Massopust, Aalen
Druck: GGP Media GmbH, Pößneck
Titelnummer: 45478
BH · Herstellung: Heidrun Nawrot
Made in Germany
ISBN 3-442-45478-6
www.goldmann-verlag.de

Montag, 1. Januar 1996

Dieses Jahr feierte meine beste Freundin Amélie mit mir und meiner Familie Silvester. Kurz vor 24.00 Uhr gingen Amélie und ich zur Kirche und sahen uns das Feuerwerk an. Von dort oben kann man bis über die Grenze sehen. Es war wunderschön, aber kalt. Später gossen wir Blei, was wir wohl lieber hätten lassen sollen. Amélies Bleifigur sah eindeutig aus wie ein Arm. Mein Vater las uns danach die Bedeutung der Figuren vor. Unter »Arm« stand: »Tod eines Angehörigen«. Für jemanden wie Amélie, die gerade ihre Mutter auf tragische Weise verloren hat, ist das wirklich nicht sehr motivierend. Amélies Mutter hat sich im September das Leben genommen. Amélie und ihre Schwester haben sie auf dem Speicher gefunden, nachdem die Feuerwehr schon Stunden nach ihr gesucht hatte.

Die ganze Nacht hab ich mit Amélie über die Geschichte geredet, und sie hat mir Sachen erzählt, von denen ich keine Ahnung hatte. Zum Beispiel, dass ihre Mutter tablettensüchtig und schon einige Male in der Psychiatrie war. Ich war richtig stolz, dass sie mir das alles anvertraute, schließlich erzählt man so etwas nicht jedem. Doch dann hat Amélie plötzlich gesagt: »Aber ich hab ja schon eine neue Mutter gefunden!«

Und damit meinte sie, verdammt noch mal, meine!

Natürlich hab ich ihr dann erzählt, was mit meiner Mutter los ist. Ich war sowieso der Meinung, Amélie hätte es längst bemerkt, weil es in unserer Wohnung immer nach Alkohol stinkt. Sie konnte es erst gar nicht glauben.

Dienstag, 2. Januar 1996

Heute bin ich zum tausendsten Mal zu dem Entschluss gekommen auszuziehen. Da ich aber erst dreizehn bin, wird die Sache etwas kompliziert. Doch dass ich es nicht mehr allzu lange hier aushalte, steht fest! Meine Mutter, diese Aspirineinwerferin, wollte mich heute mal wieder abknutschen, was ich total ekelerregend und abstoßend finde. Das versteht sie aber nicht, besser gesagt, ich sage ihr das nicht, weil ich sie nicht verletzen will, und lasse alles über mich ergehen. Genauso wie ich es ekelerregend und abstoßend finde, dass unser ganzes Essen verschimmelt und in unserem Küchenschrank die Maden sitzen und mich blöd angrinsen, wenn ich die Tür öffne. Mein Vater fragt dann auch noch so dämlich, warum ich denn nichts esse. Überall, wo man hinschaut, liegt der Staub fingerdick, überall liegt Müll, es schimmelt und kreucht und fleucht in allen Ecken, und weil unsere Wohnung so klein ist, bekomme ich immer mehr das Gefühl, mich in einer engen, dunklen Höhle zu befinden, aus der es keinen Ausgang gibt.

Meine Mutter schläft seit einigen Monaten nicht mehr hier oben in der Wohnung. Sie zieht sich immer mehr in ihr Kellerzimmer zurück und kommt nur hoch, wenn sie auf die Toilette muss. Immer wenn ich sie sehe, würde ich am liebsten kotzen.

Den absoluten Höhepunkt des Tages verschaffte mir allerdings mein Vater. Amélie hatte mir zu Weihnachten eine Wüstenrennmaus geschenkt. Sie hieß Sylvester und war ganz schwarz, mit einer weißen Nasenspitze. Als ich heute versehentlich ein Glas runterwarf, weil mein idiotischer Vater mich angerempelt hatte, und mich dann weigerte, es aufzuheben – erstens, weil auf dem Boden eine 3-cm-Durchmesser-Spinne saß, und zweitens, weil ich nicht einsah, dass ich es aufheben musste, denn schließlich hatte er mich ja angestoßen –, da ist mein Vater plötzlich zu Sylvesters Käfig gestürmt, hat ihn gepackt, ist ins Bad gelaufen und hat ihn das Klo runtergespült. Und zwar Sylvester, nicht den Käfig. Dabei hat er geschrien: »Ab heute lasse ich dir solche Sperenzchen nicht mehr durchgehn, meine Dame! Ich hoffe, das ist dir eine Lehre!« So ein widerliches Schwein! Ein lebendes Tier das Klo runterspülen! Ich hasse meinen Vater dafür.

Hätte ich doch das blöde Glas aufgehoben!

Mittwoch, 3. Januar 1996

Wenn dieses Jahr so weitergeht wie die ersten drei Tage, sehe ich mich wirklich gezwungen, mein Leben grundlegend zu ändern. Heute wollte mich mein Vater zwingen, ein Wiener Würstchen zu essen, das seit einer Woche im Gemüsefach vor sich hin gammelt. Natürlich hab ich es nicht gegessen, weil ich es total abartig finde, überhaupt etwas aus unserem Kühlschrank zu essen. Daraufhin habe ich ihn so lange angeschrien, bis ich total heiser war und keinen Ton mehr rausbrachte. Schließlich habe ich ein Riesenmesser aus der Küche geholt und damit meine Matratze zerschlitzt. Ich bin einfach durchgedreht. Meinen Vater hat das nicht weiter beeindruckt, weil die Matratze vorher schon kaputt war. Er hat mir bloß mal wieder angedroht, mich wegzubringen. Soll er mich doch rausschmeißen, viel schlimmer, als es hier ist, kann es woanders nicht werden.

Wenigstens habe ich jetzt keine Haustiere mehr, die er das Klo runterspülen kann.

Meine Mutter habe ich den ganzen Tag noch nicht gesehen. Ist auch besser so, sie würde mir ohnehin nur auf die Nerven gehen. Oder wir würden uns wieder gegenseitig halb umbringen, wie es schon des Öfteren vorgekommen ist. Zum Beispiel vor circa einem Monat: Mein Vater war auf einer Geschäftsreise, und ich lag wie immer nachts wach im Bett und wartete darauf, dass ich den Schlüssel in der Wohnungstür hörte und dann die Schritte meiner Mutter. Es ist jede Nacht das Gleiche! Jede Nacht liege ich so lange wach, bis sie kommt und auf die Toilette geht, um kurz danach wieder in ihrem Kellergemach zu verschwinden. Meistens ist es zwei oder drei Uhr morgens. Wie jede Nacht stand ich auf und fragte sie, warum sie so betrunken sei, und wie jede Nacht lallte sie: »Ich hab doch überhaupt nichts getrunken, wie kommste denn auf diese Idee?

Willst du mir das etwa unterstellen? Du bist wirklich...« Ich sollte mich schämen! Wie konnte ich nur auf diese SCHNAPSIDEE kommen? In dem Moment machte meine Mutter mich so aggressiv, dass ich ihr den Kellerschlüssel aus der Hand riss, aber so ruhig wie möglich sagte: »Bitte bleib heute Nacht hier oben, ich will nicht, dass du wieder da runtergehst.« Doch plötzlich stand sie ganz nah vor mir. Ich konnte den Alkoholgeruch jetzt noch besser riechen als sonst. Sie sah auf einmal doppelt so groß aus. Erst bat sie mich mit einer völlig unangebrachten und übertriebenen Freundlichkeit, ich solle ihr doch den Schlüssel wiedergeben, doch als ich nicht spurte, fing sie an, mir Vorwürfe zu machen, was ich doch für ein missratenes, blödes Luder sei. Schließlich brach sie in Tränen aus und benahm sich furchtbar leidend, bis sie im Schlafzimmer meines Vaters verschwand. Weil ich mit den Nerven am Ende war, sperrte ich sie in dem Zimmer ein. Plötzlich war es ganz ruhig, was mir furchtbar Angst machte. Doch weil sie mich so gekränkt hatte, wollte ich sie erst am nächsten Morgen wieder aus dem Zimmer lassen. Ich legte mich auf meine Matratze, lauschte an der Wand nach dem kleinsten Geräusch und hoffte insgeheim, sie würde an die Tür schlagen, bis ich, Sophie the King, kam und sie befreite. Aber da fing sie plötzlich an zu schreien, sie würde sich umbringen. Mit ihrem Gebrüll hätte sie in kürzester Zeit das ganze Haus aufgeweckt, vor allem die Familie unter uns, die uns sowieso nicht leiden kann. Also schloss ich die Tür wieder auf. Wenn Blicke töten könnten, hätte sie mich in dieser Nacht ermordet. Aber sie brachte mich nicht um, nein, sie fiel nur wie ein Monster über mich her und schubste mich gegen die kalte weiße Wand im Gang. Der Zimmerschlüssel war ihr wurscht, aber ihren Kellerschlüssel wollte sie wiederhaben, das konnte ich mir denken. Meine Mutter war zwar größer und dicker als ich, aber nicht stärker. Wir fingen schließlich an, uns im Gang herumzuschlagen, bis meine Mutter sich schreiend aufs Bett meines Vaters fallen ließ und mir aufs Neue drohte, sich umzubringen. Kurz ließ ich meinen Blick durch das kleine, unordentliche Zimmer schweifen. Im Bücherregal entdeckte ich das Taschenmesser meines Vaters und eine Flasche Desinfektionsspray, auf der in großen blauen Druckbuchstaben stand: »80% ALKOHOL«. Beides nahm ich mit und sperrte meine Mutter, die immer noch über mich, den Rest der Welt und ihr misslungenes Leben schimpfte, wieder ein. Das Taschenmesser nahm ich mit, weil ich Angst hatte, sie würde sich etwas antun, das Desinfektionsspray, weil ich mir wirklich einbildete, sie würde es trinken. Zum Schluss schrie ich noch: »Dann bring dich doch um, du blöde Kuh!«

Kurz danach saß ich heulend auf meiner Matratze und bereute schon wieder. Ich hatte solche Angst um meine Mutter. Wenn sie sich jetzt was antat, wäre es eindeutig meine Schuld!

Weil die Begegnungen mit meiner Mutter sich meistens so abspielen wie in dieser Nacht, bin ich wirklich froh, ihr tagsüber nicht über den Weg zu laufen.

Meine Reitlehrerin hat heute laut vor allen Leuten zu mir gesagt, dass ich die Einzige auf dem Hof sei, die mit dem wilden Gaul Paulo zurechtkommt, mit dem habe sogar sie selber ihre Schwierigkeiten. Das hat mich vielleicht stolz gemacht! Nach dem Streit mit meinem Vater war das genau das Richtige. Sie hat mir damit ganz einfach zu verstehen gegeben, dass ich doch nicht so unnütz und unfähig bin, wie immer alle tun. Wenigstens eine, die was von mir hält, abgesehen von Amélie, Nicky und ein paar anderen.

Donnerstag, 18. Januar 1996

Am Sonntag, dem 14., ist meine Mutter ausgezogen. Es hat sich ungefähr so abgespielt: In der Nacht zum 13. Januar saß mein fetter Vater vor seinem Computer und arbeitete, während meine Mutter sich unten im Keller voll laufen ließ. Um 1.46 Uhr kam sie hoch, total zu, und laberte irgendetwas von dem »gefühllosesten Mann der ganzen Welt« und so weiter. Meinem Vater hatte ich nie etwas von der Schlüssel-Wegnehm-Aktion erzählt, aber in dem Moment hatte er anscheinend die gleiche Idee. Er nahm ihn ihr weg, worauf sie ihm die Brille von der Nase schlug, die klirrend zu Boden fiel. Da mein Vater ohne Brille so gut wie blind ist, war es ein Kinderspiel für sie, den Schlüssel wieder in ihre Gewalt zu bringen. Und schon war sie wieder auf dem Weg in den Keller.

Am nächsten Tag besorgte mein Vater sich eine neue Brille, und ich begleitete ihn zum Optiker. Als wir zurückkamen, stand meine Mutter in der Küche. Wir waren nett zu ihr, und sie war fast nüchtern. Eine äußerst seltene Situation! Kaum waren wir angekommen, wollte sie sich wieder in den Keller verziehen, als mein Vater ihr den Schlüssel ein weiteres Mal abnahm. So wütend wie in diesem Augenblick habe ich weder meinen Vater noch meine Mutter jemals erlebt. Nicht einmal ich hätte einen der beiden so auf die Palme bringen können. Meine Mutter rannte total irr in das Arbeitszimmer meines Vaters und warf einen Stapel Bücher zur Balkontür hinaus, direkt auf die Terrasse unserer ach so heiß geliebten Nachbarn. Dazu schrie sie so laut, dass es die ganze Stadt hören konnte: »Es reicht, es ist genug, aus, vorbei, ich lass mich scheiden, ich hab es nicht verdient, eine so missratene Familie zu haben!« Während mein Vater und ich tierisch damit beschäftigt waren, meine Mutter davon abzuhalten, weitere Gegenstände, wie zum Beispiel einen Elefanten aus Elfenbein, den sie einst von ihrem Vater geerbt hatte, oder die türkise Kiste, in der sich unsere Einzelsocken befanden, vom Balkon zu schmeißen, habe ich mir wirklich überlegt, **wer** in unserer Familie hier **was** nicht **verdient hat**.

Ich habe mich so geschämt, als ich nach dem großen Krach durch den Garten zu unseren Nachbarn gehen musste, um die Bücher von der Terrasse aufzusammeln. Die Nachbarn saßen im Wohnzimmer und sahen Tagesthemen. Sie hassen mich, weil Nicky, zwei Nachbarjungs und ich ihnen einmal mit der Universalfernbedienung von Nickys Fernseher die Glotze abgestellt hatten. Wenn sie so blöd sind und das Fenster sperrangelweit offen lassen, müssen sie halt mit so etwas rechnen. Sie hassen mich auch, weil ich früher immer nach 15.00 Uhr noch Klavier übte, und außerdem glauben sie, dass das Unkraut in ihrem Gemüsebeet aus unserem zu ihrem hinüberwuchert. Da die Beete gleich nebeneinander liegen, kann das gut möglich sein. Aber ich kann das nicht beurteilen, da mir, genau wie dem Rest meiner Familie, dieses Beet absolut egal ist. Deswegen wuchert es auch so! Aber wie sagt man so schön? »Ist der Ruf erst ruiniert, lebt's sich gänzlich ungeniert!« Jawohl, ganz meine Meinung! Und trotzdem war mir die Sache entsetzlich peinlich.

Die neue Wohnung meiner Mutter befindet sich genau auf der anderen Seite der Stadt. Ihren ganzen Dreck, den Krempel, den kein Mensch braucht, hat sie natürlich hier gelassen. Am Sechzehnten haben mein Vater und ich die »Küche« geputzt, wenn man das, was wir da geputzt haben, eine »Küche« nennen kann. Seit diesem Tag weiß ich, dass auch ich eines dieser Kinder bin, um die sich die Eltern einen Scheißdreck scheren. Unter dem Wasserboiler hinter einigen Kisten habe ich eine Schüssel Fleisch hervorgezogen. Die muss da schon mindestens vier Wochen gestanden haben. Mein Vater hat die ganzen Maden aus dem Schrank entfernt. Zwischen Kühlschrank und Spüle haben wir einen Kartoffelauflauf gefunden, an den sich keiner von uns erinnern konnte. Er musste also aus den Zeiten stammen, als meine Mutter noch für uns gekocht hat. Liegt schon einige Jahre zurück, und dass es ein Kartoffelauflauf war, habe ich jetzt einfach mal so geraten, erkennen konnte man es nicht mehr. Aber der Hit kommt jetzt! Ich fand in unserem Küchenschrank ein Glas Kaviar, der bereits 1980 abgelaufen war. Zwei Jahre vor meiner Geburt.

Inzwischen bin ich mir nicht mehr sicher, ob meine Mutter jemals gesund war. Ich weiß jetzt auf alle Fälle, dass sie wohl schon seit einigen Jahren süchtig sein muss, sonst hätte sie es nie so weit kommen lassen. Und mein Vater? Der arbeitet, arbeitet und vergisst den Rest. Er hat wohl keine Lust, die Krankheit seiner Frau zu erkennen. Er hält sich immer aus allem raus. Er unternimmt nicht einmal etwas, wenn meine Mutter und ich uns fast gegenseitig totschlagen. Er sagt allerhöchstens mal: »Schreit doch nicht so rum, die Nachbarn! Außerdem muss ich mich auf meine Arbeit konzentrieren.« Diese Sprüche haben meine Mutter und mich immer schon wenig beeindruckt. Und wenn ich mich mal daneben benehme, fällt ihm meistens nichts Besseres ein, als mir ein paar hinter die Löffel zu geben. Ich glaube, mein Vater hat vergessen, sprechen zu lernen.

Jetzt sitze ich hier in meinem trostlosen Zimmer, starre an die Decke und weiß nicht recht, was ich denken oder fühlen soll. Einerseits tut mir meine Mutter ja Leid. Was muss nur passiert sein, dass sie sich so gehen lässt! Andererseits hasse ich sie, weil es ihr völlig egal ist, wie es mir geht, was ich mache und was ich fühle. Sie behandelt mich, als hätte ich ihr irgendetwas getan. Aber ich weiß nicht, was! Vielleicht war ich als Kind ja oft sehr frech oder hab meinen Vater immer vorgezogen, wie es kleine Mädchen häufig tun. Aber ist das ein Grund für ihre Sucht?

Am Achten hat die Schule wieder angefangen. Ich habe eine neue Klassenleiterin, die wirklich in Ordnung ist. Allerdings ist sie auch sehr streng. Heute haben wir eine Biologiearbeit geschrieben, und ich wusste fast alles. Seit ich die neue Lehrerin habe und noch dazu eine neue Klasse, fällt mir das Lernen viel leichter als letztes Jahr. Mein alter Lehrer hatte meinen Eltern allen Ernstes empfohlen, mich in eine Hilfsschule zu stecken. Sie sind dann wirklich mit mir dahin gefahren, aber in der Hilfsschule wollten sie mich auch nicht. Ich war denen nicht blöd genug!

Es gibt noch etwas, was ich unbedingt erwähnen muss. Am Anfang des Jahres wog ich bei einer Größe von 1,70 m noch 55 Kilogramm. Heute morgen habe ich mich gewogen und festgestellt, dass ich nur noch 49,4 Kilogramm wiege. Dabei hatte ich gar nicht geplant, so viel abzunehmen! Es liegt daran, dass hier alles schimmelt. Und wenn etwas nicht vergammelt ist, dann bilde ich mir ein, dass es nach Schimmel riecht. Und wenn ich ganz ehrlich bin, sehe ich darin eine Chance, hier rauszukommen. Deswegen habe ich den Entschluss gefasst, ab jetzt noch weniger zu essen. Ich weiß nicht, was man dann mit mir machen wird, ich hoffe nur, dass man wenigstens **irgendetwas** macht. Vielleicht geh ich ja sogar drauf dabei! Das hätten sie dann davon, meine geliebten Eltern!

Freitag, 19. Januar 1996

Heute habe ich nur zwei Tomaten zu mir genommen. Es ist ein Supergefühl, so wenig zu essen! Ich glaube, ich habe jetzt schon die Kontrolle über alles. In der Biologiearbeit habe ich doch tatsächlich eine Eins!

Schon heute ist mir aufgefallen, wie sehr ich meinen

Vater mit meiner Diät auf die Palme bringen kann. Es macht richtig Spaß! Er hat heute zum siebten Mal, seit meine Mutter nicht mehr hier wohnt, Ravioli aus der Dose in der Mikrowelle heiß gemacht und mir dann die Schüssel vor die Nase gestellt wie einem Hund sein Schappi. Ich habe mich so lange geweigert, das Zeug zu essen, bis ich zwei Ohrfeigen bekam. Dann bin ich aufgesprungen und zu Nicky rübergegangen.

Vorhin habe ich bei meinem Vater angerufen und ihm gesagt, dass ich um 20.00 Uhr nach Hause komme.

Bei Nicky habe ich festgestellt, dass ich furchtbar langweilig aussehe. Ich kann meine eintönigen dunkelbraunen Haare nicht mehr ertragen.

Am Dienstag werde ich zum Friseur gehen und sie färben lassen.

Dienstag, 23. Januar 1996

Heute habe ich nur eine halbe Tomate gegessen! Ich wiege nur noch 47,6 kg! Mein Vater wollte mit mir zum Arzt gehen, aber nachdem ich ihm erläutert hatte, dass ich, wenn ich schon zum Arzt muss, allein dort hingehe, weil ich eine Frau bin und er ein Mann, hat er es aufgegeben.

In Sport ist mir heute richtig schwarz vor Augen geworden. Aber ich habe trotzdem weitergemacht. Ich bin sogar nach der Schule noch zum Basketballspielen gegangen.

Nachmittags war ich beim Friseur. Meine Haare sind jetzt schwarz, kohlrabenschwarz.

Montag, 29. Januar 1996

In der kleinen Pause bin ich umgefallen. Mir ist auf einmal schwindlig geworden, und ich bin meinem Musiklehrer, der gerade auf dem Weg in die Aula war, in die Arme gefallen. Nach drei Minuten kam ich wieder zu mir. Mann, war das peinlich! Meine ganze Klasse und ein paar aus der achten und neunten standen um mich rum und haben blöd geschaut. Nicky hat mein Händchen gehalten, und die lahme Direktorin hat natürlich gleich meinen Vater angerufen und mich nach Hause geschickt, was ich eigentlich nicht erreichen wollte. Ich wiege jetzt noch 41,2 Kilogramm. Wenn ich in den Spiegel schaue, sehe ich eine total fette Sophia, die mich angrinst und hämisch lacht.

Es ist ganz eigenartig: Als ich mehr wog, kam ich mir nicht so fett vor!

Samstag, 3. Februar 1996

Es ist Wochenende, und ich sitz allein zu Hause rum und blase Trübsal. Ich hab mir sogar schon vorgestellt, wer alles auf meine Beerdigung käme, wenn ich mich umbringen würde. Hab den Gedanken allerdings schon wieder verworfen!

Gestern hat mich Toni, einer vom Hof, mit dem ich mich eigentlich gut verstehe, schrecklich gekränkt. Er hat behauptet, meine Mutter sei ein hässliches, schwarzes und fettes Monster. Er hat es nicht böse gemeint, aber mich hat das wahnsinnig getroffen. Ich habe ihm Recht gegeben und gesagt: »Ich weiß! Ich hasse sie!« Dann hat er mir einen Witz über Blondinen erzählt und gesagt, dass er mich total hübsch findet, viel hübscher als Amélie, und ich mache mir seitdem Vorwürfe, weil ich meine Mutter verraten habe. Wie kann ich nur so hinterfotzig sein? Dabei hasse ich sie doch gar nicht wirklich! Oder doch?

Ach, mir geht der ganze Familienquatsch extrem auf die Zwiebel!

Sonntag, 4. Februar 1996

Noch 39,8 kg! Ich habe das Gefühl, nicht mehr zu leben. Das ganze Wochenende bin ich nicht aus dem Haus gegangen und habe kein einziges Mal das Rollo hochgezogen. Habe mich lediglich von den depressivsten Tapes mit den depressivsten Lyrics, die ich besitze, berieseln lassen, was meine Stimmung nur noch weiter nach unten zog. Der Höhepunkt der letzten zwei Tage war, als plötzlich Amélie, Nicky, Mike und Daniel vor der Tür standen. Mein Vater war zum Glück nicht da. Die Jungs wollten dann unbedingt auf dem Balkon was rauchen. Na super, dachte ich, aber was sollte ich machen, ich konnte sie ja nicht rauswerfen. Ich hatte noch nie gekifft, obwohl sie mich alle ständig dazu überreden wollen. Zigaretten geraucht hatte ich schon ein paarmal, aber ich find's sinnlos. Löst in mir nichts aus! Deswegen rauch ich nicht. Gestern wollte mich niemand dazu überreden, was zu kiffen, und weil mir eh schon alles egal war, hab ich's probiert. Sie fanden das alle so spannend, dass sie mir das ganze Ding überließen. Mann, war ich prall! Ich fand das unglaublich lustig und hab nur noch rumgekichert. Sie blieben, bis wir das Auto meines Vaters hörten. Alle sind sie dann zu Nicky rüber, nur ich nicht. Ich hatte keine Lust und Power mehr zu irgendwas. Ich sperrte mich wieder in mein Zimmer ein, hörte wieder meinen geliebten Hip Hop und stellte fest, dass ich auf dem Rücken Haare habe. So ein Mist! Überall habe ich Haare bekommen. Wo kommen die bloß alle her? Es beunruhigt mich wirklich. Hoffentlich habe ich keine schlimme Krankheit!

Montag, 19. Februar 1996

Ich befinde mich seit zwei Wochen im Kreiskrankenhaus in D. Eigentlich dürfte ich gar nicht schreiben, weil ich absolute Bettruhe verordnet bekommen habe, aber wen interessiert das schon? Wenigstens hat man mich gestern – nach dreizehn Tagen! – von der Sonde abgehängt. Sie haben mich wieder auf grässliche 44 Kilo hochgepäppelt. Der Doc sagt, ich hätte wohl Anorexia nervosa, was so viel wie Magersucht bedeutet.

Wenn ich 45 Kilo erreicht habe, darf ich wieder aufstehen. Bei 46 Kilo werde ich entlassen.

Ich weiß jetzt auch, woher die vielen Haare kommen! Der Doc hat mir erklärt, es sei eine natürliche Schutzreaktion des Körpers, wenn er sehr schnell an Gewicht verliert. Wenn ich wieder zunehme, gehen sie wieder weg!

Heute Mittag bekam ich Besuch von Amélie, Nicky und Mike. Sie haben mir sogar ein Geschenk mitgebracht. Die Tussen vom Basketball waren auch noch da. Mein Vater hat mich, seit ich hier bin, schon fünfmal besucht, und beim letzten Mal hat er sogar gesagt, dass er mich vermisst. Wahnsinn! Aber eigentlich kein Wunder: Wenn meine Haushälterin krank werden würde, tät ich sie auch vermissen.

Meine Mutter hat mich bis heute nicht besucht. Grrr…

Dienstag, 20. Februar 1996

Es schneit schon wieder. Ich habe das Gefühl, es hört gar nicht mehr auf.

Seit heute bekomme ich richtiges Essen. Es schmeckt furchtbar. Mein Pfleger Holger muss immer darauf achten, dass ich alles aufesse und ja nichts verschwinden lasse. Aber er ist noch jung und unerfahren und kennt meine Tricks nicht. Zum Beispiel habe ich den ganzen Nachtisch in den Mund genommen und dann so getan, als wolle ich schlafen. Er ist dann gleich abgehauen, und ich hab den Nachtisch wieder ausgespuckt. Heute Morgen beim Wiegen hatte ich 44,3 Kilo. Ich tu immer so, als würde ich ganz schnell wieder zunehmen wollen, und esse immer ganz brav, damit ich hier so schnell wie möglich wieder rauskomme. Es ist hier nämlich enorm eintönig, und meine neue Zimmergenossin ist eine mindestens achtzigjährige Frau, die noch gar nicht mitbekommen hat, dass ich auch da bin.

Eigentlich sollte ich ja auf der Kinderstation sein, aber die ist überbelegt. Also bin ich hier gelandet. Ich habe ja nichts gegen alte Leute, aber dieses Exemplar in meinem Zimmer ist leicht geistig verwirrt und hat die letzte Nacht achtundvierzig Mal nach einer Manuela gerufen, die nicht da ist. Beim neunzehnten Mal habe ich eine Schwester geholt, dann war für fünf Minuten Ruhe. Doch kaum war ich wieder eingeschlafen, ging es von neuem los: »Manueeeeeeeeela! Manueeeeeeeeeela!« Beim dreiunddreißigsten Mal war ich mit den Nerven absolut am Ende. Ich hab also wieder eine Schwester gerufen, die sie dann beruhigt hat. Danach hat sie noch fünfzehnmal Manuela geschrien und ist dann endlich eingeschlafen. Aber ich natürlich nicht mehr. Ich hab die ganze Nacht kein Auge zugetan. Es lag aber nicht allein an Manuela, sondern auch an mir selbst. Mir sind lauter dumme Gedanken im Kopf herumgespukt, und ich hätte ihn mir beim vielen Grübeln beinahe zerbrochen.

Dienstag, 27. Februar 1996

Seit Freitag bin ich wieder zu Hause. Eigentlich hätte ich die letzten zwei Tage in die Schule gehen sollen, aber ich blieb daheim. In der Schule hätte ich bestimmt tausend dumme Fragen beantworten müssen. »Was hast du denn gehabt?« und so weiter und so weiter. Das wollte ich mir ersparen. Mein Vater wurde beauftragt, mich jeden Morgen vor dem Frühstück zu wiegen. Das hat er bis jetzt auch immer brav getan. Er überreißt es nicht, dass ich morgens vor dem Wiegen so viel Wasser trinke, bis ich mein Mindestgewicht habe (und Magenkrämpfe!). Und er überreißt es auch nicht, dass ich, wenn er sich wieder ins Bett legt und weiterpennt, natürlich nicht frühstücke. Im Krankenhaus haben sie mir gesagt, dass mein Vater jetzt jeden Morgen mein Frühstück machen und mir dann beim Essen Gesellschaft leisten würde, damit ich nicht so allein bin. Aber ihm ist das wohl zu viel Arbeit. Er legt sich lieber wieder schlafen.

Ich habe Angst vor der Nachuntersuchung. Hoffentlich merken die nichts!

Amélie hat mich heute besucht, und wir waren ausreiten. Sie hat gemeint, dass sie sich große Sorgen um mich gemacht hätte. Ich habe ihr dann erklärt, dass ich ja jetzt wieder gesund sei und es keinen Grund gebe, sich weitere Sorgen zu machen. Das musste sie wohl oder übel schlucken.

Heute Abend war ich noch beim Basketball. Am Freitag haben wir ein Spiel, da kann ich endlich mal wieder mitmachen.

Donnerstag, 29. Februar 1996

Puh! Heute ist alles schief gelaufen, was schief laufen konnte. Die Untersuchung war der reine Horror. Die Ärzte haben sofort geschnallt, dass ich gefaked habe. Der absolute Hammer ist, dass sie mich für ein paar Monate in eine Klinik stecken wollen. Aber das ist nicht einfach irgendeine Klink, sondern eine Psychiatrie. Eine Anstalt! Eine Klapse! Ein Irrenhaus! Hilfe! Der Doc hat mir erklärt, dass da nur Jugendliche sind, die seelische Störungen haben, und dass ich mich gut mit ihnen verstehen werde, weil viele die gleichen Probleme haben wie ich. Bla, bla, bla…

Ich will nicht in eine Klapse! Versteht das denn niemand? Nein, das versteht niemand, mein Vater auch nicht, der ist bloß sauer, weil ich ihn so ausgetrickst habe. Er hat seit dem Besuch beim Arzt nicht mehr mit mir geredet, außer: »Das hast du jetzt davon! Dann musst du halt in die Klinik.« Ich habe das Gefühl, mein Vater schämt sich für mich. Er würde das nie jemandem erzählen, dass ich in die Psychiatrie muss. Am Montag bringt er mich dorthin.

Freitag, 1. März 1996

Ich war die ganze Woche nicht in der Schule. Aber auf den Hof bin ich dann doch gegangen und hab mich von meinem Pflegepferd Picasso verabschiedet. Amélie wird sich, solange ich weg bin, um ihn kümmern. Von den anderen Reitern habe ich mich auch verabschiedet, und es war gar nicht so schlimm, wie ich es mir vorgestellt hatte. Sie haben alle nur gesagt: »Ja, es wird auch Zeit. Bei dir hab ich mir schon oft gedacht, dass du bald vollkommen vom Fleische fällst!«, oder sie haben mir gute Besserung gewünscht und mich furchtbar bemitleidet. Meine Basketballtrainerin hat mich heute nicht mehr mitspielen lassen, nachdem ich ihr erzählt hatte, dass ich in Zukunft nicht mehr kommen werde, weil ich in die Klinik muss. So krank, wie ich sei, dürfe ich keinen Sport mehr machen. Warum sülzen mich hier nur alle so voll? Also saß ich auf der Ersatzbank und habe zugeschaut. Meine Mannschaft hat haushoch verloren. Alle Spiele, bei denen ich nicht dabei war, haben sie vergeigt. Ist ja auch logisch, wer macht denn jetzt noch Punkte? Ich kann mir zwar nicht vorstellen, dass es nur an mir liegt, aber ein Triumph ist es trotzdem. Sollen sie doch sehen, wie sie ohne mich weiterkommen.

Das habe ich natürlich zu niemandem gesagt. Hätte ich aber verdammt gerne!

Meine Freunde sind alle entsetzlich schockiert gewesen, als ich ihnen erzählt habe, was los ist. Ich sage zu allen nur, dass ich in die Klinik muss, Psychiatrie hört sich so krass an. Morgen besuchen mich noch ein paar, um meinen Abschied ein bisschen zu feiern. Ich hoffe, mein Vater fährt morgen weg, damit wir unsere Ruhe haben.

Samstag, 2. März 1996

Ich fühlte mich heute den ganzen Tag total scheiße. Nein, das ist der falsche Ausdruck, ich fühlte mich überhaupt nicht. Irgendwie ist es mir inzwischen völlig egal, wo ich hinkomme, was andere Leute sagen oder denken. Ich will nur noch hier raus aus dieser dummen Wohnung, diesem Drecksloch, und weg von meinem Vater. Er redet immer noch nicht wieder mit mir. Wenn ich ihm einmal pro Tag übern Weg laufe, schweigen wir uns bloß gegenseitig an. Heute war er zum Glück den ganzen Tag auf Achse. Nicky, Amélie, Mike und Daniel haben mich besucht. Daniel hatte natürlich Dope dabei, und wir haben alle gekifft. Das erste Mal heute, dass ich was gespürt habe.

Wir haben vereinbart, dass wir uns ganz oft schreiben und mindestens einmal pro Woche telefonieren.

Sonntag, 3. März 1996

Mein Herz rast! Morgen ist es so weit. Ich habe alles schon gepackt. So wie ich zur Zeit aussehe, werden mich wohl alle in der Klinik hassen. Mein Haaransatz ist schon circa einen Zentimeter lang rausgewachsen. Zum Kotzen sehe ich aus. So wenig wie heute habe ich noch nie gewogen. 38,9 Kilogramm. Das ist ein richtiger Erfolg, obwohl es mir irgendwie gar keinen Spaß mehr macht abzunehmen. Ich kann mich kaum noch bewegen, und immer wenn ich aufstehe, wird mir schwarz vor Augen, und ich kippe fast um. Das Einzige, was ich zu mir genommen habe, seit ich nicht mehr im Krankenhaus bin, sind fünf Tomaten und circa sechs Kannen Kaffee. Wenn ich könnte, würde ich jetzt ganz furchtbar viel essen. Pizza, Torte, Schokopudding... Aber es geht ja nicht. Ich darf meinen Erfolg nicht gleich wieder zerstören!

Montag, 4. März 1996

Um halb acht haben mein Dad und ich den Wagen voll gepackt und sind auf die Autobahn Richtung München. Auf der ganzen Fahrt hat er lediglich einen Satz zu mir gesagt. Und zwar: »Schau, dass du da schnell wieder rauskommst! Und erzähl ja niemandem davon!«

Er hat mich nicht einmal mein Tape anhören lassen!

Von außen sieht die Klapse aus wie ein altes Hotel. Nicht übel, muss ich gestehen, wie sie so mitten in der Landschaft auf einem Hügel steht und sich alle Autofahrer umdrehen, weil sie selten ein so schönes Gebäude gesehen haben. Natürlich haben die meisten keinen Plan, wie's innen aussieht und was dort vor sich geht. Die Klinik liegt direkt an einem Fluss. Aber leider ist mir zu Ohren gekommen, dass es in die nächste Stadt keine Verkehrsverbindung außer einem Bus gibt, der nur zweimal pro Tag fährt. Na super, ich bin mitten in der Pampa gelandet, und keine Aussicht auf Entrinnen!

Mein Vater spielte Gentleman, hievte meinen Koffer aus dem Auto und trug ihn die kleine Straße hinauf, die direkt zum Eingang der Klinik führt. Es blieb ihm auch gar nichts anderes übrig, denn ich wäre schon allein bei dem Gedanken daran, den Koffer tragen zu müssen, sicher kollabiert. Der Eingang liegt zwischen dem Gebäude, das von der Straße aus zu sehen ist, und einem Anbau. Ich muss gestehen, auch dieser Neubau sieht relativ passabel aus. Gleich hinter der Klinik fängt der Wald an.

Wir wurden von der Kliniksekretärin empfangen, die uns sofort zur Oberärztin, Frau Dr. Achdumeinegüte, führte. Die Frau war mir auf Anhieb unsympathisch. Sie hat schulterlanges braun gelocktes Haar und so dünne Beine, dass man sie selbst für magersüchtig halten könnte. Sie hat einen furchtbaren Dialekt (nicht zu vergessen, dass sie nach jedem dritten Satz »Ach du mein Güte« brüllt!), der mich irgendwie an ihrer Glaubwürdigkeit zweifeln lässt. Ich kann sie nicht richtig ernst nehmen, weil ich immer das Gefühl habe, sie spricht nur aus Spaß so eigenartig. Aber ich habe längst gemerkt, dass sie alles ernst meint, was sie sagt.

Sie führte uns in einen Raum mit Blick auf den Fluss, der, wie sich herausstellte, eher ein reißender Bach ist (fünf Meter breit, höchstens!). Das Fenster stand sperrangelweit offen, und ich hörte einige Jugendliche, die sich hinterm Haus amüsierten. Frau Dr. Achdumeinegüte fing dann an, ganz dämliche Fragen zu stellen.

»Du bist also die Sophia. Na, Sophia, dann erzähl doch mal, warum du glaubst, hier zu sein?«

Darauf fiel mir echt nichts Blöderes ein als: »Weil mich die Ärzte hierhin überwiesen haben.«

Sie sah mich an, als hätte ich ihren Mann erschossen. Aber dann fragte sie weiter: »Was gab es in deiner Familie denn für Probleme? Warum, glaubst du, hast du Magersucht?«

Diese Frage beantwortete ich mit: »Gar keine! Und Magersucht habe ich schon gleich dreimal nicht!«, weil ich nicht im Beisein meines Vaters über so etwas reden wollte. Ich glaube, die gute Frau hat dann endlich gecheckt, dass ich keinen Bock auf eine Talkshow in dieser Runde hatte. Schließlich schickte sie mich raus. Ich saß draußen in der Eingangshalle und betrachtete sie mir genauer. Überall hingen Bilder, die die Patienten wohl aus unerträglicher Langeweile gemalt hatten. Ab und zu liefen Jugendliche durch die Halle und schauten mich blöd an. Als ob's da irgendwas zu gaffen gäbe! An der Wand gegenüber hing ein rotes Telefon. Mir schwante Furchtbares! Sollte das das einzige Telefon der ganzen Klinik sein? In dem Fall wäre ich gleich wieder abgehauen. Später hat man mir genau erklärt, wie das mit dem Telefonieren abläuft. Über dem roten Telefon hängt eine rote Uhr. Äußerst schick!

Nach einer halben Stunde öffnete sich die Tür von Frau Dr. Achdumeinegütes Büro, und sie und mein Vater kamen den Gang entlang auf mich zu. Mein Vater verabschiedete sich von mir, und mir fiel auf, dass es mir völlig egal war, wann ich ihn das nächste Mal sehen würde. Frau Dr. Achdumeinegüte und ich gingen wieder ins Büro, wo ich ihr dann doch erzählte, was zu Hause so alles abging. Vom Alkoholproblem meiner Mutter bis zu den Auseinandersetzungen mit meinem Vater und was so alles dazugehörte.

Anschließend eröffnete mir Frau Dr. Achdumeinegüte, was hier alles auf mich zukommen würde.

Nach einer Untersuchung, bei der ich mich splitternackt vor ihr ausziehen und auf einem Bein durch den Raum springen musste, um ihr zu beweisen, dass ich keine Gleichgewichtsstörungen hatte (was mir leider nicht gelang), und bei der anschließend noch mein Blutdruck gemessen und ich gewogen wurde, zeigte mir die Ärztin meine Station.

Eine große, breite Holztreppe führte nach oben. Jede der drei Stationen hat einen Gemeinschaftsraum mit Küche, ein Stationszimmer, eine Speisekammer, einige Toiletten und Duschen, einen Waschraum, vier Zweierzimmer, zwei Vierer- und zwei Einzelzimmer. Ich kam auf Station 2. Die Achdumeinegüte führte mich durch jeden Raum, bevor sie mir mein Zimmer zeigte. Es ist ein Zweierzimmer mit Blick auf das Dach des Anbaus, das vollständig mit Moos bewachsen ist.

Meine Zimmergenossin heißt Margit und ist auch dreizehn. Sie ist der absolute Horror. Als ich mit der Ärztin zur Tür reinkam, spielte sie gerade mit Barbiepuppen und hörte furchtbar schlechte Musik. Ihre Klamotten sehen aus, als würde sie nur solche anziehen, die ihr Omi am Tag vorher zurechtgelegt hat. Aber das ist sehr unwahrscheinlich, da ihre Oma ja nicht hier ist. Also noch schlimmer, weil ich davon ausgehen muss, dass sie ihrem Geschmack entsprechend gekleidet ist. Natürlich habe ich sie gefragt, warum sie hier ist. »Das weiß ich selber nicht so genau«, antwortete sie. »Ich bin nicht mehr zur Schule gegangen, weil mich immer alle verarscht haben, und dann ham sie mich hierher gebracht! Und du?«

O mein Gott, dachte ich, das Einzige, was die gute Frau braucht, ist eine anständige Stylistin und ein paar Tipps zum Verhalten in der Pubertät! Dann würde sie auch nicht mehr verarscht! Ob Therapie und lange Gespräche da viel helfen…?

Einen Moment habe ich überlegt, ob ich sie auch ein bisschen dissen soll. Weil sie aber so erbärmlich aussah und mir irgendwie Leid tat mit ihrer großen Zahnspange, der lila-türkisen Brille und dem grellgelben Haarreif (die ganze Kombi verwirrt mein ästhetisches Wohlbefinden), war ich dann aber nett zu ihr.

Ich fing an, meine Sachen einzuräumen. In meinem Schrank befindet sich ein Schließfach, was ich wirklich genial finde. Leider haben die Betreuer auf der Station den Zweitschlüssel. Natürlich hängte ich gleich ein paar Poster an die Wand, damit jeder, der kommt, gleich sehen kann, dass ich nicht mit Barbiepuppen spiele und nur gute Musik höre.

Eigentlich sieht die Klinik gar nicht aus wie eine Klinik. Eher wie eine Jugendherberge. Das einzig Weiße hier sind die Bettlaken, Wände und Waschbecken. Jedes Zimmer hat ein Waschbecken mit Spiegel.

Plötzlich klopfte es an der Tür, und eine kleine, rundliche Frau kam herein. Sie hatte kurzes graubraunes Haar, trug knallenge Jeans, die ihren Hintern unvorteilhaft betonten, und sehr, sehr unmoderne weiße Stofflatschen. Dazu eine weiße Bluse mit grünen Knöpfen (die zweite Vergewaltigung meiner Augen also). Aber sie sah mich freundlich an.

»Hallo, du bist Sophia, die Neue, stimmt's? Ich bin Frau Reuter, deine Bezugsperson.«

Aha, dachte ich und schüttelte ihr die Hand.

»Jeder Jugendliche hier hat zwei Bezugspersonen, und jede Bezugsperson hat einmal pro Monat einen U-Tag, was so viel wie Unternehmungstag heißt. Am U-Tag kann der Betreuer mit all seinen Bezugskindern etwas unternehmen. Deine zweite Bezugsperson ist

Herr Mondmüller. Er ist allerdings heute nicht im Haus. Hier habe ich einige wichtige Informationen für dich. Lies sie durch und komm dann mal vor ins Stationszimmer. Die Frau Doktor hat dir ja schon alles gezeigt.«

Trotz dieses enormen Informationsschwalls, der mich für einen Moment etwas überforderte, lächelte ich und fing an zu lesen.

Herzlich willkommen auf Station 2!

Tagesablauf:

Aufstehen	*6.30 Uhr*
Frühstück	*7.00 Uhr*
Schule intern	*8.00 Uhr*
Mittagessen	*12.30–12.50 Uhr*

Hausaufgabenzeit wird individuell festgelegt.

Abendessen	*18.30–18.50 Uhr*
Zimmerruhe	*So–Do 21.30 Uhr* *Fr–Sa 22.30 Uhr*
Licht aus	*So–Do 21.45 Uhr* *Fr–Sa 22.50 Uhr*

Es gibt zwei verbindliche Termine in der Woche, an denen ***alle*** *teilnehmen* ***müssen.***

Stationskreis
Mittwoch, 16.30–17.15 Uhr
Alle Probleme, die das Gruppenleben mit sich bringt, werden besprochen!

Gruppentreffen
Donnerstag 19.30–21.15 Uhr
Planung der Wochenendunternehmungen und Klärung organisatorischer Dinge!

Nach dem Gruppentreffen Aufräumen der Zimmer. Nach Besichtigung der Räume findet die Taschengeldausgabe statt.

Das Stationszimmer ist der Arbeitsraum der Betreuer, den du nur zur Medikamenteneinnahme, zum Wiegen, Blutdruckmessen oder Ähnlichem betreten darfst.

Ausgang
Zunächst wird jedem Jugendlichen nur Ausgang mit Betreuern gewährt. Später wird der Ausgang individuell festgelegt.

Ende des Ausgangs
So–Do 20.30 Uhr
Fr–Sa 21.30 Uhr

Mittagsruhe
Zwischen 13.00 und 15.00 Uhr soll auf der Station eine ruhige Atmosphäre herrschen.

Ordnung

Es ist nicht erlaubt:

Aufkleber an Schränken und Tischen etc. anzubringen
Wände und Tische zu beschmieren
Haare in den Zimmern zu färben
Geschirr, Besteck und Flaschen mit aufs Zimmer zu nehmen
Lebensmittel im Zimmer aufzubewahren

Wäsche

Jeder Jugendliche erhält einen Tag in der Woche, an dem er seine Wäsche waschen kann. Auf Ordnung im Waschraum achten.

Dienste

Die Dienste werden auf alle Jugendlichen aufgeteilt.
Es gibt:
Küchendienst
Kochen am Wochenende
Küchenputz
Ordnungsdienst im Aufenthaltsraum
Ordnungsdienst ums Haus

Rauchen

Rauchen ist im ganzen Haus streng verboten. Außerhalb des Hauses dürfen Jugendliche unter 16 Jahren nur mit schriftlicher Einverständniserklärung der Eltern rauchen.

Alkohol
Es besteht ein striktes Alkoholverbot während des Klinikaufenthaltes. Das gilt auch für den Konsum aller anderen Drogen.

O Mann, das kann doch nicht wahr sein, dachte ich! Wie im Gefängnis!

Noch immer wie gelähmt von dem Schock, jetzt im Knast zu sein, ging ich zum Stationszimmer und klopfte. Ein junger blonder Mann öffnete mir die Tür. »Hallo, ich bin Herr Shanoon!«

Ich begrüßte ihn und stand dann erstmal wie angewurzelt im Türrahmen. Mir fiel auf, dass die linke Seite von Mr. Shanoons Gesicht schief ist, Mund und Auge sind leicht nach unten gezogen. An was das wohl liegt?

Im Stationszimmer ist eine riesige Tafel mit Tausenden von Zahlen und Daten. Außerdem sind da ein großer Schrank, eine Waage und Privatkram der Betreuer (die könnten auch mal aufräumen!). Frau Reuter sprang von ihrem Stuhl auf und fing wieder an zu plappern.

»Na, hast du alles gelesen? Halte dich an die Regeln, dann kann dir nichts passieren!« Das sollte ein Witz sein, den ich allerdings überhaupt nicht witzig fand. Aber Frau Reuter lachte selbst so laut darüber und sah dabei so komisch aus, dass ich doch lachen musste. Also standen Frau Reuter, Mr. Shanoon und ich in dem Stationszimmer und lachten. Frau Reuter lachte über den Witz, ich über sie, und Shanoon lachte wahrscheinlich, weil ihm gerade langweilig war.

Frau Reuter stolzierte, immer noch lachend, aus dem Zimmer und führte mich in den Gemeinschaftsraum. Dort saßen auf einem hässlichen, gelb-grün gestreiften Sofa zwei Mädchen und ein Junge. Sie sahen alle älter aus als ich. Ich drehte mich um, und Frau Reuter war verschwunden. Sie hatte mich einfach mit diesen Gestörten allein gelassen. O Mann! Das konnte sie mir doch nicht antun! Aber sie hatte mich tatsächlich ins kalte Wasser geschmissen, und nun musste ich schwimmen.

»Hallo, ich bin Sahra, du bist die Neue, oder? Warum bist du hier?«

Ich antwortete: »Ja, ich bin die Neue! Ich heiße Sophia, ich habe Magersucht. Und du?«

»Ich auch!«, antwortete das kleine, blonde und leicht pummelige Mädchen auf dem Sofa. Der Schock fuhr mir in die Glieder! Ich konnte es nicht fassen, dass sie Magersucht hat. Sie war eher zu dick als zu dünn. Deshalb platzte es aus mir raus: »Wie lange bist du schon hier?«

Sie antwortete: »Schon fast ein Jahr!«

»Was?! Man hat mir gesagt, dass ich hier nach ein paar Wochen oder höchstens zwei Monaten wieder rauskomme! Wieso bist du denn schon so lang hier?«

»Es kann ja sein, dass es bei dir schneller geht als bei mir! Aber mit einem halben Jahr musst du mindestens rechnen.« Man hat es mir, glaube ich, angesehen, dass ich geschockt war. War ich auch. Aber nicht wegen dem halben Jahr, sondern weil ich Angst hatte, bei meiner Entlassung genauso auszusehen wie diese gemästete Sahra. Nein, danke!

Das Mädchen neben Sahra hatte sich noch gar nicht vorgestellt. »Es ist kaum auszuhalten hier«, sagte sie plötzlich. »Ich werde zum Glück nächste Woche entlassen. Weißt du schon, wer dein Therapeut ist?« Als ich den Kopf schüttelte, fügte sie hinzu: »Wenn es Dr. Wolfrat ist, dann hast du Glück gehabt. Aber wenn du den Zinken, also den Novak hast, dann gute Nacht. Hast du ihn schon gesehen? Das ist der mit der Nase!«

Nein, ich hatte weder eine Nase noch diesen Kerl gesehen – und ich war auch nicht scharf darauf. »Wieso, was macht er, dass er so unausstehlich ist?«, wollte ich wissen.

»Er redet nur Schwachsinn. Er behandelt einen wie einen Gestörten, und ich kann mir gut vorstellen, dass er auch über uns denkt und spricht, als wären wir nicht mehr ganz klar in der Birne.«

»Bei Dr. Wolfrat ist das nicht so, und er stellt auch nicht so dumme Fragen«, warf Sahra ein, und ihre Nachbarin nickte wie besessen.

Der Junge auf dem Sofa starrte auf den Fernseher gegenüber. Es lief gerade ein Fußballspiel. Doch nun kam Werbung, und sein Interesse galt jetzt auch mir. »Hey, hallo! Ich bin Ronny! Ich hab 'ne Drogenpsychose. Bin auch schon über fünf Monate hier. Bin sechzehn. Und du?«

Er streckte mir seine Hand entgegen. Er sieht nett aus, aber er ist nicht hübsch. Er ist ein bisschen kleiner als ich, sehr kräftig und breit. Er hat ganz kurzes Haar und ein grobes Gesicht. Aber seine Augen sind schön. Sie lachen immer! Das gefällt mir! Außerdem trägt er Baggys. Mit ihm werde ich mich gut verstehen!

Ich habe dann gesagt, dass ich dreizehn bin. Und er hat gemeint, dass er mich auf mindestens fünfzehn oder sechzehn geschätzt hätte (sehr sympathisch!). Das empfinde ich immer als Kompliment, wenn die Leute mich älter schätzen, als ich bin. Denn schließlich bin ich kein kleines Kind mehr, wie diese Margit zum Beispiel.

Kaum hatte ich festgestellt, dass man mit den Leuten hier durchaus reden kann, stürmte ein Haufen anderer Jugendlicher in den Raum und stritt sich wie die Irren um die Plätze. Ich setzte mich zu Ronny. Bis auf einen waren alle Tische bereits vollständig gedeckt, nur das Essen fehlte noch.

Plötzlich sagte Ronny: »Es tut mir Leid, aber ich glaube, du kannst hier nicht sitzen. Du musst an den ›Essgestörtentisch‹, das ist der da vorne.« Ich war überrascht, setzte mich aber sofort an den ungedeckten Tisch. Dort hatte sich bis dahin nur ein anderes Mädchen hingesetzt.

»Hallo, ich bin Liz! Hast du auch Magersucht?« Ich stimmte zu und stellte mich vor. Wir redeten über banale Dinge, bis Herr Shanoon ins Zimmer kam. Er schob ein Mädchen vor sich her, das sich nur widerwillig an unseren Tisch setzte. Schließlich nahm sie neben Liz Platz und sah aus, als würde sie gleich laut losheulen.

»Alles nur Show«, flüsterte mir Liz ins Ohr. Zwei weitere Mädchen – Jana, Eva – und Herr Shanoon setzten sich zu uns. An allen Tischen unterhielten sich die Jugendlichen, an unserem Tisch herrschte Totenstille. Als ob Essgestörte nicht reden könnten! Doch dann sah ich plötzlich den riesigen Berg auf dem Teller, den man mir vorsetzte. Mir wurde übel. Sofort hatte ich wieder diesen Schimmelgeruch in der Nase. Den Berg würde ich an einem ganzen Tag nicht schaffen. Kartoffeln, Fisch und Gemüse. Ich begann mit dem Fisch und zerkleinerte anschließend die Kartoffeln mit meiner Gabel. Immer wenn Shanoon wegschaute, schob ich einen Teil der Kartoffeln unter die Fischhaut. Shanoon merkte das nicht, aber die anderen Tussen am Tisch müssen es bemerkt haben, denn ich merkte ja auch, wie sie schummelten. Der Nachtisch hatte, glaube ich, allein schon drei Millionen Kalorien. Deswegen nahm ich wieder alles in meinen Mund, um es nach dem Essen auszuspucken.

Doch als ich aufstehen wollte, rief der Shanoon: »Halt, junge Dame! Hat dir denn keiner gesagt, dass du nach dem Essen eine halbe Stunde im Aufenthaltsraum bleiben musst? Wir wollen doch nicht etwa kotzen, oder?«

In diesem Moment hätte ich dem Guten den Hals umdrehen können. Mir blieb nichts anderes übrig, als die Pfefferminzcreme vollständig runterzuschlucken.

Den Rest des Tages habe ich damit verbracht, die anderen Jugendlichen kennen zu lernen. Mit Sylvia verstehe ich mich am besten. Sie ist fünfzehn und hat Zwänge und eine Psychose. Zuerst wusste ich nicht, was das bedeutet, aber sie hat mir schließlich erklärt, dass es eine Stoffwechselkrankheit ist, die bei ihr besonders bei ständigem Stress auftritt. Sie macht dann Dinge, die für andere selbstverständlich sind, fünf- oder sechsmal hintereinander. Oder sie bildet sich ein, auf bestimmte Striche auf dem Boden nicht treten zu dürfen. Das wird dann zum richtigen Problem. Ich hab sie eine Zeit beobachtet, konnte aber beim besten Willen nichts Merkwürdiges an ihr feststellen. Bis sie mit mir in ihr Zimmer ging und die Tür ein paarmal auf und zu machte. Aber ansonsten ist sie völlig normal, hört Hip Hop wie ich und zieht sich so an wie ich.

Als Sylvia mir den Kickertisch zeigte, der im Gang steht und den ich bis dahin völlig übersehen hatte, kam Frau Reuter uns entgegen und sagte: »Sophia, ich habe gerade von der Frau Doktor den Auftrag erhalten, dich ins Bett zu schicken. Du hast absolute Bettruhe. Wir werden eine Kurve anlegen, aus der genau hervorgeht, wie viel du wann wiegen musst. Wenn du dein jeweils nächsthöheres Zielgewicht erreicht hast, darfst du aufstehen – wenn nicht, geht's wieder ab ins Bett.«

Total fatal! Das hatte mir gerade noch gefehlt! Kaum hatte ich mich in mein Bett gelegt und Margit überredet, endlich ihren Kirchenchor abzustellen, kam Herr Shanoon zur Tür herein und holte mich zur Zwischenmahlzeit ab. Es war halb vier, und ich sollte schon wieder essen. Jetzt verstand ich auch, warum sich die anderen Essgestörten immer weigerten zu essen: Weil es keine andere Möglichkeit gab, dem Essen zu entrinnen.

Wenn es wenigstens geschmeckt hätte! Doch ich sollte zwei Bananen essen. Bananen sind so ungefähr das Schlimmste, was man mir antun kann! Ich hasse Bananen. Allein der Geruch verursacht bei mir Schweißausbrüche! Obwohl sie eigentlich ganz gesund sind. Schließlich blieb mir wieder nichts anderes übrig, als sie hinunterzuwürgen.

Bis zum Abendessen bin ich dann im Bett gelegen und habe sogar geschlafen. So gut wie seit langem nicht mehr.

Zu Hause habe ich immer so lange gewartet, bis meine Mutter kam. Als sie dann weg war, bin ich trotzdem nie vor 2.00 Uhr morgens eingeschlafen. Aber dann kamen immer gleich die scheußlichen Träume, und ich wachte sofort wieder auf. Ich träumte nicht von Monstern oder dem schwarzen Mann, ich träumte nur davon, dass mich irgendetwas Furchtbares bedroht. Irgendwann bekam ich dann Angst vor dem Einschlafen und habe nur noch darauf gewartet, dass die Nacht endlich vorbei geht. Dr. Achdumeinegüte hat mich beim Aufnahmegespräch auch gefragt, wie ich schlafe, und schwere Schlafstörungen diagnostiziert.

Doch heute nach der Zwischenmahlzeit habe ich geschlafen wie ein alter Bär. Ich hätte am liebsten drei Jahre am Stück nur noch geschlafen, doch irgendwann wurde ich von Frau Reuter geweckt und zum Abendessen geholt. Auf dem Weg zum Aufenthaltsraum erklärte sie mir, dass ich nachmittags nicht schlafen dürfe, weil ich sonst nachts nicht schlafen könne. In dem Moment war ich so müde, dass ich ihr das kaum glauben konnte. Das Gefühl, in diesem Psychoknast überhaupt nichts mehr zu dürfen, wurde immer stärker.

Doch die Reuter sollte Recht behalten. Es ist inzwischen halb drei, und ich bin immer noch wach. Die Nachtwache war schon vier Mal hier und hat mir beim letzten Mal einen »Gute-Nacht-Tee« mitgebracht. Sie ist wirklich nett, obwohl sie einen genauso schlechten

Geschmack hat wie Frau Reuter. Zumindest, was die Klamotten angeht. Vorhin hat sie gesagt, es liege vielleicht ja nur daran, dass es die erste Nacht in einer fremden Umgebung sei. Wenn es aber nicht bald besser werde, müsse man überlegen, ob ich nicht Medikamente nehmen solle.

Margit schnarcht übrigens auch noch wie ein Untier. Ich bin für Medikamente!

Dienstag, 5. März 1996

Heute verlief alles nach dem Plan der Betreuer. Nach dem Frühstück besuchte mich Eva, die einzige Bulimikerin hier, in meinem Zimmer. Sie ist nicht sehr groß, hat Dreadlocks und ist echt nett. Ich habe mich bis zur Zwischenmahlzeit mit ihr unterhalten. Eva ist bereits das zweite Mal hier. Das erste Mal, vor einem Jahr, war sie auch wegen Anorexie hier. Sie hat gemeint, dass sie damals hier gefressen hätte, bis die Schwarte kracht, damit sie so schnell wie möglich wieder rauskommt. Sie war danach ziemlich rundlich und hat zu Hause angefangen zu kotzen.

Evas Haare haben mich irgendwie fasziniert. Ich hatte schon öfter daran gedacht, mir auch Dreads machen zu lassen, mich aber nie getraut.

Eva war zwischendurch in der geschlossenen Abteilung der Klapse gewesen, die ein paar Kilometer weiter in einer Kleinstadt liegt. Dort hat sie die abenteuerlichsten Gestalten kennen gelernt. Ein Mädchen hat zum Beispiel immer Angst vor den Bröseln auf ihrem

Teller bekommen, ein anderes hatte solche Angst vor Schmetterlingen, dass sie sich nicht mehr aus dem Haus traute.

Dann gab es da natürlich noch diese Drogenabhängigen, die spritzen und so. Tja, diesen Leuten könnte ich mit meiner blöden Anorexie nicht das Wasser reichen, wenn es darum ginge, wer am kränksten sei. Aber hier auf meiner Station bin ich gut im Rennen. Schon gestern habe ich gemerkt, dass unter den Essgestörten ein entsetzlicher Konkurrenzkampf läuft. Gewinnen würde diejenige, die am wenigsten wiegt, am wenigsten isst und am wenigsten Perspektive hat, jemals wieder gesund zu werden. Was für rosige Aussichten! Weil ich erst so kurz hier bin, liege ich mit großem Abstand in Führung. Das ist auch der Grund, warum ich schon so Angst vor morgen habe. Morgen soll nämlich wieder jemand Neues kommen. Ich weiß, dass es sich total absurd anhört. Aber ich muss da mitmachen. Es erscheint mir wie ein unausgesprochener Krieg. Dafür ist mir heute zum ersten Mal bewusst geworden, dass ich wirklich süchtig bin.

Heute Nachmittag hatte ich meine erste Therapie. Entspannungstherapie bei Frau Luhr. Sie ist noch ziemlich jung und ganz in Ordnung. Felix, ein Junge von meiner Station, Sahra und Eva hatten auch »ETP«, wie es hier genannt wird.

Wir trafen uns alle in einem relativ kleinen Raum und legten einige Wolldecken auf den Teppichboden. Ich teilte mir eine Wolldecke mit Eva. Frau Luhr fragte jeden Einzelnen, wie es ihm in der letzten Woche ergangen sei und wie er sich im Moment fühle. Außerdem sollte sich jeder der neun anderen Jugendlichen vorstellen, da ja heute eine Neue dabei sei. DIE NEUE war ich, und es fing an, mir tierisch auf die Nerven zu gehen, dass ich immer nur als DIE NEUE bezeichnet wurde. Severin, Karin, Jacob, Lilly, Mara und wie sie alle hießen. Als ob ich mir diese Namen alle merken könnte! Schließlich war ich an der Reihe und kam mir dabei vor wie ein Tier im Zoo, das auf dem Schildchen vor dem Gehege seine eigene Artbeschreibung liest.

Einige der Jugendlichen machten ihre Uhren und Haargummis ab, bevor sie sich ganz flach auf den Rücken legten. Ich legte mich neben Eva und starrte an die Decke, wartete ab. Im nächsten Moment war es ganz ruhig, keiner sprach, und ich hörte, wie Frau Luhr an ihrem Kassettenrekorder herumfummelte. Ganz leise Klaviermusik ertönte, und ich wollte schon aufstehen und davonlaufen, weil das meine übliche Reaktion auf klassische Musik ist, als ich merkte, dass mir das Geklimper sogar gefiel. Trotz der Musik konnte ich die anderen atmen hören.

Frau Luhrs Stimme ließ mich aufschrecken. Wir sollten unsere Augen schließen und uns vorstellen, auf einer rosa Wolke durch die Lüfte zu schweben. Ich wollte mich auf ihre Worte konzentrieren, aber es gelang mir nicht. Schon nach kurzer Zeit war ich mit meinen Gedanken ganz woanders. Ich merkte erst, als ich das leise Schnarchen von Felix hörte, dass Frau Luhr von etwas völlig anderem redete. Wir sollten uns vorstellen, dass Arme und Beine ganz schwer seien und so weiter. Mehr bekam ich wieder nicht mit, weil ich an andere Dinge dachte. Als die »Traumreise« zu Ende war, setzten sich alle auf, und Frau Luhr fragte jeden, ob er sich entspannt habe.

Da musste ich sie leider enttäuschen. Ich war noch verkrampfter als zuvor.

Das Abendessen habe ich vollständig gegessen, ohne auch nur ein kleines Häppchen zu unterschlagen. Aber diese Jana hat fast ihr ganzes Butterstück unter die Tischplatte geschmiert.

Die Betreuer, die heute Dienst hatten, waren beide sehr nett. Herr Schmidt erinnert mich an eine Schildkröte. Wegen seinem langen Hals und dem Doppelkinn. Er hat ganz dünne Beine. Wie die diesen Bierbauch transportieren, ist mir schleierhaft. Frau Howorka sieht aus wie Barbie persönlich und kleidet sich auch so. Mit ihr hab ich mich ein bisschen unterhalten. Als ich sagte, ich wolle meine Mutter mal anrufen, weil ich so lange nichts von ihr gehört habe, meinte sie, ich müsse mir erst die Erlaubnis von meinem Therapeuten holen. Den Therapeuten sehe ich erst morgen.

Mittwoch 6. März, 1996

Wie jeden Morgen wurde auch heute mein Blutdruck gemessen, und ich wurde gewogen. 40,2 Kilogramm! Kaum auszuhalten! Ich werde aufgehen wie ein Krapfen, wenn ich hier noch länger gemästet werde.

Die Neue ist nicht essgestört, sondern suizidgefährdet. Sie heißt Jela, ist siebzehn und hat außerdem noch irgendwelche besonderen Ängste.

Um 11.15 Uhr hatte ich einen Termin bei Herrn Dr. Novak. Das ist der Therapeut, vor dem mich die anderen schon gewarnt hatten. Zuerst ließ er mich eine Viertelstunde vor seinem Zimmer warten, was mich schon mal tausend Nerven kostete. Als er mich dann endlich reinließ, hätte ich mir beinahe die Unterlippe zerbissen, um nicht lauthals loszulachen. Er sieht absolut zum Schießen aus. Er ist circa einsfünfundachtzig groß und sehr schlank, eher drahtig. Er trägt eine schwarze Lederhose und ein schwarzes Muskelshirt, was ihn als Therapeut ziemlich lächerlich erscheinen lässt. Und er hat eine so unglaublich große Nase, dass einem Hören und Sehen vergeht! Das ist nicht irgendein Zinken, das ist die krasseste, unübertrefflichste Nase, die mir in meinem ganzen Leben begegnet ist. Dieser Haken in der Mitte des Gesichts lenkt komplett von der Person Dr. Novak ab. Wie kann dieser Kerl nur mit dieser Nase leben?

Herr Dr. Novak hatte heute wohl seinen Pechtag. Denn ein großer Batzen von undefinierbarem gelbem Zeug klebte auf dem Höcker. (Das kommt davon, wenn man seine Nase in anderer Leute Angelegenheiten steckt.)

Aber ich habe natürlich nichts gesagt. Er stellte mir die dümmste Frage, die mir jemals einer gestellt hat. Selbst Frau Dr. Achdumeinegütes Fragen waren dagegen harmlos. Ich sollte ihm sagen, was ich für Idole habe und welche Poster an meiner Wand hängen. Natürlich wollte dieser Möhrenputzer hören, dass ich irgendein magersüchtiges Model zum Vorbild habe. Doch da war er bei mir an der falschen Adresse, denn ich durchschaute ihn sofort. Ich sagte, ich sei mein eigenes Idol und dass ich nicht anders sein will, als ich bin. Basta.

Anschließend hat er mich über die Probleme mit meinen Eltern ausgefragt.

»Weißt du, seit wann deine Mutter süchtig ist?«

»Ja, sie trinkt, seit ich denken kann!«

»Und weißt du noch, wann du realisiert hast, dass sie krank ist?«

»Ich war zehn oder elf, da hat mein Vater zu mir gesagt, dass meine Mutter nicht mehr ganz zurechnungsfähig ist. Es war von Anfang an ein unausgesprochenes Gelübde zwischen meinem Vater und mir, dass absolut niemals irgendeine Menschenseele davon erfahren dürfe. Warum meine Mutter sich allerdings so eigenartig verhielt, habe ich damals noch nicht verstanden.«

»Und wie war dein Verhältnis zu deiner Mutter in den letzten Wochen?«

»In den letzten Wochen hatte ich kein Verhältnis zu ihr, weil ich sie seit Monaten nicht gesehen habe. Davor war es ziemlich übel, um nicht zu sagen, es war miserabel. Sie war eigentlich nicht mehr ansprechbar, und wenn, dann haben wir uns nur angeschrien oder gegenseitig geschlagen! Unsere Beziehung ist entartet! Ich habe mich in der Öffentlichkeit mit ihr geschämt, weil sie so ungepflegt aussah. Außerdem habe ich mir oft gewünscht, dass sie einfach tot ist. Nachher habe ich es immer bitter bereut.«

»Und die Beziehung zu deinem Vater?«

»Das Verhältnis zu meinem Vater war auch mies. Er

hat sich aus allem rausgehalten, und wenn er was unternommen hat, war es immer gegen mich gerichtet, obwohl er überhaupt keinen Anlass dazu hatte. Er hat seine schlechte Stimmung grundsätzlich an mir ausgelassen und mich mit den gemeinsten Bösartigkeiten gepiesackt. Einmal hat er von mir verlangt, ich solle mein Zimmer aufräumen, was ich auch gemacht habe. Als er nach einiger Zeit wieder in mein Zimmer kam und merkte, dass ich noch nicht gesaugt hatte, hat er seinen Abfalleimer einfach in mein Bett gekippt. Ich musste dann die ganze Asche und den übrigen Müll wieder aus meinem Bett entfernen. Das Schlimmste aber war die Sache mit meiner Springmaus. Und wenn ihm nichts Gemeines mehr einfällt, haut er mir ein paar runter. Aber was er mit der Maus gemacht hat, war viel schlimmer als jede Ohrfeige. Er ist ein armes Schwein und zugleich ein Tyrann!«

So ungefähr verlief das Gespräch. Dr. Novak ist kalt wie ein Stein und lächerlich zugleich, aber mich stört das nicht so wie die anderen Jugendlichen hier. Mir ist diese Distanz ganz recht, zumindest lieber als das emotionale Rumgeheule und Selbstmitleid meiner Mutter und das Desinteresse und die Gemeinheiten meines Vaters.

Zum Schluss habe ich ihn noch gefragt, ob ich mit meiner Mutter telefonieren darf. Er hat es mir strikt verboten. »Warum, das erkläre ich dir das nächste Mal!«

Er hat mich abkommandiert wie das Fernsehen die kleinen Kinder nach dem Sandmännchen.

Also, alles Weitere, ob ich telefonieren darf oder

nicht, erfahren wir in der nächsten Folge von »Dr. Novak, der Zinken«!

Beim Frühstück habe ich etwas geschummelt. Ich habe die Butter und Marmelade untern Tellerrand geschmiert, weil ich keinen Bock darauf hatte. Das Mittagessen habe ich fast vollständig gegessen. Allerdings wurde mir von Herrn Forster der Pfeffer weggenommen, weil er befürchtete, dass ich mir mein Essen verpfeffere, damit ich nichts schmecke. Dass die immer alles merken müssen!

Evelyn, das Mädchen, das sich *immer* weigert zu essen, war heute besonders schlimm, und ich bin mir sicher, dass es an mir liegt. Evelyn hat längst überrissen, dass sie gegen mich und meine Anorexie keine Chance hat, da sie schon viel länger hier ist und dementsprechend gemästet wurde. Also brachte sie heute den Clou! Herr Forster und Frau Verdini, die beiden Betreuer, die heute Dienst hatten, mussten sie zuerst einmal an den Tisch ziehen. Sie hat sich mit Händen und Füßen gewehrt und schließlich mitten im Gemeinschaftsraum auf den Boden geschmissen. Es war ein Kampf! Herr Forster hat sie schließlich an den Tisch geschoben, Frau Verdini hat den Stuhl hinter Evelyn gestellt, und dann haben sie sie mit vereinten Kräften auf den Sitz gedrückt. Da hockte sie dann, bis alle anderen gegessen hatten. Frau Verdini hat immer wieder gesagt: »Evelyn, iss!« Aber sie hat es bis zum bitteren Ende durchgezogen. Als wir den Aufenthaltsraum verließen und auch als ich Zwischenmahlzeit hatte, saß sie immer noch da. Ihr Essen war bestimmt schon kalt.

Mir hat das Spaß gemacht, sie so zu provozieren! Deswegen brauchte ich dann auch eine geschlagene Dreiviertelstunde für meine Trauben und den Joghurt.

Schließlich hat Evelyn was gebracht, was mir im Traum nicht eingefallen wäre.

Sie sprang auf, rannte den ganzen Gang entlang bis vor zur Glastür und schlug dann fünfmal mit dem Kopf gegen die Wand. Das hat vielleicht gekracht! Alle haben es gehört und sind aus ihren Zimmern gestürmt, um zu sehen, was los ist. Anschließend hat sie im Abstand von jeweils zehn Sekunden schreckliche Schreie losgelassen und hyperventiliert. Frau Verdini ließ daraufhin ihren Pieper bimmeln.

Jeder Betreuer hat so einen Pieper. Sie dürfen ihn nur einsetzen, wenn sie sich in einer Notsituation sehen, also wenn sie bedroht werden oder einfach, wenn sie sich nicht mehr anders zu helfen wissen. Es piept dann bei allen anderen Betreuern auf den übrigen Stationen, und die kommen dann gelaufen und helfen.

Frau Verdinis Pieper piepte wahnsinnig laut, fast wie ein Alarm. Kurze Zeit später standen mindestens drei andere Betreuer bei uns im Gang, um nach dem Rechten zu sehen. Evelyn hyperventilierte immer noch. Doch kaum erblickte sie die Schaulustigen um sich und den Haufen Betreuer, gab sie Ruhe. Sie hatte erreicht, was sie wollte! Einen Riesenwirbel um sie, alle hatte sie springen lassen!

Mittelpunktsüchtiges Miststück! Wie hat Liz bei meinem ersten Essen hier so schön gesagt? »Alles nur Show!« Recht hat sie!

Ich hätte so gelacht, wenn Evelyn in die Geschlossene eingewiesen worden wäre! Das wäre ihr recht geschehen. Aber nein, statt dessen bekam sie eine Sondersitzung beim Zinken.

Dem hat sie bestimmt nicht erzählt, dass sie es nicht aushält, wenn sie nicht die Allerallerkränkste ist und von morgens bis abends im Mittelpunkt steht. Und dass sie es nicht verträgt, dass die Betreuer beim Essen mehr auf meinen Teller schauen als auf ihren, obwohl ich nicht im Geringsten so rumzicke wie sie.

Was für ein Triumph!

Dienstag, 26. März 1996

Leider kam ich in letzter Zeit nicht oft dazu, Tagebuch zu schreiben. Ich habe nämlich seit ein paar Wochen keine Bettruhe mehr.

Der Zinken hat mir außer den Medikamenten, die ich wegen der Magersucht bekomme, ein Antidepressivum verschrieben, das das Schlafen unterstützt. 75 mg muss ich nehmen.

Inzwischen habe ich natürlich auch alle möglichen Therapien hinter mir. Musiktherapie ist – abgesehen vom Zinken – das Lächerlichste, was es in dieser Klinik gibt. Der Therapeut heißt Burkhard Heinzelmann und ist so ein merkwürdiger Blümchenpflücker. Seine Brille lässt ihn wie Uhu persönlich erscheinen, und zwar nicht nur mir, sondern allen anderen auch. Jeder sagt, dass er eindeutig eine Eule ist.

In seiner Therapie sind wir zu acht.

Am Anfang schildern wir der Eule unsere Stimmung. Wenn wir aggressiv sind, dürfen wir trommeln, wenn wir traurig sind, dürfen wir irgendein leises Instrument benutzen. Jeder haut dann so lange auf seinem Instrument rum, bis die Eule sagt: »Huhuu... und jetzt spielen wir zusammen!« Dann geht es nicht mehr darum, die eigenen Gefühle zum Ausdruck zu bringen, sondern eher darum, sich in die »Gemeinschaft« einzugliedern, indem man eine bestimmte Position einnimmt, also zum Beispiel den »Taktgeber«. Anfangs habe ich auf den Instrumenten rumgekloppt wie eine Irre, aber inzwischen finde ich diese Musiktherapie todlangweilig und hab sie sogar schon zweimal geschwänzt.

Freitags habe ich Einzel-Kunsttherapie bei Frau Wellstein. Sie hat schulterlanges rotes Haar und ist etwas pummelig. Aber sie ist unheimlich nett! Mit ihr kann ich viel besser reden als mit diesem Zinken. Wenn ich sie öfter als einmal in der Woche sehen würde, hätte sie gute Chancen, meine neue Mutter zu werden! Die Kunsttherapie ist eine der wenigen Therapien, die mir Spaß machen. Ich darf mit Unmengen von Farben herumklecksen. Danach reden Frau Wellstein und ich immer über die Bilder, und ich kann sie teilweise schon selber interpretieren. Mein erstes Bild, das ich in der Kunsttherapie gemalt habe, ist eine absolut wüste Kombination von Farben auf einem riesigen Bogen Papier, übersät mit Tausenden von kleinen Klecksern, die ich wie eine Wilde darübergespritzt habe. Das entspricht so etwa dem Zustand meiner Psyche, als ich hier ankam. Durcheinander und trostlos! In meiner letzten Therapie haben wir dann mein erstes Bild mit dem neuesten verglichen. Auf dem aktuellen waren die Farben geordnet und etwas fröhlicher. Und tatsächlich geht es mir auch schon besser, was meine Psyche angeht. (Ich bilde mir das zumindest ein!)

Zwischendrin hatte ich einige Tage lang die totale Krise! Man hat sogar die Station für zwei Tage abgesperrt, weil alle dachten, ich haue ab oder bringe mich um. Grund für meine Krise war, dass ich vom Zinken die Erlaubnis erhielt, meine Mutter anzurufen, was ich natürlich auch getan habe. Meine Mutter hat mich gefragt, woran es liegt, dass ich krank bin. Ich hab versucht, ihr zu erklären, dass es mit ihrer Sucht zu tun hat, worauf sie mir die derbsten Vorwürfe machte?, dass es total irr sei, ihr das in die Schuhe zu schieben, und dass ich selber schuld sei, an allem! Bevor sie auflegte, sagte sie noch: »Genau wie du mich krank gemacht hast, bist du jetzt auch krank geworden! Das geschieht dir recht!« Daraufhin habe ich einen Heul-anfall bekommen und mich unter mein Kopfkissen verkrochen. Margit ist sofort zur dicken Naraschewski, der Betreuerin, die an diesem Tag arbeitete, gerannt, und die kam sofort, um mich zu trösten. Aber ich war so sauer in dem Moment, dass ich sie bloß angeschrien habe. Frau Naraschewski hat mich schließlich gefragt: »Was würdest du jetzt machen, wenn du tun könntest, was du wolltest?«

Worauf ich geantwortet habe: »Aus dem Fenster springen!«

Deswegen haben sie die Station also für zwei Tage

abgesperrt. Es kommt keiner rein und keiner raus, außer er ist Sonderbeauftragter vom Bundesgrenzschutz und schießt sich das Schloss auf! Aber so einer will hier ja eh nicht rein!

Natürlich habe ich wieder absolutes Mutter-Anrufe-Verbot! Doch das ist mir völlig egal, ich würde sie sowieso nicht anrufen, diese dumme Kuh!

In meinen Therapien rede ich also die ganze Zeit über Schuldgefühle, die ich meinen lieben Eltern verdanke. Mir ist erst jetzt bewusst geworden, dass ich ja wirklich überhaupt nichts für den ganzen Mist kann. »Im Kopf« ist mir das ziemlich klar, aber so »innendrin« nicht. Immer wieder frag ich mich, was ich falsch gemacht habe, dass alles so gekommen ist. Natürlich kann ich mir über diese Frage noch zwanzig Jahre lang den Kopf zerbrechen, werde aber trotzdem keine Antwort finden, da ich ja eigentlich nichts falsch gemacht habe.

Heute Vormittag hat der Zinken, dieser Olivenlutscher, sich mal wieder lächerlich gemacht. Er ging durch den Aufenthaltsraum, als Leo, ein Neuer, Felix, Eva und ich gerade Karten spielten. Er fragte Eva allen Ernstes, warum sie denn immer Schwarz trägt, ob das ihrem Gefühlszustand entspreche. Eigentlich ist diese Frage nicht schlimm, es sei denn, ein Psychiater, der selber nur Schwarz trägt, stellt sie. Und der Zinken trägt nur Schwarz! Ausnahmslos! Wenn ich mir nicht beinahe die Lippe zerbissen hätte, wie ich es in Novaks Anwesenheit sehr oft tun muss, hätte ich mal wieder einen Lachanfall bekommen.

Heute wog ich übrigens 44,8 Kilo. Echt zum Heulen,

aber kein Wunder, ich esse ja auch alles, was man mir vorsetzt.

Wenn ich weiter so zunehme, bin ich hier in ein, zwei Monaten wieder draußen! Bei 53 Kilo werde ich entlassen.

Samstag, 30. März 1996

Heute hatte ich das erste Mal eine freie Zwischenmahlzeit. Das bedeutet, ich darf mir selber was zu essen aussuchen und auch entscheiden, wie viel ich esse. Wenn ich abnehme, muss ich wieder unter Aufsicht essen.

Leider habe ich überhaupt keine Ahnung, ob ich das schaffe, weil ich es nicht einschätzen kann, wie viel ich essen muss. Heute habe ich einen Joghurt mit Apfelstücken gegessen.

Bei Frau Luhr in der Entspannungstherapie kann ich mich inzwischen viel besser entspannen. Neulich bin ich sogar eingeschlafen.

Vorgestern haben Felix, Mark und ich uns in der Nacht eine Shampoo-Schlacht geliefert. Zuerst haben wir uns gegenseitig die Türklinken mit dem Zeug beschmiert, und dann haben die beiden ständig meine Zimmertür aufgerissen und mich mit einer Wasserpistole bespritzt. Mein Bett war klitschnass, und ich habe geschrien wie am Spieß! Die Nachtwache hätte beinahe einen Nervenzusammenbruch bekommen, weil es doch verboten ist, nachts auf den Gängen rumzulaufen, geschweige denn rumzuschreien, mit Shampoo alles voll zu schmieren und mit Wasser zu spritzen. Am nächsten Tag mussten wir dann natürlich den Gang putzen und hatten Ausgehverbot.

Aber wenn man zu dritt Ausgehverbot hat, ist das überhaupt nicht schlimm! Da kann man noch mehr Blödsinn machen. Felix hat nämlich seine Gitarre und sein Songbook dabei. Wir können zwar alle nicht so besonders gut singen, aber wir sitzen trotzdem oft zu sechst oder siebt im Gang und singen irgendeinen uralten Countrysong, obwohl niemand außer Margit auf Country steht. Und wenn wir das Buch durchhaben, dichten wir ein neues Lied. Gestern, als wir nicht rausdurften, haben wir zum Beispiel das »Wurst-Lied« gedichtet. Es ist seitdem unsere Nationalhymne! Und ein Lied über Frau Howorka, die Barbiepuppe, haben wir auch geschrieben. Die Gute hatte an diesem Tag natürlich keinen Dienst.

Ich glaube, einige Mädchen fangen an mich zu hassen, vor allem Evelyn und Marina, die zwei Lästerweiber, weil Mark mich ständig kitzelt und ich immer so laut rumschreie. Deswegen haben auch irgendwelche Mädchen das Gerücht in die Welt gesetzt, Mark sei in mich verliebt. Ob das stimmt, weiß ich nicht, wäre mir aber auch egal, er gefällt mir eh nicht. Mark ist hier, weil er Psychose hat, Drogenpsychose wie Ronny. Er hat, seit er dreizehn ist, ununterbrochen LSD gefressen. Jetzt ist er siebzehn und hat immer noch nichts dazugelernt.

Gestern durfte ich umziehen. Endlich bin ich die heilige Schnarchtüte Margit los! Eva, Sylv und ich sind jetzt in einem Dreierzimmer. Es ist das schönste Zimmer der ganzen Station, mit Blick auf den Wannabefluss. Die beiden sind inzwischen meine besten Freundinnen hier, auch wenn Eva und ich uns gegenseitig ziemlich kontrollieren. Eva schummelt, dass es kaum auszuhalten ist. Weil wir ständig Klamotten tauschen, wühle ich regelmäßig in ihrem Kleiderschrank. Gestern habe ich eine Waage unter dem Wäscheberg gefunden. Sie war extra noch mal in ein Handtuch eingewickelt, damit sie ja niemand entdeckt. Natürlich habe ich niemandem was gesagt, aber aggressiv hat mich das schon gemacht. Es ist einfach nervig, aber ich kann nicht über sie schimpfen, weil ich ja genauso kontrollsüchtig bin! Deswegen benutze ich die Waage jetzt auch!

Wir sind zur Zeit nur vierzehn Leute auf der Station, und wenn wir nicht gerade in irgendwelchen Therapien rumhängen, verbringen wir unsere Zeit mit monotonen Kartenspielen, am Kickertisch oder in der Turnhalle.

Im Kickern sind wir schon alle Meister! Oft tragen wir richtige Spiele aus, mit unseren eigenen Mannschaften, meistens Jungs gegen Mädchen. Die Jungs nehmen immer den Mund so voll, bevor sie gegen uns spielen, bis wir sie dann doch besiegen. Oder wir spielen gegen die Betreuer. Herr Schmidt und Herr Mondmüller sind besonders gut.

Die meisten Mädchen hier sind stinkfaul oder dürfen keinen Sport machen wegen ihrem Gewicht. Außer Sylv und mir! Fast jeden Tag gehen wir mit den Jungs zum Fußballspielen auf den Platz raus oder spielen Basketball. Sie haben zwar einige Zeit gebraucht, um zu kapieren, dass es auch Fußball spielende Mädchen gibt, aber inzwischen spielen sie gar nicht mehr ohne uns. In Basketball bin ich der absolute Star, weil ich eben schon lange spiele. Ich habe noch kein Match hier verloren!

Am vergangenen Montag habe ich mit Leo und Mark Federball gespielt. Wir nahmen vier Bälle und drei Schläger mit und kamen mit einem Ball und zwei Schlägern zurück. Die ersten beiden Bälle habe ich in der Turnhalle an die Decke geschossen, wo sie sich an einer Stange verfingen. Den dritten habe ich draußen in einen Baum geschossen. Leo hat dann seinen Schläger hinterhergeschmissen, um den Ball runterzustoßen, doch da blieb auch der Schläger im Baum hängen. Das war vielleicht peinlich! Seitdem haben wir Federballverbot.

Dienstag, 2. April 1996

Seit gestern habe ich die beiden Zwischenmahlzeiten und das Frühstück frei. Es ist so eigenartig, beim Frühstück bei den anderen zu sitzen. Niemand mehr, der einem ununterbrochen auf den Teller starrt und jeden Bissen bis in den Magen verfolgt. Aber besonders leicht fällt es mir, ehrlich gesagt, nicht. Ich bilde mir schon wieder dauernd ein, dass mein Obst schimmelt.

Heute war mein erster Schultag. Ich verstehe zwar nicht, warum ich zwei Tage vor den Osterferien noch in die Schule gehen muss, aber was soll's? Die Schule befindet sich in dem Neubau. Es gibt nur zwei kleine

Klassen und vier Lehrer – Herrn Hein, Herrn Babalis, Frau Thielscherer und Frau Cederbaum. Mein Lehrer ist Herr Babalis. Frau Thielscherer unterrichtet nur Englisch in der Klasse von Herrn Hein, und die Cederbaum ist für den Kunst- und Hauswirtschaftsunterricht zuständig. Cederbaums Frisur ist der Burner.

Eigentlich lernt man nicht viel, weil die Schüler aus allen möglichen Schulen und Jahrgängen zusammengewürfelt sind. In meiner Klasse sind wir vier Hauptschüler, vier Realschüler und drei Gymnasiasten. Aber es macht Spaß! Herr Babalis ist, glaube ich, gar kein Lehrer, er tut bestimmt nur so, sonst wäre er nicht so nett. Es gibt ja schließlich keine netten Lehrer, und wenn doch, dann sollte das sofort an die Presse. Babalis macht ganz interessante Sachen mit uns, zum Beispiel in Bio ein Projekt über die Blütenpflanzen in dem Wald hinter der Klinik. Liz von meiner Station und ich wurden beauftragt, alle Pflanzen, die wir bestimmen, so genau wie möglich zu zeichnen. Das macht richtig Spaß, vor allem, weil ich viel besser zeichnen kann als Liz.

Aber Mathematik ist trotz Babalis der absolute Horror!

Ich habe Mathe schon gehasst, als ich das Wort noch nicht einmal schreiben konnte. Ich hasse Gleichungen, weil sie sowieso nie gleich sind, ich hasse Kugeln und Pyramiden, weil sie sich nicht mit der Formel für gerade Kreiskegel berechnen lassen (das ist nämlich die einzige, die ich mir merken kann), ich hasse Kreiszylinder, weil ich nicht auf Kreise stehe, genauso wenig wie auf Zylinder, ich hasse Wurzeln, weil ich sie nicht ziehen kannn, ich hasse Potenzen, weil mir nicht einleuchtet, warum sie eine bessere Position einnehmen als andere Zahlen, ich hasse Logarithmen, weil ich den Rhythmus nicht rausbekomme, ich hasse Relationen, weil sie mir unrealistisch erscheinen, ich hasse natürliche Zahlen, weil sie genauso aus Plastik sein könnten wie ganze Zahlen, die ich auch hasse, wie zum Beispiel rationale, positive und rational positive Zahlen sowie reelle und komplexe Zahlen, weil ich der Ansicht bin, dass es nur negative Zahlen gibt, außer sie stehen im Plus auf meinem Konto! Ich hasse alle mathematischen Gesetze, an die ich mich sowieso nie halte, und ich hasse vor allem die Leere Menge. Was es mit der auf sich hat, werde ich nie verstehen. Wenn eh kein anständiges Ergebnis herauskommt, nachdem ich eine fünfseitige Rechnung gemacht habe, sondern nur eine LEERE MENGE, dann kann ich es auch gleich lassen. Ich kann einfach keinen Sinn in der ganzen Sache sehen. Ich bin der Meinung, es reicht, wenn ich DM 2,50 und DM 1,80 zusammenrechnen oder voneinander abziehen kann. Obwohl ich gestehen muss, dass ich mich sogar damit schon schwer tue.

Herr Babalis hat heute schon gemerkt, dass sich meine mathematische Begabung in Grenzen hält, und hat sich extra Zeit für mich genommen, ist sogar mit mir ins Nebenzimmer gegangen, nur um mir die eine Aufgabe zu erklären. Ich hasse es, wenn Lehrer sich in Mathe für mich Zeit nehmen, weil es dann erst richtig auffällt, dass ich nicht rechnen kann! Und gebracht hat es bis jetzt auch noch nie etwas!

Heute Nachmittag mussten wir uns alle im Gemeinschaftsraum treffen, weil Ronny morgen früh entlassen wird. Jeder sollte seinen Senf dazugeben. Die meisten sagen so einfallsreiche Dinge wie: »Ich find's schade, dass du uns verlässt, und wünsch dir Glück auf deinem weiteren Lebensweg!«

Wie ich dieses Gesülze hasse! Ich habe Ronny gebeten, mir Sand aus Italien zu schicken, dort fährt er nämlich in den Ferien hin. Und ich habe ihm ein paar Komplimente gemacht, einfach nur ein paar nette Dinge gesagt. Und natürlich haben wir noch Adressen getauscht! Ronny war der Einzige, der mich im Kickern noch besiegen konnte!

Jetzt komme ich gerade vom Gruppentreffen. Wir haben die Wochenendunternehmung geplant und festgelegt, wer am Sonntag kocht. Sonntags bekommen nämlich nur die Essgestörten ihr Essen geliefert, die anderen müssen selber kochen. Zum Glück muss ich nicht kochen! Ich habe kochen schon immer gehasst, weil meine Mutter immer so gerne gekocht hat, als sie noch einigermaßen normal war. Und wenn ich jetzt kochen müsste, würde von den Zutaten wahrscheinlich nichts mehr übrig bleiben, weil mir bestimmt wieder dieser Schimmelgeruch in die Nase steigen würde und ich beim Schneiden, Putzen, Hacken, Stampfen, Reiben, Hobeln und Schälen alles wegschmeißen würde. Leo und Jela müssen also diesen Sonntag kochen. Zum Glück muss ich das Zeug nicht essen.

Mit Jela habe ich mich mal ziemlich lange unterhalten. Sie kann nicht allein S-Bahn fahren, weil sie Ängste hat. Ich kann das nicht verstehen, genauso wenig, wie dass sie Angst davor hat, allein auf einem großen

Feld zu stehen. Sie hat zwar versucht, mir das zu erklären, aber ich hab's nicht verstanden. Sie hat schon acht Mal versucht, sich umzubringen. Einmal mit Tabletten, ein anderes Mal mit dem Stromkabel. Ihre Arme sind übersät mit Narben vom Ritzen. Sie sieht auch nicht so aus, als würde sie noch viel vom Leben mitbekommen. Ich glaube, sie hat sich den größten Teil des Gehirns mit Drogen weggepustet. Also, das mache ich erst dann, wenn ich gar keine Hoffnung mehr habe! Wenn ich dreißig bin und sich bis dahin immer noch nichts geändert hat.

Donnerstag, 4. April 1996

Letzter Schultag!

Der heutige Tag ist voll und ganz gelungen. Schon allein der müde Blick auf den Stundenplan verschaffte mir den Flow! Kein Mathe!

Nach dem Mittagessen habe ich mit Jana und Mark einen Spaziergang am Fluss gemacht. Inzwischen kennen wir schon jeden Weg im Wald, um den Wald herum, zum Fluss und am Fluss entlang und wieder zurück.

In der Zwischenzeit kamen zwei Neue, Patricia und Ina. Beide bulimisch. Beide typisch essgestört! Klein, leise, schüchtern, mit Kontrollzwang! Gut, dass ich mich wenigstens in den ersten drei Punkten von ihnen unterscheide. Sie scheinen aber ganz nett zu sein. Patricia kommt aus der Geschlossenen.

Heute Abend hat mir Eva Dreads gemacht. Es sieht

echt nicht schlecht aus. Ich bin ja mal gespannt, was die Achdumeinegüte dazu sagt. Ein anders Mädchen musste sich nämlich auf Achdumeinegütes Befehl schon mal die Dreads wieder rauskämmen.

Freitag, 5. April 1996

46,9 Kilo! Ich werde den Rekord aufstellen im So-schnell-wie-möglich-wieder-draußen-Sein!

Die Station ist wie ausgestorben. Sylv, Mark, Felix, Leo, Jela, Margit... Alle sind sie über die Feiertage zu ihren Eltern gefahren. Ich habe überhaupt keine Lust, nach Hause zu fahren. Allerhöchstens mal zu meinen Freunden oder zu Picasso. Aber es lohnt sich nicht, es ist einfach zu weit!

Jetzt sind wir also wieder nur zu zehnt hier.

Hab ich eigentlich schon mal etwas über Marina geschrieben? Sie ist Evelyns herzallerliebste Freundin. Die beiden lästern über alles und jeden!

Marina hat Psychose, und heute war sie voll daneben. Sie lief durch die ganze Station, riss alle Türen auf und hat nur noch Schwachsinn geredet. »Mars ist mein Bruder...« – »Alle Indianer sind deine Brüder.« Lauter wirres Zeug.

Heute Mittag musste die Station abgesperrt werden, weil sie ihre Sachen gepackt hatte und gehen wollte. Also, Psychose ist wirklich eine komische Krankheit! Aber ich bin mir sicher, dass viele über Magersucht genauso denken!

Freitag, 24. Mai 1996

Ich wiege jetzt seit fast zwei Wochen 53,1 Kilo. Am Montag werde ich entlassen. Sylv, Felix und Sahra sind inzwischen auch schon entlassen worden. Hier hat sich nicht viel geändert in den letzten Wochen. Ich hab zugenommen, zugenommen und zugenommen. Zum Glück sind zur Zeit Pfingstferien, da hab ich noch genug Zeit, mir zu überlegen, was ich in meiner Klasse erzähle, wenn ich wieder da bin.

Eigentlich bin ich ja ganz schön blöd! In den letzten Wochen habe ich wirklich alles dafür getan, um hier rauszukommen, und jetzt, wo es so weit ist, wird mir klar, dass ich gar nicht nach Hause will! Bei meinem Vater hat sich bestimmt nichts geändert, und das Risiko, dass ich in unserem Nest meiner Mutter übern Weg laufe, ist extrem hoch. Ob ich bei meinen Freunden immer noch so dazugehöre wie früher? Mit den meisten habe ich zwar oft telefoniert, aber es ist trotzdem ein eigenartiges Gefühl. Auf Picasso freu ich mich aber wirklich tierisch.

Montag, 27. Mai 1996

Heute hatte ich noch einige Abschlussgespräche mit den Therapeuten. Alle sind der Meinung, dass ich gesund bin. Ich weiß aber, dass es nicht so ist!

Mein Vater kam um 13.27 Uhr, und wir fuhren Richtung Heimat. Er hat mich lauter dumme Dinge gefragt.

Er hat mich behandelt, als ob ich aus dem Urlaub käme. Mann, war das ein komisches Gefühl, als ich die Treppen zu unserer Wohnung hinaufstieg.

In der Wohnung hat sich nichts geändert. Außer dem Staub, der liegt noch höher als vorher, und die Müllberge sind auch nicht geschrumpft. Schnaps- und Weinflaschen sind aber keine mehr da – die hat mein Vater wohl alle weggebracht.

In meinem Zimmer war immer noch das Rollo unten. Es nützte auch nichts, dass ich es sofort nach oben zog. Es war immer noch dunkel. Wie überall in dieser Wohnung.

Durch die vielen Therapien sind mir die Probleme zu Hause bewusster geworden. Und jetzt, wo ich wieder in dem alten Loch war, hatte ich nur noch einen einzigen Wunsch: Raus, weg, hinaus!

Ich habe meine Sachen gar nicht eingeräumt, sondern alles nur auf meine Matratze geschmissen. Ein Bett habe ich ja nicht! Ist meinen Eltern immer zu teuer gewesen. Genau wie ein Fernseher. Jede normale Familie hat einen Fernseher! Wir natürlich nicht! Aber wir sind ja auch keine normale Familie.

Abends traf ich alle meine Freunde bei Nicky drüben. Ich habe mich so gefreut, sie alle wiederzusehen. Amélie, Nicky, Mike, Daniel, Basti und Fiona.

Hier in unserer Stadt gibt es vier große Cliquen. Die Weidenfelder, das sind einige Jungs aus dem hinteren Teil der Stadt, die ständig auf ihren Mofas durch die Gegend düsen. Mit denen haben wir überhaupt keine Probleme, wir gehören nur einfach nicht zu ihnen.

Dann gibt es noch die Mafia. Eigentlich hat niemand was gegen sie. Es sind alles Russen, die glauben, dass sie keiner mag. Deswegen hängen sie auch alle zusammen rum.

Und die Asch-Clique. Das sind diejenigen, vor denen alle Respekt haben. Keiner traut sich, was gegen sie zu sagen. Und deswegen mag sie auch keiner wirklich, was sich aber niemand laut auszusprechen traut – nur die Weidenfelder, denen ist das egal.

Wir sind die Sternthaler. Das hört sich jetzt natürlich so richtig dämlich und albern an. Den Namen hat man uns verpasst, weil wir eben aus dem unteren Teil der Stadt sind, den man auch das Sternenthal nennt. Wie die darauf gekommen sind, weiß ich nicht. Natürlich gibt es in unserer Stadt auch jede Menge Wollknäuelschrullen und Blümchenpflücker, mit denen sich niemand abgibt. Aber die sind so uninteressant für uns, dass wir nicht mal über sie lästern. Sonst lästert jede Clique über die andere. Wir, die Sternthaler, lästern am allermeisten über die Tussen von der Asch-Clique. Die können wir auf den Tod nicht ausstehen, weil sie einfach eingebildet und arrogant sind. Lauter Poser!

Aber, ehrlich gesagt, ich hasse sie gar nicht wirklich, weil ich sie nicht gut genug kenne. Ich glaube, es ist eher die Eifersucht. Die Mädchen sind nämlich alle ein paar Jahre älter und haben einfach mehr Erfahrungen. Ich meine jetzt, was Jungs angeht.

So war's zumindest, bevor ich in die Klinik kam. Aber jetzt auf einmal verstehen sich alle meine Freunde mit den Asch-Leuten. Sie treffen sich ständig mit ihnen.

Und ich kenn die doch gar nicht. Das ärgert mich furchtbar. Das Allerschlimmste ist aber die Sache mit Asch selber. Asch ist so ziemlich der bescheuertste Poser, den ich kenne, und in Amélie verknallt, die sich jetzt natürlich was darauf einbildet. Aschs kleiner Bruder geht noch dazu in meine Klasse. Ich bin mir sicher, es dauert nicht mehr lange, bis Amélie und Asch zusammen sind! Das ist die reine Katastrophe.

Nicky und Fiona finden ihn auch bescheuert.

Ich würde mich lieber mit den Weidenfelder Jungs treffen. Da gibt es nämlich einen, aus der Neunten, in den ich ziemlich vernarrt bin. Er hat schwarze Haare und dunkelbraune Augen. Er heißt Julius und ist sechzehn. Ich habe sogar schon ein hellblaues Lesebuch wegen ihm geklaut. Das ging so vor sich:

Am Anfang des Schuljahres hatten wir mal eine Vertretungsstunde im Klassenzimmer der Achtler. Ich saß wie immer auf einem der schönsten Plätze in der letzten Reihe, weil man da am besten reden und Unsinn machen kann: Nägel lackieren, Bändchen knüpfen, Flieger bauen, Briefchen schreiben, lästern und zum Beispiel auch herumstöbern. Weil mir – wie immer – langweilig wurde, fing ich an, in den Schulsachen unter meiner Bank herumzuwühlen, das heißt, in denen des Schülers, der normalerweise auf diesem Platz saß. Ich fand eine leere Fantaflasche, ein Erdkundeheft, eine extrem perverse Zeitschrift und ein Lesebuch, das Julius in der achten Klasse gehabt hatte. Seine Unterschrift stand vorne drin. Da konnte ich nicht widerstehen. Ich musste es einfach mitnehmen. Der arme Kerl aus der Achten.

Heute Abend bin ich nicht nach Hause gegangen. Ich übernachte bei Nicky. Mein Vater hat sich zwar ziemlich aufgeregt, aber solange er das am Telefon macht und ich nicht in seiner Reichweite bin, ist mir das egal. Nickys Mutter stört es nicht, dass ich dort übernachte. Sie ist zur Zeit in einer Nervenklinik. Nicky hat die ganzen Ferien sturmfrei. Die hat's gut!

Dienstag, 28. Mai 1996

Am Vormittag hielten Nicky und ich uns die meiste Zeit im Bad auf. Vom Klofenster aus kann man nämlich beobachten, wann mein Vater das Haus verlässt. Kaum hatte er sich in die alte Rostbombe gesetzt, stürmten Nicky und ich in unsere Wohnung, und ich holte mir frische Klamotten und einige andere lebensnotwendige Dinge. Nicky und ich haben nämlich beschlossen, dass ich die Ferien über bei ihr drüben wohne. Mein Vater kann mir nichts mehr befehlen. Ich bin zwar erst dreizehn, aber ich finde, dass das überhaupt nichts zu sagen hat. Nur weil er zwanzig Jahre älter ist, heißt das noch lange nicht, dass er genug in der Birne hat, um mich zu erziehen. Also verzichte ich lieber auf diese Erziehung.

In der Wohnung sagte ich zu Nicky, sie solle schon mal vorgehen, ich würde gleich nachkommen. Sie ging also wieder rüber in ihre Wohnung, und ich habe etwas gegessen.

Ich habe so ewig viel gegessen, dass ich es gar nicht fassen kann. Zwei Nutellasemmeln, drei Sahnepuddings, eine Schachtel Toffeefee, einige Gummibärchen, einen Apfel, eine halbe Pizza, eine halbe Gurke, eine Tomate, ein gekochtes Ei und Vanilleeis. Wenn ich es wenigstens über den Tag verteilt gegessen hätte, aber nein, ich habe alles auf einmal in mich reingestopft. Ich hatte gestern ja den ganzen Tag nichts gegessen und hatte einfach so entsetzliche Lust auf was Süßes. Natürlich wurde mir sauschlecht, und da musste ich unbedingt noch ein paar Nicht-süße-Sachen hinterheressen. Zum Schluss musste ich mich übergeben. Ich fühlte mich so mies. Und mir ging's besser danach.

Wenn man kotzt, ist es wie eine innere Reinigung. Außerdem könnte ich niemals normal essen. Ich würde sofort aufgehen wie ein Ballon. Ich kann das einfach nicht, NORMAL ESSEN!

Heute Abend kamen Daniel und Mike zu uns. Natürlich hatten sie was zu rauchen dabei. Ich habe das erste Mal in meinem Leben einen Dübel selber gedreht. Er ist richtig phat geworden, und das Zeug war saugut. Alle waren wir platt und sind nur noch im Wohnzimmer rumgelegen und haben versucht, wenigstens den Sound noch mitzubekommen. Das war einfach geil!

Daniel war so prall, dass er auf einmal anfing mich damit zuzuföhnen, dass ich seine große Liebe sei. Ich weiß nicht, ob ich das glauben soll. Ich mag Daniel wirklich gerne, er kann richtig gut scratchen, hat ein süßes Gesicht! Aber ich will nichts von ihm. Das ist bei mir immer so. Deswegen werde ich auch nie einen Freund bekommen, weil ich sie immer nur mag, aber nie in sie verliebt bin. Oder ich verliebe mich in Jungs, die viel älter sind und unerreichbar, in solche, die mit Dreizehnjährigen nichts zu tun haben wollen und in mir ein Kind sehen und keine Frau. Leider bin ich auch keine Frau. Nicht mal im Traum bin ich eine Frau. Nicky ist nur ein halbes Jahr älter als ich und hat ihre Tage schon seit über einem Jahr. Amélie ist einen Monat jünger und hat sie schon dreimal gehabt, Fiona ist ja schon fünfzehn, die hat sie auch schon seit zwei Jahren. Ich habe Angst, dass ich nie eine Frau werde. Das kann theoretisch passieren, wenn ich nicht endlich lerne, normal zu essen. Diese Evelyn aus der Klinik war ja auch schon achtzehn und bekam ihre Tage erst, als sie in die Klapse kam und man ihr Hormone gespritzt hat. Wenn man es zu weit treibt, kann man sich auch das Gehirn weghungern. Das war bei ihr auch der Fall, ich weiß es aus sicherer Quelle.

Ich hab das aber nicht vor. Ich hätte auch so gerne Titten, aber da kann ich noch lange warten, wenn ich nicht zunehme. Also gibt es zwei Möglichkeiten! Entweder zunehmen und Frau werden oder weiterhin kotzen und den Kinderkörper behalten.

Doch die Entscheidung habe ich schon lange getroffen. Ich kann keine Frau werden, ich habe viel zu viel Angst vor einer Veränderung an meinem Körper.

Ganz abgesehen von alldem ist Daniel nicht unbedingt mein Traummann. Er ist zwar ziemlich groß, aber furchtbar dünn, zu dünn für einen Jungen, so richtig knochig. Seine Oberarme sind ungefähr so breit wie meine Oberschenkel. Meine Oberschenkel haben einen Umfang von 31 cm. Nickys Oberschenkel haben immerhin einen Umfang von 59 cm. Das sind zwei mehr als mein Bauchumfang. Ihrer beträgt 68. Dabei ist sie nur 3 cm größer als ich. Aber dick ist Nicky eigentlich nicht!

Egal, auf alle Fälle wird zwischen Daniel und mir nie etwas laufen, wenn er nicht etwas für seine Figur tut. Ich tue ja schließlich auch etwas für meine. Auch wenn er das momentan vielleicht nicht so mitbekommt.

Bis um Mitternacht waren wir noch in der Stadt am Brunnen und haben mit den Asch-Leuten gelabert. Mit dieser Mirka habe ich mich ziemlich gut verstanden. Domi, Ramin und Sabina sind auch ganz nett. Aber dieses Weib mit den schwarzen Haaren, diese Caro, ist abscheulich. Genauso habe ich sie mir vorgestellt. Als ich sie gefragt habe, was sie den ganzen Tag so gemacht hat, sagte sie: »Also, heute Morgen habe ich erst mal mit Sascha geduscht. Anschließend haben wir auf dem Wasserbett seiner Eltern miteinander geschlafen. Und danach haben wir noch einmal geduscht.« Ich hätte ihr echt eins reinhauen können, dieser eingebildeten Schnepfe!

Mittwoch, 29. Mai 1996

Wie ich es gesagt habe! Amélie und Asch kommen zusammen! Und nun ist es so weit. Alles verlief so: Wir, das heißt Amélie, Nicky, Fiona, Daniel, Mike und ich, trafen uns mit den Asch-Leuten in der Eisdiele in der Stadt. Asch selbst war noch nicht da, als diese Caro zur Tür hereinschneite und grauenvoll laut plärrte: »O mein Gott, o mein Gott! Asch steht unten mit einer Rose in der Hand! Die ist bestimmt für dich, Amélie!« Abgesehen davon, dass mich das, was sie da rief, entsetzlich eifersüchtig machte, wurde ich stockaggressiv, als ich Caro und Amélie hinunterstürmen sah. Die beiden spielen jetzt beste Freundinnen, weil Caro sich so einschleimt mit ihrem hysterischen Rumgegacker.

Fiona, Mike, Mirka, Ramin und ich haben uns sofort aus dem Staub gemacht, um nicht mitzubekommen, wie Asch ihr einen Ring für über 100 Mark schenkte. Das habe ich später von Nicky erfahren, die noch bei Daniel war. Mannomann! Asch nimmt mir Amélie weg, Nicky Daniel – oder andersherum –, und ich steh bald ganz allein da!

Wir haben bei Ramin zu fünft eine kleine Party gemacht. Mit allem was dazu gehört. Wir hatten einen Haufen zu rauchen, und Ramin holte sogar seine Bhong raus. Ich hatte noch nie mit so 'ner Bhong gekifft. Die ersten paar Male habe ich überhaupt nichts gespürt, aber als es später wurde und alle schon entsetzlich prall waren, hab ich's noch mal probiert und habe dann doch etwas gemerkt. Und zwar ganz schön heftig, viel heftiger als beim Rauchen. Es war auch nicht nur Gras, was Ramin in die Bhong gehauen hatte, sondern lauter anderer Scheiß! Tabletten und so weiter. Aber egal, gewirkt hat es auf alle Fälle.

Um halb eins sind wir alle zusammen in den Forst gegangen. Ich fand das nicht mal gruselig, weil ich nichts mehr gepeilt habe. Ich bin erst wieder richtig zu mir gekommen, als Fiona sich aus heiterem Himmel auf die Füße kotzte. Mann, war das ein Schock. Alle,

Fiona eingeschlossen, bekamen einen Lachflash. Ich konnte irgendwie nicht richtig darüber lachen. Mike hat zu mir gesagt, dass es wohl am Bier liegen müsse.

Ich komm damit überhaupt nicht klar, mit diesem Alkohol. Alle sind immer strunzdicht, nur ich war noch nie besoffen. Ich trinke nie was – hab viel zu viel Angst, so zu werden wie meine Mutter!

Heute Nachmittag bin ich übrigens mit Fiona ausgeritten. Dass Picasso gewiehert hat und auf mich zugaloppierte, fand ich voll süß! Genauso hatte ich es mir gewünscht!

Wir waren in dem kleinen Wald, in den man nur kommt, wenn man die Gleise überquert. Das ist immer ein Nervenkitzel, aber bis jetzt kam noch nie ein Zug. Irgendwann wird aber mal einer um die Ecke schießen!

Seit Nicky eingeschlafen ist, zerbreche ich mir den Kopf darüber, ob Amélie mit Asch schlafen wird oder nicht. Obwohl Asch wirklich hässlich ist und ein ziemlich großes Arschloch dazu, bin ich so wütend auf Amélie! Ich brauche unbedingt auch einen Freund, einen hübschen, gescheiten, erfahrenen – nicht so einen Wannabe-Mann wie Asch!

Montag, 3. Juni 1996

Nur noch eine Woche Ferien! Die erste Woche habe ich damit verbracht, die Nächte durchzumachen und die Tage zu verpennen. Meine Freunde und ich haben in diesen Ferien kein einziges Mal vor halb fünf geschlafen. Und am Tag sind wir meistens noch so platt vom

Vortag, dass wir erst wieder fit werden, wenn's dunkel wird. Und dann auch nur, wenn wir 'ne Ladung Koffeintabletten fressen. Ich frag mich wirklich, wie das werden soll, wenn die Schule losgeht.

Heute Abend habe ich meine Mutter in der Stadt getroffen. Sie war ganz nett zu mir. Keine Ahnung, was sie auf einmal für Anwandlungen hat.

Meinen Vater habe ich das letzte Mal vom Badfenster aus gesehen, als er gestern in seine Karre gestiegen ist und wahrscheinlich wieder irgendwelchen Berühmtheiten, wie zum Beispiel dem ersten Vorsitzenden des Imkervereins in Hinterdupfing oder der Vorstandssekretärin unserer Stadtbank hinterherdüst, um sie über ihr spannendes Leben zu interviewen. Er ist doch Journalist und schreibt die Artikel für den Langeweile-Teil unserer Zeitung, das ist der Teil der Zeitung vor Sport und Kultur – der, der in anderen Zeitungen manchmal ganz interessant sein kann. Erst kürzlich habe ich in unserem Käseblatt einen Bericht gelesen, den er verfasst hatte. Er handelte vom Tag der offenen Tür bei »Gardinen und Vorhänge sind unser Leben« in Am-Arsch-der-Welt! Ich würde zu gerne wissen, wer diesen interessanten Artikel gelesen hat.

Mein Vater hat zugenommen, das habe ich gesehen. Normalerweise schaue ich ihn mir nicht so genau an, aber gestern, als er sich so in das Auto setzte und es sich leicht senkte, da fiel es mir auf. Seit ich meinen Vater kenne, trägt er sein Haar zusammengebunden. Inzwischen ist es schon grau, vollkommen grau. Dabei ist er doch noch gar nicht so alt, erst dreiunddreißig. Kann das stimmen?

Es ist mir vollkommen egal, wie alt er ist, genauso wie es mir inzwischen egal ist, dass er kein Geld verdient mit seinem tollen Job, ich bekäme eh nichts von den Kohlen. Schließlich muss er noch meine Mutter durchfüttern, sie sind ja nicht geschieden. Und meine Mutter verdient gar nichts.

Donnerstag, 6.Juni 1996

Es ist kaum zu fassen. Als Nicky und ich heute am Badfenster standen und mal wieder darauf warteten, dass mein Vater endlich die Wohnung verlässt, geschah etwas völlig Unerwartetes. Nicht etwa mein Vater, sondern meine Mutter verließ die Wohnung. Sie heulte furchtbar. Sie tat mir so entsetzlich Leid. Was ist da bloß passiert? Am liebsten wäre ich rausgerannt und hätte sie gefragt, aber es waren viel zu viele Menschen auf der Straße, die nicht zu wissen brauchen, dass dieses kaputte Wesen, das so verwahrlost und verkommen aussieht und heulend durch die Stadt läuft, meine Mutter ist. Früher war meine Mutter wahnsinnig hübsch. Ich habe mal ein Foto von ihr mit neunzehn gesehen. Hoffentlich bin ich mit neunzehn auch so hübsch. Auch wenn man mir das spanische Blut meiner Mutter nicht mehr so ansieht wie ihr! Aber wenigstens habe ich ihr dunkles Haar und die dunklen Augen!

Inzwischen sieht sie aus wie eine aufgewärmte Wasserleiche. Ihre Haut ist fast weiß. Sie hat, obwohl sie erst einunddreißig ist, schon jede Menge Falten, ihre

Haare sind immer strähnig und ohne Halt, ihr Gesicht ist aufgedunsen, ihre Nase leicht gerötet. Obwohl sie zugenommen hat, habe ich immer das Gefühl, dass sie jeden Moment tot umfällt. Das liegt alles an dem Scheißalkohol und den vielen Tabletten. Sie trägt immer dieselben Klamotten, scheußliche Klamotten.

Meine Mutter tut mir zur Zeit ständig Leid, obwohl ich überhaupt nichts mit ihr zu tun habe. O.k., sie ist meine Mutter, das muss reichen. Sie tut mir Leid, weil sie einfach niemanden mehr hat, niemanden, mit dem sie reden kann, niemanden, der sie mal knuddelt oder einfach nur mit ihr was unternimmt. Sie ist total einsam. Ich habe wenigstens meine Freunde, die mich knuddeln, aber sie hat keine Freunde. Früher hatte sie Freunde. Später nur noch Bekannte, und inzwischen hat sie niemanden mehr. Sie hat schon vor Jahren alle Kontakte abgebrochen.

Ich habe beschlossen, sie zu besuchen. Wann, weiß ich noch nicht, auf jeden Fall werde ich sie irgendwann mal besuchen! Irgendwann, wenn sie mir mal wieder so Leid tut, dass ich es kaum aushalte und es mir im Herzen wehtut, wenn ich an sie denke.

Was hat diese Frau bloß bei meinem Vater gemacht? Ob ich das jemals erfahren werde?

Am späten Nachmittag bin ich mit Amélie und Fiona in den Forst geritten, und wir haben Picknick gemacht. Das heißt, die beiden haben so ekelhafte Wurstsemmeln gegessen, und ich hab zugeschaut. Es war superschön im Wald, richtig romantisch. Das Einzige, was die romantische Atmosphäre gestört hat, war Amélies Gelaber über Asch! Aber sie hat leider Recht!

Es wär mit einem geilen Mann bestimmt noch viel schöner gewesen. Mit Julius zum Beispiel.

Der See hat geglitzert, der Wind hat leicht geweht, es war angenehm warm, einfach wunderschön. Niemand von uns hat heute gekifft. Der Ausritt war so schön, dass wir gar keine Lust dazu hatten. Picasso hat es auch gefallen, das habe ich gespürt. Er wollte gar nicht so schnell heim wie sonst.

Sonntag, 9. Juni 1996

Dieses Wochenende war das schlimmste meines Lebens. Am Samstagvormittag bin ich zu meinem Vater rübergegangen und habe ihm mitgeteilt, dass ich ab nun wieder bei ihm wohnen werde.

Er bestand erst mal darauf, mich zu wiegen. 48,4 Kilo. Schrecklich! Und dann hat er zu mir gesagt, dass er sich Sorgen um meine Mutter macht. Sie sei am Donnerstag bei ihm gewesen, weil sie noch ein paar Dinge wegen der Scheidung regeln wollten. Er habe seitdem jeden Tag bei ihr angerufen, weil er noch Fragen wegen der Steuererklärung hatte, aber sie sei bis heute nicht ans Telefon gegangen. Er habe keine Ahnung, wo sie sein könnte. Sie hat kein Auto, keine Freunde, die sie abholen. Sie hat auch keine Interessen, etwas, wofür es sich lohnen würde, zwei Tage zu verschwinden. Sie konnte nur zu Hause sein! Es gab gar keine andere Möglichkeit. Also versuchte auch ich sie anzurufen. Ich ließ es dreißig Mal klingeln, aber sie hob nicht ab. Im Laufe des Tages wurden mein Vater und ich immer nervöser, bis wir schließlich beschlossen hinzufahren.

Das Haus, in dem meine Mutter wohnt, steht direkt an einer viel befahrenen Straße. Ihre Wohnung ist im ersten Stock, drei Zimmer sind es. Wir klingelten fünfzig bis hundert Mal, ich hab nicht mitgezählt, auf alle Fälle wahnsinnig oft. Nichts. Weil das Haus an einem Hang liegt, kann man hinter dem Gebäude auf einen kleinen Absatz klettern und von dort aus auf das Dach der angrenzenden Garage, von wo aus man in die Küche meiner Mutter sehen kann. Mein Vater und ich standen dann also circa zehn Minuten auf dem Garagendach und riefen nach meiner Mutter und klopften ans Fenster. Wieder keine Reaktion. Mein Vater drohte schon, die Feuerwehr zu rufen. Aber sie machte nicht auf. Mein Vater meinte schließlich, ich solle die Leiter aus dem Schuppen holen, damit wir in die anderen Zimmer sehen könnten. Er machte sich wirklich Sorgen, genau wie ich. Die ganze Zeit stellte ich mir vor, dass sie tot in der Wohnung liegt, weil sie sich umgebracht hat. Oder der Alkohol hatte ihr endgültig den Rest gegeben.

Mein Vater stellte die Leiter zuerst an das Fenster der Diele, von wo aus man ihre Wohnungstür sehen kann. Dann bat er mich hinaufzuklettern, weil er nicht schwindelfrei ist. Die Leiter wackelte, und ich zitterte, alles in allem eine waghalsige Aktion. Ich warf zuerst einen Blick auf das Schlüsselloch, in dem tatsächlich der Schlüssel steckte. Sie musste also zu Hause sein. Also kletterte ich wieder hinunter, und wir stellten die Leiter an das Schlafzimmerfenster. Wieder kletterte ich hinauf und wieder ohne Erfolg. Im Schlafzimmer war sie auch nicht.

Der einzige Raum, in den wir nicht sehen konnten, war das Bad. Aber ich konnte feststellen, dass die Badtür halb offen stand. Ich weiß nicht, wie oft mein Vater und ich geschrien haben, sie solle die Tür endlich aufmachen. Schließlich wurde es dunkel, und wir fuhren nach Hause. Die ganze Nacht hab ich geheult, weil ich solche Angst um sie hatte. Sie musste uns doch gehört haben, warum hat sie dann nicht aufgemacht? Sie muss im Bad gewesen sein, entweder tot oder lebendig. Je später es wurde, desto öfter kam mir der Gedanke, wie es ohne sie weitergehen würde. Und am Sonntagmorgen war ich so weit, dass ich mir nur noch wünschte, sie sei tot. Dann hätte das endlich alles ein Ende. Ich redete mir ein, dass es für sie besser sei, weil sie eh nie wieder ein schönes Leben führen würde, besser für mich, weil ich dann endlich nicht mehr mitansehen müsste, wie sie sich zugrunde richtet und mich irgendwann in den Wahnsinn treibt. Um neun Uhr fuhren mein Vater und ich wieder zu ihr. Es war dasselbe wie am Samstag.

Nach weiterem einstündigem Klopfen fuhren mein Vater und ich zu dem Vermieter meiner Mutter, um einen Zweitschlüssel zu holen. Die ganze Angelegenheit war entsetzlich peinlich. Natürlich mussten wir ihm erklären, warum wir in die Wohnung wollten, und wir waren ehrlich, und der Vermieter hätte uns den Schlüssel sicherlich gegeben – aber er hatte keinen, und so machten mein Vater und ich uns erneut auf den Weg zum Haus meiner Mutter. Ich hatte die Hoffnung aufgegeben, auch mein Vater wusste sich nicht mehr zu helfen. Als er allerdings rief, dass er einen Zweitschlüssel habe und jetzt die Tür aufsperren würde, hörten wir meine Mutter schreien: »Sofort, ich komme gleich!«

Dann kam sie die Treppe herunter und öffnete die Tür. Mein Vater und ich starrten sie an, und meine Mutter spielte weiter. »Wie geht's euch? Warum seid ihr hier?« Sie tat allen Ernstes so, als sei nichts gewesen. Sie verarschte uns die ganze Zeit. Sie hatte uns gestern verarscht, heute Vormittag, und sie verarschte uns jetzt, wo wir vor ihrer Tür standen. Ich muss ehrlich sein. Ich war nicht froh, als ich sie sah, ich war enttäuscht, dass meine Mutter nichts Besseres zu tun hat, als ihre Tochter zu verarschen. Ich war stinksauer, ließ es mir aber nicht anmerken. Als mein Vater und ich im Auto saßen und nach Hause fuhren, wurde mir erst klar, wie viele Menschen uns bei der Leiteraktion am Samstag gesehen haben müssen. Jeder, der vorbeigefahren war, hat blöd geglotzt. »Warum fensterln die denn da?«, müssen sie gedacht haben. Und ich will nicht wissen, wie viele Leute, die ich kenne, da vorbeigefahren sind.

So weit zum Verschwinden meiner Mutter. Es ist wirklich ein wahnsinnig tolles Gefühl, von der eigenen Mutter nach Strich und Faden verarscht zu werden, ohne jeden Grund, ohne zu wissen, warum, und mit dem Wissen, dass sie genau weiß, was sie da macht, dass es ihr aber scheißegal ist.

Morgen beginnt die Schule wieder. Bestimmt muss ich einen Haufen Arbeiten nachschreiben. Und ich muss auch allen erklären, warum ich so lange im »Krankenhaus« war.

Freitag, 14. Juni 1996

So, die erste Schulwoche wäre überstanden. Es war gar nicht so schlimm, wie ich es mir vorgestellt habe. Meine ganze Klasse war saunett zu mir, und es taugt mir jetzt fast besser als vorher. Allerdings ist etwas Furchtbares passiert. Marco, einer aus meiner Klasse, ist tot. Ich kann es immer noch nicht richtig glauben, aber er ist wirklich tot. Und niemand konnte mir genau erklären, wieso. Er war eine Woche im Krankenhaus in D. – da, wo ich auch war –, bekam dann innere Blutungen und ist gestorben. Außerdem sollen die Ärzte gepfuscht haben. Ich hatte nie besonders viel mit Marco zu tun, aber letztes Jahr im Mai waren Marco und ich mit ein paar anderen aus der Klasse auf dem Frühlingsfest in D. Da hat mir Marco einen Papierschmetterling geschenkt. Einen weiß-gelben Zitronenfalter, der glitzert, wenn die Sonne draufscheint. Um ehrlich zu sein, ich fand diesen Schmetterling schon von Anfang an schrecklich hässlich, aber aus irgendeinem Grund habe ich das Ding nie weggeschmissen. Jetzt klebt er hier neben der Todesanzeige von Marco in meinem Tagebuch und glitzert, wenn die Sonne draufscheint.

Bis jetzt hatte ich das Glück, dass in meinem Bekanntenkreis noch nie jemand gestorben ist, außer meiner Klavierlehrerin Frau Gustafsson, Amélies Mutter und nun eben Marco. Frau Gustafsson war eine tolle Frau. Sie beherrschte sieben Sprachen und erzählte ständig von ihren drei Freunden, die vom Blitz getroffen worden waren. Sie war schon sehr alt, konnte aber Klavier spielen wie eine Eins. Allerdings habe ich auch eine sehr unangenehme Erfahrung mit ihr gemacht. Es war ein ganz normaler Donnerstag, noch zu den Zeiten, als ich glaubte, dass die Welt einigermaßen in Ordnung ist. Ich war ungefähr neun Jahre alt und saß an Frau Gustafssons altem Flügel und klimperte wie wild darauf herum. Ich spielte nie nach Noten, die konnte ich nicht lesen, ich spielte immer nach Gehör. Das konnte ich. Frau Gustafsson aber mochte es nicht, wenn ein Klavierschüler nie auf die Noten schaute. Also setzte sie sich neben mich und rief: »Schau auf die Noten, Sophia!« Dabei flog ein kleiner rosa Fetzen ihres Zahnfleischs direkt auf die G-Taste. Ich aber blieb tapfer und spielte weiter, in der Hoffnung, dass in dieser verfluchten Etüde kein G mehr vorkam. Vor lauter Angst, dort hinlangen zu müssen, habe ich mich ständig verspielt, bis es Frau Gustafsson endgültig reichte und sie mir das Stück noch einmal vorspielte. Danach war das Zahnfleischfutzelchen weg. Was für ein Glück.

Die alte Dame ist schließlich gestorben, weil ihre Katze ihr von hinten auf den Rücken sprang und sie vor Schreck die Treppe runterfiel. Seitdem habe ich kein Klavier mehr angerührt.

Sonntag, 7. Juli 1996

Ich war mal wieder im Krankenhaus. Heute vor einer Woche bin ich mit Picasso zu den Gleisen geritten, und dieses Mal *kam* ein Zug. Als ich es merkte, war es schon zu spät. Er dröhnte zwei bis drei Meter neben uns vorbei wie ein Flieger auf der Startbahn.

Weil ich an diesem Tag eigentlich keinen langen Ausritt geplant hatte, war Picasso weder gesattelt noch aufgezäumt. Und ich hatte keine Kappe auf, war einfach losgeritten, nur mit Stallhalfter und Führstrick. Das ist so ein Gefühl der Freiheit, vor allem, wenn man so ohne alles über endlose Felder galoppiert.

Mir war sofort klar, dass Picasso komplett durchgehen würde. Wieso, weiß ich nicht, aber ich habe eine Veranlagung dazu, in solchen Scheißsituationen immer ruhig zu bleiben. Ich bekomme immer erst danach die Panik, dann, wenn alles vorbei ist. Picasso galoppierte total hysterisch den Berg hinauf und stieg dort einige Male. Ich blieb irgendwie oben sitzen, flüsterte ihm ständig beruhigende Worte ins Ohr, bis er schließlich langsamer wurde. Ich war so froh, ich heulte fast vor Freude, als Picasso stehen blieb und mir zärtlich ein Leckerli aus der Hand leckte. Ich fiel ihm um den dicken Pferdehals, und wir machten uns langsam auf den Heimweg.

An das, was dann geschah, kann ich mich nicht mehr erinnern, aber man hat mir erzählt, was passierte. Wir ritten an der alten Motocross-Bahn vorbei. Noch nie hatte ich da jemanden fahren sehen. Aber Rico, der große Bruder von Alex aus meiner Klasse, und Bernd, einer seiner Kumpel, fuhren an diesem Scheißtag also Motocross. Total plötzlich ließen sie ihre Motoren aufheulen, so plötzlich, dass ich keine Zeit hatte zu reagieren. Picasso stieg wieder, und ich landete mit dem Hinterkopf auf dem Kiesweg. Rico und Bernd kamen sofort angerannt und wollten mich zum Hof bringen. Aber ich muss völlig daneben gewesen sein. Ich habe angeblich lauter wirres Zeug geredet und wollte unbedingt Picasso einfangen. Dabei stand der wie vom Blitz getroffen neben mir.

Bernd fuhr sofort mit seinem dummen Motorrad zum Hof und rief bei meinem Vater an. Rico hievte mich auf Picassos Rücken und führte mich zurück zum Hof. Dort packte mich mein Vater ins Auto und fuhr mit mir zum Notarzt. Ich behauptete die ganze Zeit, dass es mir gut gehe, dass ich lediglich ein bisschen Kopfschmerzen habe. Aber meine Augen waren blutunterlaufen, und ich war leichenblass. Peinlich wurde es, als ich dem Arzt den Vorgang des Unfalls beschreiben sollte. Ich konnte ihm weder sagen, wo noch wann und wie es passiert war. Daraufhin rief der Arzt, Dr. Rotschädl, ein großer, vollbärtiger Mann, bei Rico an. Der war ja Augenzeuge und erzählte ihm alles. Und dann wurde ich ins Krankenhaus in D. gefahren, in die Notaufnahme. Dort lag ich dann erst mal eine Dreiviertelstunde auf einer Liege im Gang. Ich hatte rasende Kopfschmerzen, und das grelle Licht blendete mich. Einer von tausend Ärzten schob mich dann in den Röntgenraum, wo es schön dunkel war. Ich versuchte, mich die ganze Zeit zu erinnern, war aber immer noch nicht fähig, klar zu denken. Ich warf einen Blick auf die leicht geöffnete Tür und bekam einen Riesenschreck, als ich das Schild auf der Tür des schräg gegenüberliegenden Raums las. *Entsorgungsraum* stand darauf, und weil ich so verwirrt war, fragte ich den nächstbesten Weißmantel, ob sie mich dort hinbringen würden. Der Arzt hat sich fast in die Hose gemacht vor Lachen.

Aber im ersten Moment dachte ich wirklich, dass dort Menschen entsorgt werden.

Wenigstens hat man mir dann endlich den Schädel geröntgt, um sicher zu sein, dass ich kein Blutgerinnsel im Hirn habe.

Man legte mich zu lauter grässlichen Kindern auf die Kinderstation. Wie gemein! Es wurde eine mittlere bis schwere Gehirnerschütterung, vorübergehender Gedächtnisschwund und – jetzt kommt's: eine Nackenwirbelprellung diagnostiziert. Wenn ich mir diesen Wirbel gebrochen hätte, wäre ich jetzt tot. Oder zumindest querschnittsgelähmt.

Ich glaube, jeder Mensch macht sich manchmal Gedanken darüber, ob das Leben mit einer Querschnittslähmung noch Sinn hätte. Es gibt Menschen, die denken: Das Leben würde weitergehen, irgendwie würde es auch im Rollstuhl ganz nett sein. Ich habe in den fünf Tagen, die ich in diesem mir inzwischen schon bekannten Krankenhaus verbracht habe, festgestellt, dass ich nicht zu dieser Sorte Mensch gehöre. Wenn ich mich nicht mehr rühren könnte, wäre mein größter Wunsch, sterben zu können. Alle schönen Dinge im Leben könnte ich vergessen. Ich könnte nicht mehr Basketball spielen, nicht mehr reiten, nicht mehr zeichnen, und ich würde nie das, wovon alle immer reden, nie das Tollste erleben. Oder gibt es Querschnittsgelähmte, die Sex haben? Nein, nein, so könnte ich nicht leben! Es war schon eine schreckliche Quälerei für mich, meinen Kopf nicht mehr nach Herzenslust in alle Richtungen drehen zu können, sondern immer in Schneckengeschwindigkeit meinen ganzen Oberkörper verrenken zu müssen, um mitzubekommen, was in einer bestimmten Zimmerecke vorgeht. Zum Beispiel, wenn eine Schwester hereinkommt, ein Arzt oder der Pfleger Armin. Der war, ehrlich gesagt, das Einzige, was mich bei meinem Krankenhausaufenthalt interessiert hat. Das Schönste am Tag war, wenn er die Tür öffnete und sagte: »So, liebe Kinder, wie geht's denn heute?« Mann, kam ich mir da dämlich vor.

Aber es kann auch sein, dass ich ihn nur toll fand, weil es sonst nichts, rein gar nichts Tolles, Interessantes oder Spannendes in diesem Krankenhaus gibt. Nichts, worüber sich ein zartes Herz wie meines, eine so unschuldige Seele, erfreuen kann. Ich habe also beschlossen zu lesen. Und weil ich nur ein Buch hatte, habe ich es gleich zweimal gelesen. Doch als ich es zum dritten Mal lesen wollte, nahm es mir mein Arzt weg.

Der Arzt, Dr. Marius Kugler, kennt mich schon, seit ich das erste Mal in dieses bescheidene Krankenhaus musste. Das war, als ich mit vier oder fünf einen Fahrradunfall hatte. Damals hatte ich auch eine Gehirnerschütterung. Mein schicker Sonnenhut war mir ins Gesicht gerutscht, und ich, schlau, wie ich war, nahm beide Hände vom Lenker, um das Hütchen wieder von meinen Augen zu schieben. Prompt fuhr ich gegen eine Laterne und machte dann einen Purzelbaum über den Lenker samt Vorderreifen. Wenn irgend jemand diesen Unfall doch auf Video aufgenommen hätte! Ich würde mir diese waghalsige Phia-Aktion zu gerne ansehen.

Dr. Kugler nahm mir also mein Buch weg – mit der Begründung, dass es nicht gut für mich sei, solche Bücher zu lesen, wenn ich in einer schlechten seelischen Verfassung bin. Das Buch hieß *Ich bin nicht mehr eure Tochter.*

Den Rest der Zeit verbrachte ich damit, mich über die kleinen Kinder in meinem Zimmer schiefzulachen. Es waren immerhin sechse an der Zahl. Unser Zimmer war so voll gestellt, dass der Schrank einer Vierjährigen nicht mehr aufging. Es sei denn, man hätte mein Bett auf den Gang verfrachtet, aber das ließ ich natürlich nicht zu.

Jetzt renne ich also schon seit einigen Tagen mit dieser schicken Halskrause durch die Gegend. Anfangs fühlte ich mich entsetzlich eingeengt und eingeschränkt bei meinen waghalsigen Vergnügungen, aber inzwischen habe ich mich daran gewöhnt. Ich will sie gar nicht mehr abmachen, dann kommt mir mein Kopf so schwer vor. Ich glaube, in drei Wochen, wenn ich das Ding entfernen darf, habe ich überhaupt keine Halsmuskeln mehr.

Ein weiteres Wunder außer dem, dass ich noch lebe, ist geschehen. Mein Vater hat gesagt, dass er sich entsetzlich Sorgen gemacht hätte und nicht wüsste, was er ohne mich machen würde. Außerdem hat er behauptet, dass ich ihm sehr viel bedeuten würde und dass er froh ist, dass ich alles ohne Folgeschäden überlebt habe. Vielleicht ist er ja doch nicht so schlimm, wie er immer tut. Er kam mir wirklich wie ein netter Mann vor, als er an meinem Bettrand saß und fast zu weinen anfing.

Allerdings gibt es doch einige Folgeerscheinungen. Erstens (der Nachteil der Aktion): Ich darf einen Monat nicht mehr reiten! Und zweitens (der Vorteil der Aktion): Ich darf keinen Bodensport treiben, was so viel wie Purzelbäume, Kopfstände und so weiter bedeutet. Juhu, ich freu mich schon auf die nächste Sportstunde in der Schule!

Meine geliebte Mutter hat mich natürlich nicht im Krankenhaus besucht.

Montag, 8. Juli 1996

Es ist der reine Wahnsinn. Es ist so ein Wahnsinn, dass man es sich als normaler Mensch kaum vorstellen kann. Mein Vater schießt mal wieder den Vogel ab. Um es genau zu sagen, er hat etwas getan, was ich weder in die Kategorie »mittelscheiße bis scheiße« noch in die Kategorie »absolut geil« noch irgendwo dazwischen einordnen kann. Es ist einfach wahnsinnig. Mein Vater hat einen Auftrag bekommen, einen Auftrag, von dem ich nicht weiß, was genau es für einer ist, ich weiß nur, dass er deswegen für sieben Wochen nach Australien muss. UND ICH SOLL MIT!

Mein Vater hat mich aus dem Reisebüro angerufen, bevor er zum Kegeln ging wie jeden Montag-, Dienstag-, Mittwoch-, Donnerstag-, Freitag- und Samstagabend. Auf einmal erzählt er so ohne jede Hemmungen, dass er den Flug für uns beide schon gebucht hat. Und dass er mich nicht bei meiner Mutter lassen kann, womit er verdammt noch mal Recht hat! Wir würden uns töten. Zu meinen Großeltern kann ich nicht, weil ich keine mehr habe. Und die nächsten Verwandten in Deutschland, zu denen ich so lange hinkönnte, sind in München. Es blieb also nichts anderes übrig als mitzufahren. Wenn ich unbedingt hier bleiben wollte, dann fände sich bestimmt eine Lösung, aber ich will unbedingt nach Australien. Dann komme ich endlich mal raus aus dieser Scheiße hier.

Der beste Freund meines Vaters ist vor vielen Jahren dorthin ausgewandert. Seine Kinder sind alle um einiges älter als ich, aber das macht mir nichts. Ich glaube, es wird schrecklich lustig. Ich habe zwar eine überdimensionale Schlangenphobie, aber die ist kein Hindernis für mich. Australien... Freiheit... oder was man sich noch alles darunter vorstellt. Wir fliegen am Fünfzehnten. Das ist schon in einer Woche. Ich kann es kaum erwarten, bin schon ganz zappelig.

Die Schule ist mir ziemlich egal, ich habe das Jahr eh schon zum größten Teil verpasst. Aber ich finde die Aktion von meinem Vater, wie er meine Direktorin erpressen will, extrem verschärft. Diese hat nämlich Anfang des Schuljahrs bei ihm angerufen und ihn im strengen Vertrauen gefragt, ob es ihm etwas ausmachen würde, wenn seine Tochter, also ich, in diesem Jahr keinen Ethikunterricht erteilt bekäme. Die Fächerkombination sei so kompliziert, dass es vom Stundenplan her nicht möglich sei und so weiter... Meinem Vater war es natürlich stinkegal, ob ich Ethik habe oder nicht. Und das machte er sich jetzt zum Vorteil. Denn wenn er dem Kultusministerium von diesem Deal erzählen würde, bekäme die gute Frau Direktorin, von der ich mir, seit ich auf dieser Schule bin (das sind vier Jahre) den Namen nicht merken kann, weil er so grässlich lang ist, enorme Probleme. Sie wird meinem Vater diese Bitte, mich für den Rest des Jahres zu befreien, nicht abschlagen können.

Dienstag, 9. Juli 1996

Tatsächlich! Mein Vater war heute in der Schule. Die Direktorin hat nur gesagt, dass er doch bitte noch mit meiner Klassenleiterin reden soll. Und was will die schon machen? Wenn ich schlechte Noten hätte, könnte sie ja Einwände haben. Aber ich bin nicht schlecht, außer in Mathe. Das heißt, da stehe ich auf vier, und das ist nicht wirklich schlecht, finde ich. Natürlich habe ich, nachdem ich gestern wieder mal erklären musste, wo ich eine Woche lang geblieben war, in meiner Klasse alles auf den Kopf gestellt, als ich ihnen von meinem nächsten Vorhaben erzählte. Ich soll ihnen eine Karte schreiben. Ich glaube, sie halten mich langsam für eigenartig, weil ich nur alle paar Wochen zur Schule komme, und kaum bin ich mal da, gehe ich auch schon wieder.

Es sind nur noch sechs Tage. Ständig mache ich mir Gedanken darüber, was ich alles mitnehmen soll.

Amélie nervt mich so mit ihrem ununterbrochenen Gerede über diesen blöden Asch! Bin echt froh, dass ich mir das Geschwätz für einige Zeit nicht anhören muss.

Amélie hat damit also auch unseren Mädchen-Kleinkrieg gewonnen. Wir haben uns nämlich schon damals, als wir alle noch nicht im mannbaren Alter waren, Gedanken darüber gemacht, welche von uns wohl zuerst einen Mann abkriegt. *The winner is: Amélie!* Das kann ich gerade noch verkraften, weil Fiona und Nicky auch keinen Macker haben. Richtig schlimm wird es nur, wenn ich mit fünfzig immer noch Single bin, also der absolute Loser, wenn Nicky und Fiona längst ihre dritte Ehe verschissen haben und schon wieder ein neuer Mann bei ihnen anbeißt. Zum Glück habe ich bis dahin noch ein paar Jahre Zeit.

Wenn ich ehrlich bin, will ich gar nicht viele tausend Männer, wie Caro zum Beispiel. Lieber einen RICHTIGEN!

Heute nach der Schule bin ich gleich zu Ramin gegangen. Bei ihm bin ich in letzter Zeit öfter. Ich verstehe mich echt super mit ihm. Er ist richtig cool. Wenn wir Bock haben, labern wir ewig viel, und wenn nicht, saugen wir was Geiles. Ich fühl mich so wohl bei ihm, am liebsten würde ich gleich zu ihm ziehen, aber ich trau mich nicht, ihn zu fragen. Wahrscheinlich würde er sich total angemacht vorkommen und sich einbilden, ich will was von ihm. Aber so ist es nicht, ich mag ihn nur unheimlich gerne, weil er so sensibel ist, so fürsorglich! Mein Ersatzvater sozusagen, er ist ja doch schon siebzehn. Ich bin so froh, dass er sich trotzdem mit mir abgibt. Ich glaube, er weiß nicht mal, dass ich im Oktober erst vierzehn werde.

Als ich heute Nacht heimgegangen bin, habe ich Julius getroffen. Er hat mich sogar gegrüßt.

Donnerstag, 11. Juli 1996

Die Schule war heute schrecklich! Mein Informatiklehrer, Herr Krischitsch, hat mich total zur Sau gemacht, weil Sandra und ich nach der kleinen Pause siebzehn Minuten zu spät kamen. Er hat einen riesigen roten Kopf bekommen und grauenvoll geschrien. Und er hat uns einen Verweis angedroht, wie jede Informatikstunde! Dabei ist er doch nur sauer, weil er genau weiß, dass mich sein monotones Fach nicht interessiert und ich mich, wenn es um Computer geht, mit Absicht so blöd stelle, damit ich nicht so viel Schwachsinn machen muss. Das fängt schon am Anfang der Stunde an. Jede Infostunde tue ich erst mal zehn Minuten so, als wüsste ich nicht, wie ich das Ding anmache. (In dem Moment droht er mir immer den Verweis an!) Wenn er es dann wutentbrannt selbst einstellt und irgendwas von Laufwerken und Dateien schwafelt, klicke ich immer das billigste aller Grafikprogramme an (ein wirklich gutes gibt es natürlich auf unserer Schule nicht) und male, bis er es merkt. Meistens ist er dann so begeistert von meinem Werk, dass er's mich ausdrucken lässt und an die Wand hängt. (Da nimmt er den Verweis dann immer zurück!) In diesem Augenblick finde ich Herrn Krischitsch meistens entsetzlich süß.

Der ganze Informatikraum hängt schon voll mit Phia-Werken. Schade ist bloß, dass ich, um meine kreativen Fähigkeiten rauslassen zu können, Informatik haben muss. Mir wäre Kunst lieber gewesen, aber da war außer mir niemand, der dieses Fach wollte. Einen Lehrer nur für mich…? Nee, so was gibt es an unserer Schule nicht.

Nach der Schule habe ich mich mit Ramin, Nicky und Mike am Brunnen getroffen. Wir sind in den Forst gegangen und haben was geraucht. Oben am Hof habe ich bei Picasso vorbeigeschaut. Reiten hätte keinen Sinn gehabt, ich konnte kaum noch richtig laufen. Die Jungs sind so verrückt. Sie machen lauter dummes Zeug. Als einen Moment lang niemand außer uns im Stall war, hielt Mike meinem Pferd den Dübel unter die Nase. Picasso hat wie wild daran gerochen, hat es richtig eingeschnauft, das Zeug. Ich wusste ja, dass er irrsinnig verfressen ist, er frisst sogar Bananen (Pfui!), Erdbeeren und Mentos. Aber dass er kifft, das hätte ich beim besten Willen nicht gedacht.

Ramin zieht mit seiner Mutter nach Weidenfeld, also gleich in die Nähe vom Hof. Und in die Nähe von Julius. Ich hoffe nur, dass Ramin dann immer noch mit uns rumhängt und nicht mit den Weidenfeldern. Aber vielleicht sehe ich Julius dann öfter, wenn ich Ramin besuche.

Von zu Hause bekomme ich fast nichts mehr mit. Wenn ich heimkomme, bin ich eh meistens so dicht, dass es mir piepegal ist, was mir mein Vater für einen Text presst. Der einzige Grund, nach Hause zu gehen, ist meine kaputte Matratze.

Sonntag, 14. Juli 1996

Als ich am Freitag aus der Schule kam, habe ich meine Basketballtrainerin getroffen. Sie hat gemeint, ich soll, wenn ich aus Australien zurückkomme, unbedingt wieder spielen. Die Mannschaft ist tatsächlich abgesackt. Wenn ich ehrlich bin, habe ich zur Zeit überhaupt keinen Bock auf Basketball. Mein Tatendrang ist irgendwie auch nicht mehr der allergrößte. Ich wiege übrigens zur Zeit 50 Kilo! Ich nehme automatisch immer mehr zu, obwohl ich mir an manchen Tagen fast die Seele aus dem Leib kotze. Ich kann aber das, was da mit mir geschieht, nicht mehr wirklich beeinflussen. Bei meiner Anorexie hatte ich alles unter Kontrolle, das ist jetzt nicht mehr so. Es passiert einfach alles von allein; ich lasse es passieren, weil ich mich nicht im Stande fühle, irgendetwas zu unternehmen. Ich weiß nicht, wie es weitergeht, wenn ich so weitermache, aber ich weiß auch nicht, wie es weitergeht, wenn ich versuche, etwas zu ändern. Ich warte so vor mich hin und hoffe irgendwie immer noch, dass irgendwann, irgendwie und irgendwo irgendjemand etwas ändert, irgendein kleines Fünkchen Freude wird irgendwann schon zu mir durchdringen. Ich fühle gar nicht mehr. Ich fühle mich nur entsetzlich leer. Einfach nur leer und gelangweilt von dieser Welt. Ich hoffe, dass ich in Australien ein paar Sonnenstrahlen finde, die ich mit nach Deutschland nehmen kann, um sie dort auszupacken, wenn es wieder mal so dunkel ist wie zurzeit. Dabei scheint hier ununterbrochen die Sonne, und ich merke es nicht mal.

Eigentlich habe ich doch einen Grund, mich ein bisschen zu freuen. Am Freitag haben wir in der Schrebergartenhütte von Ramins Opa, die hier unten im Sternenthal steht, meinen Abschied gefeiert. Es waren sauviele Leute da. Es war eine kleine Überraschungsfeier für mich, was ich endlos süß finde. Ich werde sie alle so schrecklich vermissen.

Obwohl mir Amélie in letzter Zeit ziemlich oft mit Asch auf Nerven ging, werde ich sie am allermeisten vermissen. Ihr großes rundes Gesicht mit den tausend Sommersprossen, die sich, bis ich wiederkomme, wahrscheinlich verdoppelt haben. Zwischen uns ist immer noch diese Seelenverwandtschaft. Wenn sie mich anschaut, weiß ich genau, was sie will, was sie denkt und was sie fühlt. Das ist andersherum genauso, wobei ich nie so offen war wie sie. Die ganze Sache mit meiner Essstörung geht an ihr vorbei wie eine Erkältung und frisst sich immer tiefer in mich rein wie ein lästiger Krebs.

Ramin werde ich vermissen. Die Gespräche mit ihm, wenn ich aus der Schule kam, die immer erst endeten, wenn wir zu prall zum Reden waren. Wenn ich wiederkomme, wohnt er bereits oben in Weidenfeld.

Und Nicky wird mir auch wahnsinnig fehlen. Sie ist irgendwie wie eine Schwester. Sie ist immer in der Nähe. Ich weiß noch, wie sie sich um mich gekümmert hat, als ich aus der Klapse kam.

Fiona werde ich vermissen, Mike, Daniel und alle anderen, bis auf Asch und Caro.

Ich höre mich irgendwie an, als würde ich ohne Rückfahrkarte zum Pluto auswandern. Dabei sind es doch nur läppische sieben Wochen. Sieben Wochen! Eine entsetzlich lange Zeit. Meinen Koffer habe ich schon gepackt, aber alle fünf Minuten mache ich ihn wieder auf, um etwas hineinzustopfen, was ich vergessen habe. Zum Beispiel meine *sunglasses*!

Ich freu mich schon auf den Flug. Ich bin noch nie über längere Zeit geflogen. Nur einmal auf die Insel Helgoland, als ich ganz klein war. Aber daran kann ich mich kaum noch erinnern.

Von meiner Mutter habe ich mich auch nicht verabschiedet. Seit ihrer gelungenen Verarschung habe ich sie nur noch einmal gesehen, im Supermarkt, als sie sich was zu saufen gekauft hat. Aber da habe ich einen großen Bogen um sie gemacht.

Montag, 15. Juli 1996

Der große Tag der Abreise.

Die Fahrt zum Münchner Flughafen war superätzend. Mir wurde wahnsinnig schlecht, obwohl ich vorne saß. Als wir endlich ankamen, holten wir uns unser Visum und ließen unsere Gepäckmassen einchecken. Anschließend saß ich eine und eine halbe Ewigkeit zusammen mit meinem verhaltensgestörten Vater in dieser riesigen Halle, und er redete mal wieder nicht mit mir. Ich habe keine Ahnung, warum, wahrscheinlich hab ich wieder irgendetwas falsch gemacht, so wie immer. Aber er könnte ruhig sagen, was er für ein Problem hat, dann wüsste ich wenigstens, was los ist.

Um 20.30 Uhr mussten wir durch diesen Gang zum

Flieger latschen und wurden durchsucht. Als ob ich, das bravste Kind auf Erden, ein Maschinengewehr mitnehmen würde, um Australien zu unterdrücken. Bei meinem Vater wurde auch nichts gefunden. Dass ich ein bisschen Gras mitgenommen habe (als Vorsorge! Ich hab ja keine Ahnung, was ich da drüben mitmachen muss!), hat der tolle Computer-Metall-Sensor natürlich nicht gecheckt.

Als wir im Flugzeug waren, konnte ich ganz kurz einen Blick in die erste Klasse werfen. Mannomann, in so einen Sessel hätte ich zweimal reingepasst! Aber unsere Plätze waren natürlich nicht in der ersten Klasse. Sie waren irgendwo mitten im Bauch dieser Maschine, aber wenigstens am Fenster. Neben mir saß ein fetter alter Kerl, der furchtbar stank.

Bei der Ankunft in London war es schon dunkel. Es war grandios, die Stadt mit ihren tausend Lichtern von oben zu sehen. Nach der Landung holte uns ein roter Bus ab und brachte uns zu der Boeing 747-400, einem wahnsinnigen Monsterflieger. Natürlich hatten wir nun keinen Fensterplatz mehr, aber wenigstens hatte ich einen Platz am Rand und musste keine komischen Gerüche mehr ertragen. Jetzt saß nur noch mein Vater neben mir, und der stinkt wenigstens nicht. Dann ging es los mit dem üblichen Geschwafel. Wie man das Radio bedient, wie man die Schwimmwesten anlegt und so weiter. Sülz, sülz, sülz! Ich war hundemüde und wollte nur noch schlafen. Wenigstens gibt es in diesen Flugzeugen Wolldecken und Schlafsocken. Für eine Wolldecken- und Schlafsockenfetischistin wie mich ist das auch das Mindeste!

Dienstag, 16. Juli 1996

Ich wachte auf, als eine Durchsage ertönte, dass wir einen Toten an Bord haben. Na lecker. Wieso, warum und weswegen wurde uns natürlich nicht mitgeteilt. Ein Mann aus der ersten Klasse. Dem hat der teure Sitz auch nichts mehr genützt.

Um die Leiche nicht überm Meer rausschmeißen zu müssen, machten wir Zwischenlandung in Kalkutta. Leider durften wir nicht aussteigen, aber ich versuchte, so viel wie möglich durch das Fenster zu sehen. Es schaute alles irgendwie wahnsinnig erbärmlich aus. Ich sah sogar kleine runde Hütten mit Strohdach und eine Unmenge Palmen mitten auf dem Flughafen. Und ich sah den Wagen, in den man die verpackte Leiche steckte. Wenigstens blieb mir ihr unverpackter Anblick erspart. Und ich war jetzt also auch mal in Indien gewesen.

Ich habe festgestellt, dass Starten viel angenehmer ist als Landen. Beim Landen zerreißt es mir immer fast den Schädel, meine Ohren tun furchtbar weh, und mir wird hundsmiserabel schlecht.

Als der Flug weiterging, nötigte man uns das ekelhafteste Essen auf, das mir in meinem Leben je untergekommen ist. Ich aß es bloß, um meinen Vater zu besänftigen. Danach habe ich in Erfahrung gebracht, dass es sich in Flugzeugklos schrecklich schlecht kotzen lässt. Es ist so widerlich eng da drin, und gerade in dem Moment, in dem ich mir den Finger nach hinten steckte, gab es Turbulenzen, sodass die Hälfte danebenging. Das war echt superätzend. Vor allem schockierte mich, dass das, was man uns Minuten zuvor noch als »Essen« angedreht hat, ausgekotzt genauso schmeckt wie vorher!

Nach zwei weiteren Stunden mussten wir schon wieder landen, aber dieses Mal wenigstens plangemäß. Während das Flugzeug neuen Sprit tankte, liefen mein Vater und ich über den Flughafen in Bangkok, und ich kam mir äußerst seltsam vor, weil die kleinen Thailänder-Männer mich anstarrten, als wäre ich eine Außerirdische. Als mir mein Vater erklärte, dass die Männer hier alle mit ihren Frauen handeln, bekam ich wirklich Schiss und wollte so schnell wie möglich wieder in den Flieger. Man kann ja nie wissen, was die thailändischen Frauenhändler als Nächstes vorhaben. Und vor allem, an welche Deals mein Vater gerade denkt!

Den Rest des Tages habe ich verschlafen. Mein Zeitgefühl ist inzwischen flöten gegangen, und auch wenn ich aus dem Fenster sehe, kann ich nicht herausfinden, ob es gerade Morgen oder Abend ist.

Mittwoch, 17. Juli 1996

Es ist kaum zu glauben, aber wahrhaftig. Ich sitze immer noch im Flieger und bekomme langsam das Gefühl, nie wieder hier rauszukommen.

Mir ist etwas entsetzlich Peinliches passiert. Ich langweilte mich gerade furchtbar und fing an, unter dem Sitz nach meinem Buch zu suchen, das sich bei der letzten Turbulenz irgendwie selbstständig gemacht hatte.

Plötzlich hatte ich etwas Eigenartiges in der Hand und tastete so lange daran rum, bis das Eigenartige sich bewegte. Ich bekam so einen Schreck, als ich realisierte, die ganze Zeit an den Zehen meines Hintermannes herumgefummelt zu haben, dass ich einen kleinen, aber doch nicht überhörbaren Schrei ausstieß. Und das, als alle schliefen! Seitdem traue ich mich auch nicht mehr, aufs Klo zu gehen, weil ich mich dann umdrehen und am Besitzer der Füße vorbeimuss. Was für eine Blamage!

Bevor wir in Sydney landeten, konnte ich von oben das berühmte Opernhaus sehen. Eigentlich interessiert es mich nicht im Geringsten, aber es sah einfach schön aus, wie es so am Wasser steht. Von oben wirkte es richtig bunt. In Sydney stiegen viele Leute aus, und ich schnappte mir einen Fensterplatz.

Was die Australier angeht, bin ich wirklich von den Socken. Man hat uns im Flugzeug desinfiziert, als hätten wir eine eitrige, eklige Krankheit. Dabei sind wir doch nur harmlose Ausländer. Aber es ist wahr. Zuerst ertönte eine Durchsage, dass wir uns die Hände vors Gesicht halten sollen, und dann gingen die Stewardessen mit einem Spray durch die Reihen und sprühten uns voll.

Donnerstag, 18. Juli 1996

Wir sind tatsächlich noch in Brisbane angekommen. Papas Kumpel Lorenz holte uns vom Flughafen ab, und wir fuhren nach Tea Tree Hill, das Kaff, in dem er wohnt. Ich war wirklich überwältigt, diese Landschaft zu sehen. Ich konnte mir das bis jetzt noch nicht vorstellen, dass mich ein paar läppische Bäume und die riesigen Felder, die weite Sicht und das Wetter so beeindrucken können.

In T-T-Hill lernte ich die Exfrau von Lorenz kennen. Sie ist saunett. Später kamen noch seine Söhne und Töchter. Ricky ist schon fünfundzwanzig und hat selbst schon drei Kinder, von denen er aber eines abstreitet und behauptet, es sei nicht von ihm. Nancy ist ein Jahr jünger und mit einem Metzger aus New South Wales verheiratet. Sie hat eine kleine vierjährige Tochter, die ich auch schon kenne. Judy ist das erste Kind, das ich wirklich süß finde. Sie ist nicht so ein verzogenes, aufsässiges deutsches Vorstadtkind, sondern eine kleine, wilde Country-Maus. Es macht richtig Spaß, an ihr mein Schulenglisch auszuprobieren. Die anderen können alle ein paar Worte Deutsch.

Am coolsten ist Brian. Mit ihm habe ich mich auf Anhieb am besten verstanden. Er hat mir erzählt, dass er hinter dem Haus seiner Mutter Marihuana angebaut hat. Ich war richtig geschockt, weil ich dachte, das kann doch nicht gut gehen. Da erzählte er mir in aller Seelenruhe, dass sie das wisse und nichts dagegen habe. Die Australier sehen das anscheinend alles nicht so eng. Genauso, wie sie das mit den Autos nicht so eng sehen. Die Kiste von Brian hat nur noch die Windschutzscheibe, die hintere Scheibe und ein Seitenfenster. Die restlichen drei fehlen. Außerdem ist der Hebel zum Fenster-auf-und-zu-Machen mit Paketband festgeklebt, und die hintere Sitzbank ist zerfetzt. Ob es in Australien einen TÜV gibt, weiß ich nicht.

Aber ich muss sagen, dass man es Brian schon irgendwie ansieht, dass er das Gras in Mengen konsumiert. Er ist abscheulich dünn und hat riesige dunkle Augenringe. Ich bin mir nicht ganz sicher, ob es wirklich nur Hasch ist, was er raucht. Ich habe mir geschworen, nie andere Drogen anzurühren, auch wenn ich irgendwann mal die Gelegenheit dazu haben sollte.

Freitag, 26. Juli 1996

Hier in Australien ist es noch viel schöner, als ich es mir vorgestellt habe. Es ist jeden Tag irgendeine Party. Inzwischen habe ich die ganze Familie kennen gelernt. Die Freundin von Lorenz, die Kinder der Freundin von Lorenz, die Kinder der Kinder der Freundin von Lorenz und und und…

Ich habe sogar mein eigenes kleines Reich. Ich wohne in der Garage. Das hört sich jetzt krass an, ist es aber nicht. Sie ist umgebaut zum Gäste- oder Partyraum. Heizen muss man nicht, obwohl in Australien gerade Winter ist.

Es geht mir echt gut hier. Jeden Abend kommen die Verwandten und Bekannten und feiern irgendetwas. Mein Vater taut hier richtig auf. Brians Freunde kenne ich auch schon. Sie sind alle supernett. Es macht solchen Spaß mit ihnen, sie sind so anders als die verklemmten Deutschen.

Wenn die anderen fröhlich am Saufen und Feiern sind, verpissen wir uns immer. T-T-Hill ist ein furchtbar kleines Nest, vielleicht zehn Häuser, und danach kommt… nichts, nur endlose Felder, einige Bäume, und wenn es dunkel ist, kann man die Sterne fast anfassen, so nah wirken sie. Der Mond ist hier verkehrt herum, was mich anfangs so verwirrt hat, dass ich beschloss, mit dem Kiffen aufzuhören. Bis mir Ted, Brians Kumpel, dann erklärt hat, dass das der Normalzustand des australischen Mondes sei. Ted sieht übrigens unwahrscheinlich gut aus. Er ist wie alle hier braun gebrannt, hat blondes Haar und dunkelbraune Augen. Und seine Schultern sind so breit… Ein richtiger Traummann.

Am Samstag sind wir zu siebt im Auto von Brians Kumpel Stan nach Goonengerry gefahren, um uns dort mit einem Kerl zu treffen, der extrem daneben war. Der hat uns dann mit seinem Jeep, der so verrostet war, dass man durch den Boden die Reifen sehen konnte, mitten in die Pampa gefahren. Als wir ausstiegen, wusste ich immer noch nicht, was die ganze Aktion eigentlich sollte. Brian versuchte ständig, mir irgendetwas zu erklären, aber ich konnte ihn nicht richtig verstehen, er verhaspelte sich dauernd beim Reden, und da sich meine Englischkenntnisse in Grenzen hielten, hatte ich keinen Schimmer, worum es ging. Wir latschten über eine ewig lange Wiese, und die Jungs grinsten alle, als wäre Weihnachten. Plötzlich blieben sie vor einem riesigen Haufen Pilze stehen. Es war kaum zu glauben. Ich hatte noch nie so viele Pilze auf einmal gesehen, und mir dämmerte langsam, was hier ablief. Wie die Wilden stürzten die Jungs sich darauf und packten alles in ihre Plastiktüten, deren Zweck mir nun endlich auch klar wurde. Sie grinsten mich alle an, dass ich fast lachen musste. Ich habe selten Menschen gesehen, die so breit grinsen können.

Mein Vater verhält sich irgendwie merkwürdig. Tagsüber hat er immer irgendetwas zu tun, und abends feiert er mit den anderen. Wenn wir uns zufällig mal sehen, ist er immer unglaublich nett zu mir. Ich glaube, er hat inzwischen vergessen, wer ich bin. Er hat gar nicht mitbekommen, dass ich manchmal bei Brian übernachtet habe und wie oft wir die ganze Nacht irgendwo total dicht unterm Sternenhimmel liegen und nicht heimkommen.

Am Mittwoch haben die Jungs die Psilos mitgebracht. Ich hatte mir ja eigentlich vorgenommen, keine anderen Drogen außer Gras anzurühren, aber Pilze und Gras fallen bei mir in dieselbe Sparte. Alles rein biologischer Anbau, da kann nicht viel passieren. Nur chemische Drogen sind wirklich gefährlich. Aber inzwischen weiß ich, dass sich diese Pilze doch etwas anders auswirken als Gras.

Wir saßen also mal wieder zu fünft auf einem dieser Felder, und ich war schon ziemlich dicht, als Ben diese Pilze auspackte. Ich kaute erst einmal auf dem getrockneten Ding rum, bis ich's geschluckt habe. Nach 'ner Weile bekam ich totale Hallus. Lauter komische Bilder flitzten an meinen Augen vorbei, der reine Wahnsinn! Alle fraßen so einen Pilz, außer Ted, der hatte sich vorgenommen, uns heute noch nach Hause zu bringen. Mannomann, ging's in meinem Schädel ab! Ganz plötzlich bekam ich eine grauenvolle Panikattacke. Ich fing an herumzuschreien und irr durch die Gegend zu laufen, bis Ted mich einfing und mir die Hand vor den

Mund hielt. Ich saß, glaube ich, zwei Stunden dort mit ihm, bis es mir wieder einigermaßen gut ging. Die anderen Jungs pennten im Auto, und Ted redete die ganze Zeit, aber ich verstand gar nichts. Ich hörte bloß seine Stimme, die mich irgendwie beruhigte. Es war eine unvorstellbar warme Nacht, und mein Gesicht war klitschnass, weil Ted mir so lange die Hand davor gehalten hatte, dass ich darunter unglaublich schwitzte. Als er sie endlich wegnahm, brachte ich keinen Ton mehr raus. Ted erklärte mir, dass er das auch schon einmal erlebt hätte, und ich war froh, dass ich nicht die Einzige war, der es so ging.

Irgendwann am frühen Morgen fuhren wir zu Ted. Tausende von Papageien saßen in den Bäumen oder flogen durch die Morgenluft. Die waren wirklich da, ich bildete sie mir nicht ein. Wir sind eine gute Stunde gefahren, was mir unglaublich lang vorkam. Für die Australier ist das nicht lang, die sind diese Entfernungen gewöhnt. Oft fahren sie Hunderte von Kilometern, nur um zehn Minuten irgendetwas zu machen und dann wieder nach Hause zu fahren.

Bei Ted angekommen, quartierten sich Brian, Ben und Steve im Wohnzimmer ein. Mich trug Ted in sein Bett. Ich bin mir sicher, dass er mehr von mir wollte, aber ich war so saumüde, dass ich mich kaum noch bewegen konnte.

Als ich aufwachte, machten die Jungs gerade Abendessen. Sie wissen alle nichts über meine Essstörung, und das soll auch so bleiben. Deswegen aß ich auch etwas und kotzte es danach wieder aus.

Montag, 29. Juli 1996

Die Nachbarin von Lorenz, Mrs. Catherine MacRonald, ist Lehrerin und hat mich heute in die Schule nach Cotton Valley mitgenommen. Allerdings unterrichtet sie die ersten Klassen, und daher saß ich von neun Uhr morgens bis um 15.00 Uhr mit lauter Kleinkindern in einem Raum und musste tausend Fragen beantworten, was dies und jenes auf Deutsch heißt. In der Pause hätte ich fast eine Verwarnung oder so was bekommen, aber dieses Mal hatte ich wirklich nichts verbrochen. Ich konnte ja nicht ahnen, dass es in Australien wegen der Hitze und der UV-Strahlung Pflicht ist, auf dem Pausenhof eine Kopfbedeckung zu tragen. Wer sich nicht daran hält, wird bestraft, aber da ich ja eine kleine dumme deutsche Gastschülerin war, kam ich noch mal davon.

Am Abend sind Brian, Ben, Ted, Steve und ich zu Nancy gefahren. Ich werde jetzt einige Zeit bei ihr wohnen. Sie besitzt ein Riesengrundstück mit Dschungel, Schlucht und Creek und außerdem drei Pferde. Ted und Brian blieben auch, Ben und Steve sind nach Sydney gefahren, um irgendwen zu besuchen.

Als die Jungs, Nancy und ich in der Schlucht herumstöberten, habe ich die erste Schlange gesehen. Und was für eine! Einen grün-schwarzen Netzpython, ich schätze so knapp drei Meter lang. Sie lag auf einem Ast und züngelte ein bisschen. Komischerweise hatte ich nicht die geringste Angst! Für die drei anderen war das irgendwie nichts Besonderes, aber ich fand es richtig spannend.

Mittwoch, 31. Juli 1996

Gestern sind Nancy und ich schon um halb sechs Uhr morgens aufgestanden und losgeritten. Wir wollten nicht in die Mittagshitze kommen, was hier draußen im Busch tödlich sein kann. Weil ich diese dämlichen Westernsättel nicht gewohnt bin, zog ich es vor, ohne auszureiten. Der Pferdearsch ist sowieso viel weicher. Mein Pferd, Dusty, ist ein richtig süßer Kerl. Nancy hat ihn selbst eingeritten. Als wir zur ersten Straße kamen, eröffnete mir Nancy, dass Dusty noch nie ein Auto gesehen habe. Na toll, dachte ich und freute mich wahnsinnig auf das erste Auto. Und da raste es auch schon heran. Die Straße war nicht geteert, und ich sah nur eine riesige orangefarbene Staubwolke auf mich zukommen. Ich rechnete jeden Augenblick damit, dass Dusty einen Kollaps bekäme, aber er zuckte nicht einmal mit der Wimper. Ich war total überrascht, denn ich bin nur deutsche Pferde gewöhnt, Pferde, die schon ausrasten, wenn sie ein Dreirad in zehn Kilometer Entfernung sehen.

Heute Abend fuhren wir zu Lorenz, und es wurde wieder gefeiert.

Mein Vater war nicht da. Wo der sich wohl zurzeit rumtreibt?

Samstag, 17. August 1996

Jetzt bin ich schon seit fünf Wochen hier. Es ist schrecklich viel passiert!

Ich war vier Tage bei der Exfrau von Lorenz am Meer. Ihre Wohnung ist der Wahnsinn. Sie hat zwei Balkone. Wenn man auf dem einen steht, sieht man das Meer, und wenn man auf dem anderen steht... dann sieht man auch das Meer! Die Gold Coast. Wenn man zum Meer will, muss man genau drei Minuten und achtundzwanzig Sekunden zu Fuß gehen. Ich hab's getestet!

Ich glaube, seit ich hier bin, bin ich ein anderer Mensch. Ich habe das Gefühl, endlich richtig zu leben. Diese Sonne, die heißen Tage und warmen Nächte, das ganze Klima, die Natur, das gute Gras und vor allem Ted machen mich glücklich. Ich weiß nicht, ob ich mit Ted richtig zusammen bin, das spielt auch überhaupt keine Rolle, weil wir beide unabhängig sein wollen. Aber er ist der erste Mensch in meinem Leben, der mir Geborgenheit und Sicherheit vermittelt. Er passt auf mich auf, wenn ich es nicht tu, er ist immer da, wenn mir nicht gut ist, und er liest mir jeden Wunsch von den Augen ab.

Worauf ich aber besonders stolz bin, ist, dass ich es zustande gebracht habe, ihm auf Englisch zu erklären, dass ich mich von ihm nicht poppen lasse. Ich will wirklich nicht. Für manche Dinge bin ich eben doch noch zu klein!

Das Schlimme ist, dass in meinem Hinterkopf immer noch Julius rumspukt. Wenn ich an Deutschland denke, wird mir übel. Dort ist alles so eng, trostlos, dunkel, bedrückend. Sogar im Sommer empfinde ich nur Kälte. Am liebsten würde ich für immer hier bleiben. Ich habe auch überhaupt kein bisschen Heimweh. Und ich vermisse auch niemanden. Warum, weiß ich nicht! Und ich denke auch nicht darüber nach, weil mir dann bewusst wird, dass ich in neunzehn Tagen schon wieder in diesem Dreck da unten sitzen und mich so machtlos und einsam und verlassen fühlen werde. Hier in Australien habe ich das Gefühl, dass meine Sinne alles intensiver und bewusster wahrnehmen als in Deutschland. Ich fühle mich wieder richtig und kann mich wieder über Kleinigkeiten freuen wie ein Schneekönig. Meine Essstörung bin ich zwar immer noch nicht los, aber das habe ich auch nie erwartet.

In der Woche, in der ich bei Lorenz' Exfrau am Strand gewohnt habe, war einmal sogar Hai-Warnung. Ich war gerade im Wasser und bekam schrecklichen Schiss. Ich glaube, solche Angst um mein Leben hatte ich noch nie. Als ich dann neben tausend anderen am Strand stand und in den Pazifik starrte, als ob der Hai jeden Augenblick herausspringen würde, wurde uns mitgeteilt, dass es ein Fehlalarm war. Brian, Steve und Ben sind sofort wieder ins Wasser, aber ich traute mich das an diesem Tag nicht mehr. Ted und ich haben uns schließlich außerhalb des Wassers vergnügt, obwohl die Wellen im Pazifik eigentlich nichts übertrifft.

Vor ein paar Wochen war ich mit Lorenz in Brisbane. Die Stadt ist so sauber, dass man barfuß durchlatschen kann, ohne in eine einzige Scherbe zu treten. Man muss nur aufpassen, dass man sich auf dem heißen Teer nicht die Fußsohlen verbrennt.

In dieser Stadt ist mir noch etwas aufgefallen. Es gibt unwahrscheinlich viele richtig fette Frauen. An jeder Imbissbude steht mindestens eines von diesen Monstern. Ich meine jetzt nicht pummelige oder dicke Frauen, ich meine so richtig superfette. Warum das hier so ist, weiß ich nicht, ich habe das Gefühl, die Leute legen hier nicht so viel Wert auf ihr Aussehen wie die Europäer.

Lorenz ist mit mir in die Underwater World gegangen. Das war der Hammer! Dort konnte man durch einen schmalen Tunnel gehen, der uns nur durch eine Glasscheibe von den Wassermassen des Aquariums trennte. Über unserm Kopf schwammen wahrhaftige Haie. Ein bisschen mulmig wurde mir da schon, es hätte ja nur diese Scheibe durchbrechen müssen…

Lorenz ist übrigens auch so lässig wie die anderen hier. Er ist Fotograf und hat mich neulich in seinem Studio fotografiert. Die Bilder wurden wirklich gut, richtige Modelfotos.

Heute habe ich mit Ben, Nancy und Brian einen Creek-Trip gemacht. Mindestens zwei Stunden sind wir auf den Steinen am oder im Wasser entlanggeklettert, bis es nicht mehr weiterging. Wenn der Fluss auf dem Rückweg verschwunden wäre, hätten wir bestimmt nicht mehr nach Hause gefunden, weil um uns rum kilometerweit nur subtropischer Rainforest war.

Aber der Fluss kann ja nicht davonlaufen, und deswegen sind wir auch einigermaßen heil wieder heimgekommen. Einigermaßen! Ben allerdings hatte einen *leech*. Mann, sind diese Viecher eklig! *Leeches* sind Blutegel. Sie sind schwarz, klein, ätzend, ekelig, widerlich und zäh. Hat so ein Ding erst mal richtig angebissen, dann ist es gar nicht so einfach, das Minimonster wieder loszuwerden. Ben hat es dann nach langem Gepule doch noch geschafft, das Teil zu entfernen, und war danach ewig damit beschäftigt, sich die australische Version von Bounty, der Super-Saug-Weg-Wisch-Kraftrollen-Tücher, auf die Wunde zu pressen, weil sie einfach nicht aufhören wollte zu bluten. Aber ich hab mir das nicht angeschaut, das war mir zu ekelhaft. Ich habe lediglich für den Tüchernachschub gesorgt und mich ab und zu nach Bens Wohlbefinden erkundigt, denn er saß ganz einsam und verlassen auf der Terrasse vor Nancys Haus. Alle anderen ließen ihn aus ästhetischen Gründen im Stich.

Jetzt bin ich schon so lange hier und habe immer noch keinen Koalabären gesehen. Wenigstens ist Nancy und mir neulich ein Känguru übern Weg gesprungen. Wir fuhren gerade nach Cotton Valley zum Einkaufen, da peste es plötzlich über die Straße. Es war aber nur ein *wallaby*, so ein kleines.

Mittwoch, 21. August 1996

Heute war ein wirklich schlimmer Tag. Ich habe heute sogar versucht zu beten, weil alles so durcheinander war. Es hat mich zwar niemand bekehrt, aber wenn man in einer so brenzligen Situation steckt wie Nancy, Dusty und ich heute, dann kann es sogar passieren, dass das ungläubigste Wesen der Welt, Sophia Viktoria Lambeck, ungetauft und unbekehrt, ein Wesen, das noch nie eine Kirche von innen gesehen und noch nie einen Blick in die Bibel geworfen hat, zu beten anfängt.

Jetzt mal ganz im Ernst, es war kaum auszuhalten.

Nancy stürmte furchtbar aufgeregt ins Haus und telefonierte in der Gegend herum. Ich verstand überhaupt nichts, weil sie so schnell sprach. Anschließend erklärte sie mir, dass sie vergessen hatte, die Scheunentür zu schließen, worauf Dusty den ganzen Sack Hühnerfutter gefressen hatte! Der Tierarzt musste also kommen und ihm irgendetwas spritzen. Eigentlich ist das ja nichts Wildes, aber der nächste Tierarzt hier wohnt gute dreieinhalb Stunden entfernt.

Diese Warterei! In der ersten Stunde verhielt sich Dusty noch normal. Aber dann fing er an komisch zu atmen und wollte sich ständig hinlegen. Nancy führte ihn herum und versuchte ihn zu beruhigen, und ich ging nebenher und versuchte Nancy zu beruhigen. Und dann kam ein Auto, aber es war nicht der Tierarzt, sondern Dick, der Vater von Nancys Tochter Judy, von dem sie sich schon vor ein paar Jahren getrennt hat. Judy hatte einige Tage bei ihm verbracht, und nun lieferte er sie wieder bei Nancy ab. Wie ich ihn inzwischen hasse, diesen Kerl! Er stieg aus und kam auf uns zu, sah sehr grimmig aus. Mit ein paar Worten gab er Nancy zu verstehen, dass er viel zu tun habe und keine Zeit mehr, sich um Judy zu kümmern. Die sei nämlich krank.

Und tatsächlich! Judy hatte hohes Fieber, ganz glasige Augen und war blass. Sie schwitzte, obwohl es heute gar nicht so heiß war wie sonst. Dick brachte Judy nicht einmal ins Haus, er setzte sie vor dem Haus ab und fuhr einfach wieder. Wie kann jemandem sein Kind nur so wurscht sein?

Nancy konnte sich nicht mehr um Dusty kümmern, ihre Tochter ging natürlich vor. Also stand ich da mit einem kranken Pferd, das jeden Moment eine schlimme Kolik bekommen und innerlich platzen konnte. Dusty wollte sich ständig auf den Boden legen und wälzen. Wenn sich so ein Pferd so was einbildet, ist es echt nicht leicht, es davon abzuhalten. Dusty ist ein ziemlich kräftiges Tier, ein Quarterhorse. Diese Pferde werden gewöhnlich zum Kühejagen eingesetzt, Rodeo und solche wilden Dinge. Und ich bin ja nun nicht unbedingt ein Muskelprotz und hätte niemals genug Kraft gehabt, Dusty dazu zu bewegen, wieder aufzustehen, wenn er sich hingelegt hatte. Und wenn es dazu gekommen wäre, dann hätte auch der Tierarzt nicht mehr helfen können. Kolikkranke Viecher dürfen sich nicht wälzen – warum, weiß ich nicht, nur dass es so ist.

Mit Kraft konnte ich nicht viel erreichen. Ich versuchte also Dusty im schnellen Schritt herumzuführen und auf andere Gedanken zu bringen. Ich redete die ganze Zeit mit ihm. Ich redete und redete, und Dusty bekam immer mehr Schmerzen, das merkte ich. Ich hatte Angst. Ständig rechnete ich damit, dass er platzt und stirbt. Die Zeit verging entsetzlich langsam, langsamer als in der letzten Schulstunde vor den Ferien. Auf einmal blieb Dusty stehen und wollte keinen Schritt mehr gehen. Stur stand er da, ließ den Kopf hängen und atmete sehr schwer. Es war ganz eigenartig. Zuerst zog ich wie verrückt am Halfter und klopfte ihm auf seinen Arsch. Er rührte sich nicht. Vor lauter Angst fing ich an, ihm zu erklären, warum er weitergehen sollte. Ich hab's ihm auf Deutsch und Englisch erklärt. Es ist doof zu behaupten, er hätte mich verstanden, aber er ging tatsächlich weiter. Bis der Tierarzt kam. Es musste alles schnell gehen, und der Doc bat mich, ihm zu assistieren. Ich verstand zwar mal wieder kaum was, aber ich handelte instinktiv. Als Dusty diese Spritze sah, wurde er wild. Er war zwar schon ziemlich geschwächt von der Kolik, hatte aber noch genug Kraft herumzubeißen, zu steigen und auszuschlagen. Der Tierarzt wollte die Halsschlagader treffen. Mein Gott, war das ein Drama, dieses Pferd zu beruhigen! Bei der Aktion hab ich mir einen geprellten Daumen, zwei blaue Flecken am Oberschenkel und einen riesigen Bluterguss am Schienbein geholt. Der tut besonders weh. Aber in dem Moment, in dem es passierte, spürte ich es überhaupt nicht – wie immer bekam ich erst danach die Panik.

Als das Beruhigungszeug endlich gespritzt war, musste nur noch ein Schlauch in Dustys Bauch gelegt werden, an dem ein Trichter befestigt war. Da stand ich dann eine halbe Stunde, bis das Zeug vollständig in die Tiefen des Pferdemagens geplätschert war.

Inzwischen ist Dusty wieder quietschfidel. Und mir ist der Ayers Rock vom Herzen gefallen, als endlich alles vorbei war.

Nancy hat vorhin zu mir gesagt: »You have horses in the blood, like me!« Sie hat mir erzählt, dass sie früher immer zur Schule geritten sei und ihr Pferd dort Tag für Tag an einer Palme festband. Bis die Palme eines Tages einging, weil ihr Pferd zu oft drangepinkelt hat.

Sonntag, 25. August 1996

Inzwischen wohne ich wieder bei Lorenz in der Partyraum-Garage. Langsam mache ich mir ernsthafte Gedanken um meinen Vater. Ich würde zu gerne wissen, was er treibt, was er die ganze Zeit zu »arbeiten« hat und warum er ständig unterwegs ist. Ich habe beschlossen, das herauszufinden. Doch es ist relativ schwierig, da er nur in Anwesenheit von anderen Menschen nett zu mir ist. Wenn ich mit ihm allein bin, redet er ja nicht mit mir, und wenn, dann nur solche netten Dinge wie »Frag nicht, sonst knall ich dir eine!« oder »Mund halten, sonst kracht's gewaltig!« oder »Das verstehst du nicht, dazu bist du zu blöd!« Bis jetzt habe ich das immer verdrängt, aber langsam geht mir sein Verhalten total auf den Keks.

Ich habe Ted davon erzählt, und er hat mir versprochen herauszufinden, was mein Vater im Schilde führt. Deswegen hat er ihn heute verfolgt, musste aber feststellen, dass mein Vater lediglich zur nächsten *petrol station* fuhr, um Zigaretten zu kaufen. War wohl nichts! Aber wir kommen schon noch dahinter!

Allerdings müssen wir uns beeilen, denn heute in einer Woche ist unser Flug. Wie entsetzlich!

Freitag, 30. August 1996

Die Zeit vergeht in rasender Geschwindigkeit, als wollte sie Olympiasieger im Schnellvergehen werden. Es ist kaum zu glauben! Mir bleiben nur noch läppische eineinhalb Tage hier! Nein, nein, nein, ich will nicht zurück! Es kommt mir vor, als würde ich allmählich aus einem wunderschönen Traum erwachen und in die grausame Realität zurückgeholt.

Leider konnte mir Ted, was die Sache mit meinem Vater betrifft, auch nicht weiterhelfen. Mein Vater hat die ganze letzte Woche nur vier verschiedene Dinge gemacht. Noch dazu vier Dinge, die mit Z beginnen. Er hat die Zeitung geholt, Zigaretten gekauft, Zitronen und Zucker besorgt. Sonst hat er nichts Außergewöhnliches getan.

Heute ist Ted mit mir zur Dicky Beach gefahren. Dort ist es wunderschön. Mitten am Strand liegt ein altes Schiffswrack. Wir wollten ein letztes Mal allein sein, haben den ganzen Tag zusammen verbracht. Ted hat beschlossen, am Sonntag mit zum Flughafen zu fahren.

Samstag, 31. August 1996

Die ganze Familie mit Anhang war heute noch mal hier in Tea Tree Hill. Die Erwachsenen haben gefeiert, und ich bin mit den Jungs noch mal rausgefahren auf unser Feld und hab doch noch mal einen dieser Psilocybinpilze probiert. Dieses Mal ging alles gut, ich bekam keine Wahnvorstellugen, es blieb bei Halluzinationen. Ein paar Stühle flogen auf mich zu, und ein großer Eisbär begegnete mir, aber sonst war mein Trip ganz in Ordnung. Trotzdem werde ich diese Magic Mushrooms nicht mehr anrühren, ist mir zu stressig! Abgesehen davon, dass ich in Deutschland keine Pilzquelle kenne.

Als wir zu Lorenz' Haus zurückkehrten, feierten die anderen immer noch. Sie waren alle so besoffen, dass sie überhaupt nicht mitbekamen, wie breit wir waren. Oder war's andersrum?

Die Jungs haben alle in meiner Garage gepennt.

Sonntag oder Montag, 1. oder 2. September 1996

Endlich muss ich nicht mehr heulen. Ich sitze schon wieder stundenlang im Flugzeug. Ich hab gar nicht auf die Uhr geschaut, draußen ist es dunkel, und ich weiß nicht, wo auf dieser Welt ich mich gerade befinde. Ich hoffe, irgendwo zwischen Australien und Germany. Je näher ich Deutschland komme, desto tiefer sinkt meine Stimmung.

Ich vermisse Ted schon jetzt. Ich werde ihn nie wiedersehen, das weiß ich! Wir haben zwar Adressen getauscht, aber das nützt nicht viel, wenn man, um sich wiederzusehen, die halbe Welt umreisen und über 2000 DM dafür hinblättern muss. Ich habe mir geschworen, nach Australien zu fliegen, sobald ich die Mittel dazu habe. Doch da kann ich lange warten.

Mich nervt schon wieder alles. Mich nervt mein Vater, der leise vor sich hin schnarcht. Mich nervt die Air-Condition, weil sie mich an das deutsche Klima erinnert. Mich nervt die abscheuliche Stille hier!

Und mich nervt diese Aussichtslosigkeit, die immer näher auf mich zurückt. Wenn ich könnte, würde ich einfach die Tür aufreißen und abspringen, zurücklaufen oder -schwimmen und bei Ted einziehen. Aber das ist nicht so einfach, wenn man mit guten achthundert Stundenkilometern dahindüst, in einer Höhe von ich weiß nicht wie vielen Kilometern über der Erde.

Es wurde wieder hell! Und es ist schon wieder jemand gestorben! Ich kann es nicht fassen. Langsam bekomme ich das Gefühl, dass das zur Gewohnheit wird. Dieses Mal musste ich es mit ansehen. Eine alte Dame schräg vor uns bekam einen Herzinfarkt. Es wurde nach einem Arzt an Bord gefragt, und es fand sich auch einer. Die Crew hat die Frau in den Gang gelegt, genau neben mich, sozusagen, und hat vergeblich versucht sie wiederzubeleben. Aber sie starb. Ich konnte sehen, wie der Arzt den Totenschein ausfüllte. Die Frau war klein, blass und hatte schneeweiße Haare. Es war so furchtbar! Schließlich wurde sie auf eine Trage gelegt und weggebracht. Dieses Mal haben sie Tanken und Leiche-Entsorgen miteinander vereinbart. Wir mussten also nur einmal zwischenlanden. Der alte Mann, der Witwer also, tut mir schrecklich Leid. Er weint noch immer. Ich habe auch geweint, weil ich mir so unnütz vorkam. Alle Passagiere saßen da und konnten nicht helfen. Das ist ein ätzendes Gefühl.

Warum passiert so etwas immer, wenn *ich* im Flugzeug bin? Kann mir das irgendwer erklären?

Donnerstag, 5. September 1996

Seit einiger Zeit befinde ich mich wieder in dem stinkigen, dunklen, dreckigen Loch. Es hat sich wieder nichts verändert, außer dass das Haus, das am Anfang unserer Straße gebaut wird, fast fertig ist. Ich habe immer noch kein richtiges Zeitgefühl, wegen des Jetlags, der haut einen echt um. Aber es ist mir sowieso egal, ob es Tag oder Nacht ist. Dunkel ist es immer. Ich sehe schwarz! Ich sehe nur Langeweile und Gewitterwolken auf mich zukommen. Und der Winter wird kommen, und ich werde hier sitzen und auf Teds Sonnenstrahlen warten.

Am Zehnten geht die Schule los. Man wird mich auf Probe in die achte Klasse versetzen. Wenn ich's nicht packe, muss ich die siebte wiederholen.

Meine Freunde sind alle informiert darüber, dass ich wieder im Lande bin. Morgen treffen wir uns alle bei Ramin. Ich habe keine Lust, ich habe zu nichts Lust.

Samstag, 28. September 1996

Der Schulstart war nicht schlecht, fing nämlich mit ein paar Einsen und Zweien an. Meine Freunde sind wieder für mich da wie früher, meine Mutter habe ich noch nicht getroffen, und sogar die Sonne scheint.

Aber sobald ich allein zu Hause rumsitze, bin ich nur noch am Heulen und Kotzen. Ich weiß es selber nicht, warum es mir so scheiße geht, ich bin so durcheinander.

Ich habe etwas gemacht, was niemals jemand erfahren darf, weil ich sonst für psychisch krank erklärt werde. Ich habe mir mit einem Messer in den Arm geritzt. Es ist total wahnsinnig, das ist mir vollkommen klar, aber in dem Moment, als ich es gemacht habe, tat es einfach gut. Ich habe den Schmerz wahrgenommen, was mich von den beschissenen Gedanken abgebracht hat. Ich habe geritzt und gemerkt, dass ich dadurch etwas empfinde, etwas anderes als innere Leere, etwas anderes als inneren Schmerz. Also habe ich weitergemacht. Und nun sieht mein Arm aus wie Geschnetzeltes.

Ständig spukt mir die Frage »Warum?« durch den Kopf. Ich weiß nicht, was ich mit dem Warum hinterfrage, ich weiß auch nicht, warum ich es dann überhaupt mache. Ich frage mich nur ständig WARUM?

Wie gesagt, ich bin völlig durcheinander. Ich halte diese innere Wüste nicht mehr aus.

Ich bin auch schon auf die Idee gekommen, Tabletten zu nehmen oder mir die Pulsadern aufzuschneiden. Aber ich weiß, dass es keine Lösung ist. Außerdem halte ich Selbstmord für egoistisch. Ich glaube, es gibt schon einige Menschen auf der Welt, denen ich das nicht antun könnte. Was mir Angst macht, ist, dass ich überhaupt keine Angst davor habe, so was zu machen. Vielleicht mache ich es eines Tages doch.

Amélie ist immer noch mit Asch zusammen. Langsam akzeptiere ich ihn, weil mir eh schon alles egal ist.

Ramin ist doch tatsächlich Julius' Nachbar und hat sich schon mit ihm angefreundet. Ich war schon einige Male bei Ramin, wenn Julius ihn besucht hat. Ich verstehe mich ganz gut mit ihm. Mal schauen, vielleicht wird ja doch noch mehr daraus.

Donnerstag, 3. Oktober 1996

Tag der deutschen Einheit, schulfrei, eigentlich ein Grund zu feiern. Aber was macht Sophia Viktoria? Ich war heute den ganzen Tag bei Ramin und habe nur Müll geredet und gekifft. Ramin hat gemeint, ich soll's nicht übertreiben, aber ich habe nicht auf ihn gehört, und am Abend musste ich kotzen. Immerhin hatte ich erreicht, was ich wollte. Ich habe mich gespürt.

Dann hat Ramin meinen Arm gesehen, und ich habe versucht, mit ihm zu reden, was scheiterte, weil ich solche Halsschmerzen hatte und keinen normalen Satz zustande brachte. Jetzt ist es mitten in der Nacht. Ich penne heute bei Ramin und kann nicht schlafen, weil mein Hals brennt und ich Magenkrämpfe habe. Außerdem beansprucht Ramin ungefähr fünfundneunzig Prozent dieses Bettes, und ich hab die ganze Zeit die Nase an der kalten Wand und sein Knie im Hintern.

Ich hätte eh nicht nach Hause gefunden, so breit wie ich heute war. Morgen gehen Ramin und ich nicht in die Schule, es ist eh nur noch der Freitag vor dem Wochenende.

Am Dienstag ist mein Geburtstag. Nicht einmal auf den freue ich mich.

Sonntag, 6. Oktober 1996

Am Freitag habe ich mit Ramin geredet und ihm ewig viel von mir erzählt. Danach hatte ich sofort das Gefühl, dass ich mich dadurch von ihm abhängig gemacht habe.

Aber nach Hause wollte ich dann auch nicht, ich habe richtig Angst vor zu Hause, weil ich da nur auf stupide Gedanken komme und schrecklich allein bin. Also blieb ich das ganze Wochenende über bei Ramin und habe versucht, so viel wie möglich zu unternehmen. Am Samstag hab ich's dann total übertrieben.

Fiona, Nicky und Amélie hatten beschlossen, sich an diesem Samstag die Kante zu geben. Das haben sie schon ein- oder zweimal gemacht, aber ohne mich. Doch da ich zurzeit überhaupt gar nicht mehr nachdenke, bevor ich etwas tue, sondern einfach nur irgendetwas tue, um etwas zu tun, habe ich einfach mitgemacht.

Diese Caro, die ich so gar nicht leiden kann, hat mir sogar ihren Ausweis geliehen, damit ich in die Disco reinkam. Auf diesem Foto sieht sie mir verdammt ähnlich, das muss ich leider zugeben.

Wir fuhren also mit dem Nachtbus nach D. in diese Disco. Irgendeine Ladies' Night war da und alle Getränke für Frauen kostenlos. Und dann ging alles sehr schnell. Nach einer halben Stunde habe ich mit irgendeinem Tom rumgeschoben, dessen Freundin mir schließlich eine geklebt hat. Dann hat sich dieser Tom mit einem anderen Typen geschlagen. Wie bescheuert Männer doch sind. Sie sind programmierbar, um nicht zu sagen schwanzgesteuert. Ich bekam dann von mindestes dreizehn verschiedenen ekligen Kerlen verschiedene eklige Getränke spendiert.

Um halb zwölf mussten wir zum Bus, und mir ging es noch ziemlich gut, als ich einstieg. Doch im Bus wurde mir so übel, dass ich das ganze Fahrzeug voll gekotzt habe. Aber ich war nicht allein. Fiona ging es nicht anders, Amélie übergab sich erst, als wir da waren, traf aber dafür ihre Hose. Mann, war das widerlich! Da trinke ich einmal in meinem Leben Alkohol, und dann muss es gleich so entsetzlich sein. Ich rühr das Zeug nie, nie, nie wieder an! Ich habe bei Nicky übernachtet. Heute Morgen habe ich mich noch einmal übergeben, aber wenigstens überm Klo! Es ist wirklich zum Kotzen!

Ich hätte wirklich nicht gedacht, dass mein Vater so ausrasten würde, nur weil ich am Wochenende nicht da war. Er hat mich hin und her geschubst und mir schließlich ein paar fette Ohrfeigen verpasst, worauf ich wieder aus der Wohnung raus bin. Ich wollte niemanden sehen oder hören, vielleicht wollte ich auch nicht gesehen werden. Deswegen habe ich mich im Kuhhäuschen verkrochen, das auf der Wiese hinter Nickys Haus steht. Den armen Kühen habe ich mein ganzes Leid geklagt. Die haben nur blöd geschaut.

Um halb zehn bin ich dann wieder nach Hause gegangen. Mein Vater war nicht da.

Es ist wirklich doof, aber mir ist es lieber, er ist da und behandelt mich wie den letzten Dreck, als dass ich allein zu Hause bin und glaube, nicht mehr zu existieren.

Ich habe mal wieder die ganze Nacht kein Auge zugetan. Meine Haut ist total trocken geworden, weil ich inzwischen sogar zum Kotzen renne, wenn ich Wasser getrunken habe. Ich kann nichts dagegen machen. Die ganze Nacht haben sich meine Gedanken darum gedreht, wie schön es wäre, einfach tot zu sein. Und ich hoffte, dass mich die Müdigkeit irgendwie umbringen würde. Mir wurde nur übel, und ich bekam Kopfschmerzen. Aber ich nahm etwas wahr.

Montag, 7. Oktober 1996

In der Schule bekam ich nichts mit, weil ich hundemüde war. Zu Hause habe ich von fünf nach eins bis zwanzig vor sieben bewegungslos auf meiner Matratze gelegen und auf das Teppichmuster gestarrt. Meine Gedanken waren zum Kotzen, und wenn Daniel nicht angerufen hätte, würde ich jetzt noch dort liegen.

Außer Ramin habe ich niemandem erzählt, wie es mir geht. Und man merkt es auch nicht, weil ich immer mit einem Sonnenscheinlächeln und guter Laune durch die Gegend renne. Das macht mich fertig.

Nach dem Telefonat habe ich das Rollo runtergemacht und geheult. Ich habe meinen alten, verklebten Teddy fast erdrückt, wie ein dummes kleines Kind. Ich hab die ganze Nacht geheult und kein einziges Mal die

Nase geputzt. Deswegen habe ich jetzt solche Kopfschmerzen, dass ich mich kaum noch bewegen kann. Und um vier Uhr morgens, an meinem Geburtstag also, bekam ich einen Fressflash und hab den ganzen Kühlschrank leer geräumt. Nach der Orgie habe ich so lange gekotzt, bis es Zeit wurde, in die Schule zu gehen!

Mein Vater wird mich umbringen, wenn er sieht, dass nichts mehr zu essen da ist!

Dienstag, 8. Oktober 1996

So fühlt man sich also mit vierzehn!

Meine Mitschüler haben mir eine wunderbare Überraschung gemacht. Sie haben mir einen Kuchen gebacken und einen neuen Füller geschenkt. Der Füller ist echt nicht schlecht, aber den Kuchen hätten sie sich wirklich sparen können. Natürlich habe ich das nicht gesagt. Ich habe nur am Rande erwähnt, dass sie sich diese Mühe nicht hätten zu machen brauchen.

Den Kuchen habe ich meinen Freunden geschenkt. Wir haben heute Nachmittag bei Nicky ein bisschen gefeiert. Ich bekam auch einige süße Geschenke. Aber es war allen saulangweilig, und ich war müde. Also haben wir schon wieder was geraucht, und ich bin bei Nicky eingeschlafen. Um halb zwölf Uhr nachts bin ich aufgewacht und heim. Hab die anderen weiterpennen lassen.

Als ich die Tür aufschloss, kam mir mein Vater entgegen, packte mich am Handgelenk und schlug mir ins

Gesicht. Er hat mich angeplärrt, wo ich gewesen sei. Ich habe dann nur gesagt, dass ihn das nichts angehe. Aber bevor ich in meinem Zimmer verschwunden bin, konnte ich es mir nicht verkneifen, noch zu sagen: »Ich habe übrigens heute Geburtstag, du Schwein!« Leider kam es nicht so energisch rüber, wie ich es geplant hatte, weil ich in dem Moment zu heulen anfing.

Ich fand es nicht so schlimm, dass er mir schon wieder eine geschmiert hat. Dass er meinen Geburtstag vergessen hat, finde ich viel schlimmer.

Freitag, 27. Oktober 1996

Die Zeit vergeht, und der Wind wirbelt die bunten Blätter durch die Luft. Es ist inzwischen Herbst, ein richtig schöner Herbst.

Mein Vater hat ein neues Auto. Einen BMW. Ich frag mich wirklich, wo der Kerl das Geld her hat. So plötzlich! Ich glaube nicht, dass er Lotto spielt, das war ihm immer zu teuer. Ich hoffe, er hat für die Nobelkarre keinen Kredit aufgenommen und sich hoch verschuldet. Das würde jetzt gerade noch fehlen. Woher hat er es aber dann? Eigentlich ist mir das völlig egal, ich habe aufgehört rumzugrübeln. Es hat eh keinen Sinn mehr. Ich würde mich gerne über das schöne Wetter freuen oder über die guten Noten, die ich schreibe, oder über das Auto. Aber ich kann nichts spüren! Ich habe beschlossen, dem Ganzen ein Ende zu setzen.

Dienstag, 5. November 1996

Seit dem 1. ist alles grau, und es regnet oder nieselt ununterbrochen. Aber in der Wüste in mir herrscht immer noch Trockenheit.

Ich bekomme nichts mehr mit vom Leben. Ich habe es mit dem Kiffen übertrieben. Jetzt gibt es mir nichts mehr. Es hilft mir nur einzuschlafen. Ich warte auch nicht mehr auf bessere Zeiten. Ich habe kapituliert. Meine Gedanken drehen sich ausschließlich darum, endlich das Licht auszuknipsen. Ich warte nur noch auf den richtigen Moment.

Montag, 18. November 1996

Heute ist die erste Nacht, die ich durchgeschlafen habe, ohne mich davor zuzukiffen. Ich hatte zwar einen grauenvollen Albtraum, aber ich bin nicht ein einziges Mal aufgewacht.

Trotzdem mache ich das nicht mehr, der Traum hat mir wieder Angst vorm Schlafen gemacht.

Das Einzige, was mich daran erinnert, dass ich noch existiere, ist meine Speiseröhre!

Donnerstag, 28. November 1996

Ein Lichtblick. Lorenz kommt nach Deutschland. Er wird Weihnachten mit mir und meinem Vater verbringen. Er wird am 13. Dezember kommen. Ich hoffe, er bringt ein bisschen Leben in die Bude.

Dienstag, 17. Dezember 1996

Ich weiß keinen Ausweg mehr. Ich bin in einer so bescheidenen Situation, dass ich keinen Ausweg mehr sehe.

Durch einen dummen Zufall habe ich etwas herausgefunden, was ich eigentlich gar nicht wissen dürfte. Es ist eine schreckliche Schweinerei. Wenn herauskommt, dass ich davon weiß, bekomme ich wirklich ernsthafte Schwierigkeiten.

Deswegen habe ich beschlossen, das Ganze in einem Brief aufzuschreiben. Ich werde es so einrichten, dass mein Vater den Brief zuerst findet. Er wird dann schon wissen, was zu tun ist.

Das war dann wohl heute auch mein letzter Eintrag in dieses Tagebuch! Ciao!

Freitag, 27. Dezember 1996

Oder auch nicht! Ich versuche jetzt, so genau wie möglich zu schildern, wie alles vor sich ging.

Am Dreizehnten kam also mein Lorenz. Er war nicht so nett zu mir wie in Australien. Er redete kaum ein Wort mit mir, genauso wenig wie mein Vater.

Am Vierzehnten parkte Lorenz einen VW-Bus vor unserm Haus. Am Fünfzehnten bat ich ihn, einen Brief für mich zur Post zu bringen, und gab ihm den Brief mit. Aber er vergaß ihn und versprach mir, ihn am folgenden Tag einzuwerfen. Doch es war eine Geburtstagskarte, die pünktlich ankommen sollte.

Also nahm ich die Autoschlüssel, um den Brief, den er im Bus vergessen hatte, zu holen. Da ich ihn weder im Handschuhfach noch sonstwo finden konnte, beschloss ich, im Stauraum des Wagens danach zu suchen. Ich schob die Tür auf und kletterte hinein. Der ganze Bus war voll gestopft mit Kisten, bis unter das Dach. Eigentlich hat es mich gar nicht interessiert, was sich darin befand. Aber aus irgendeinem Grund öffnete ich eine dieser Kisten. Ich dachte mir nichts dabei, als ich feststellte, dass Videos drin waren. Aber als ich merkte, dass in allen anderen Kisten auch Videos waren, fing ich an, mir Gedanken zu machen, was Lorenz mit diesen Tausenden von Videokassetten anfangen wollte.

Ich saß eine Viertelstunde in dem Bus, bis ich einen Koffer entdeckte, den man in eine kleine Nische zwischen den Kisten gestellt hatte. Er war nicht verschlossen, was mich bis heute noch wundert.

Ich öffnete ihn also und fand ein Kuvert. Gerade als ich es öffnen wollte, merkte ich, dass jemand neben mir stand. Ich bekam einen Riesenschock und schob den halb geöffneten Koffer sofort in die Nische zurück.

Doch es war nur Herr Brun, ein Nachbar, der mich höflich bat, unsere Mülltonne wegschieben zu dürfen, um dahinter kehren zu können. Manno, ich wäre wirklich vor Schreck fast gestorben, nur wegen Herrn Brun und dieser Mülltonne.

Nicht auszudenken, was passiert wäre, wenn Lorenz oder mein Vater plötzlich aufgetaucht wären.

Doch ich konnte es nicht lassen. Wieder zog ich den Koffer und das Kuvert hervor, um gleich einen ungefähr hundertachtzigtausendmal größeren Schock zu bekommen. In dem Kuvert befanden sich Fotos. Total perverse, pornografische Fotos. Ich konnte es nicht fassen, dass Lorenz so ein Schwein ist. Der erste Schock war schlimm genug. Doch dann kam der echte Hammer: Es waren Kinder, die er da fotografiert hatte. Mir war sofort klar, dass Lorenz die Fotos gemacht haben musste, er war schließlich Fotograf, und das war sein Wagen.

Mir wurde schlecht von den Fotos. Auf einem konnte ich genau das Gesicht des Kindes erkennen. Es war allerhöchstens zehn Jahre alt. Es tat mir so entsetzlich Leid. Langsam wurde mir klar, dass Lorenz in eine Hardcore-Sache verwickelt war. Denn ich brauchte nicht viel Fantasie, um mir vorstellen zu können, was auf den Videos war.

Mir wurde so übel, dass ich fast in den Bus gekotzt hätte. Dann bekam ich Panik, verpackte die Fotos wieder in dem Kuvert, steckte das Kuvert wieder in den Koffer und schob den Koffer wieder in die Nische. Dann schloss ich den Wagen ab und lief in die Wohnung zurück. Wenn mir Lorenz übern Weg gelaufen wäre, hätte ich ihm wohl nicht in die Augen schauen können. Ich hätte ihm bestimmt auf die Füße gekotzt.

Doch ich zog das Klo vor. Danach schloss ich mich in mein Zimmer ein und versuchte zu heulen. Aber ich konnte nicht mal heulen, so geschockt war ich von diesen Fotos. Mir taten die Kinder so furchtbar Leid. Und ich kam mir so mies vor, weil ich davon wusste und ihnen nicht helfen konnte.

Oder vielleicht doch? Ich müsste nur zu den Bullen gehen und diesen Lorenz verpfeifen.

Montag und Dienstag ging ich noch ganz normal zur Schule und versuchte, so gut es ging, nicht daran zu denken. Doch es gelang mir nicht, weil ich mich mitverantwortlich fühlte, für alles, was weiterhin mit den Kindern passierte.

Am Dienstagabend beschloss ich dann, allem ein Ende zu setzen. Ich schrieb einen Brief an meinen Vater, in dem alles stand. Ich war der Überzeugung, dass mein Vater wusste, was zu machen ist, wenn er von solch einer Schweinerei erfährt. Außerdem hätte er dann endlich mal was Interessantes für seine Zeitung gehabt. Zum Beispiel: »Vierzehnjährige deckt Verbrechen auf und überführt perversen Kinderschänder!« Oder so was Ähnliches.

Dann nahm ich eine halbe Schachtel Antidepressiva. Die Tabletten waren noch von meiner Mutter. Ich dachte wirklich, dass nun alles vorbei sei. Mir wurde schlecht und schwindelig, schwarz vor Augen, und ich verlor das Bewusstsein.

Ich erwachte, als sie mich im Sanka nach D. ins Krankenhaus fuhren. Um mich rum lauter Sanitäter, und mir war so grässlich übel, und ich musste feststellen, dass ich noch am Leben war. Angst hatte ich überhaupt nicht. Wieder wurde ich bewusstlos.

Das nächste Mal erwachte ich, als sie gerade dabei waren, mir den Magen auszupumpen. Danach beschloss ich, nie, nie, nie wieder zu versuchen, mich mit Tabletten umzubringen. Es war so widerlich, das Auspumpen.

Als ich wieder voll bei Bewusstsein war, fragte ich eine Schwester, wer mich denn gefunden hatte. Es war mein Vater, und somit war ich sicher, dass er den Brief auch gelesen hatte.

Ich sollte einen Tag in D. bleiben. (Ich kenn mich hier ja inzwischen besser aus als zu Hause!)

Am Donnerstag holte mich mein Vater ab. Und ich erlebte eine der größten Enttäuschungen meines Lebens. Er kam zur Tür herein und fragte, wie es mir gehe. Als ich ihn über meinen Zustand informiert hatte, fragte ich, ob er den Brief gelesen habe. Daraufhin sah mich mein Vater an, als wäre ich ein *leech*, und fauchte nur: »Du weißt nichts davon, hast du das verstanden, Kind? Du hast nie etwas von diesen Fotos gesehen, hörst du! Und du wirst zu niemandem, hörst du, zu niemandem wirst du auch nur ein Sterbenswörtchen über diese Sache verlieren! Hast du das verstanden?« Ich war schrecklich schockiert. Doch mein Vater setzte noch eins drauf!

»Du bekommst alles, was du willst! Dein Vater hat nämlich jetzt Geld, verstehst du! Du kannst haben, wovon du immer geträumt hast. Einen Fernseher, Klamotten in Hülle und Fülle, alles, verstehst du, aber du hältst das Maul, sonst passiert was! Verstanden? Es passiert etwas Furchtbares, wenn du deine Fresse nicht halten kannst, darauf kannst du Gift nehmen!« Seine Nasenspitze berührte fast die meine. Er war so ein verfluchtes Schwein.

Immer wieder frage ich mich, warum mein Vater so ein verdammter Wichser ist. Ich hätte ihm vieles zugetraut, aber dass er (andere) Kinder quält, das hätte ich niemals gedacht. Nie, niemals, wäre ich auch nur im Traum darauf gekommen, dass mein Vater in der Sache mit drinsteckt.

Und jetzt hat er auch noch mich da mit reingezogen.

Mir ist inzwischen auch klar, was er in Australien getrieben hat. Wie ätzend.

Ich weiß überhaupt nicht mehr, was ich tun soll. Wenn ihn nicht einmal mein Selbstmordversuch von solchen Sauereien abhalten kann, dann weiß ich auch nicht, was da noch hilft.

Mir soll eine Therapie helfen, haben die im Krankenhaus behauptet.

Da soll ich jetzt einmal pro Woche hin und über meine Probleme reden! Wie schön! Als ob ich mit dem Psychofritzen über die Aktion meines Vaters reden könnte. Der würde ihn doch sofort anzeigen!

Wenigstens sind jetzt Weihnachtsferien. Seit ich vom Krankenhaus zurück bin, wohne ich mal wieder bei Nicky. Ihre Mutter ist schon wieder seit einer Woche in einer Nervenklinik.

Wenn ich es mir so recht überlege, bin ich nicht die Einzige in unserer Stadt, die so asoziale Scheißeltern hat.

Nickys Eltern sind geschieden, ihr Vater schenkt ihr alles, was sie will, bloß keine Aufmerksamkeit, kein Verständnis. Ihre Mutter bekommt ständig Nervenzusammenbrüche und schiebt Nicky dafür die Schuld in die Schuhe. Nickys Schwester ist deswegen gleich nachdem sie achtzehn geworden war ausgezogen. Seit ihrem zwölften Lebensjahr hat sie kein Wort mehr mit ihrer Mutter geredet, und Nicky musste immer zwischen den beiden vermitteln.

Amélies Mutter hat sich vor über einem Jahr das Leben genommen. Amélie wohnt mit ihrer acht Jahre älteren Schwester, ihrem Vater und ihrer Oma zusammen. Mit ihrer Schwester kommt sie einigermaßen gut zurecht und kann sogar mit ihr reden. Ihre Oma ist halb blind und schimpft die ganze Zeit über ihre verstorbene Schwiegertochter. Und Amélies Vater sagt gar nichts zu alldem. Seinen ersten Sohn hat er bei einem tragischen Autounfall verloren. Amélie hat ihren Bruder nie kennen gelernt.

Fionas Eltern haben sich vor einigen Jahren getrennt. Ihr Vater hat immer nur gearbeitet, war nie zu Hause. Ihre Mutter trinkt auch. Jeden Abend. Fiona hat es mir selber erzählt.

Aber Fionas Mutter sieht man es nicht an wie meiner. Sie sieht immer gepflegt aus, kocht, putzt und arbeitet in einem Käsefachgeschäft. Wer weiß, wie lange das noch gut geht.

Ramins Eltern haben sich erst letztes Jahr getrennt. Weil sein Vater säuft und eine Freundin hatte. Ramin hat es die ganze Zeit gewusst, durfte seiner Mutter aber nichts sagen, weil sein Vater ihn erpresste.

Und ich schwelge die ganze Zeit in Selbstmitleid.

Silvester werde ich mit meinen Freunden verbringen, Ramin macht ein Fest im Keller.

Ich finde zwar immer noch alles scheiße und habe keinen Ahnung, wie das mit meinem Vater und Lorenz weitergehen soll, aber irgendwie bin ich doch froh, dass ich noch lebe. Nach dem Selbstmordversuch haben mir alle meine Freunde zu verstehen gegeben, dass sie mich noch brauchen. Das war wirklich aufbauend.

Donnerstag, 2. Januar 1997

Silvester war super! Eigentlich war es ein ganz normales Silvester, aber ich hatte seit langem mal Spaß. Ich habe sogar Alkohol getrunken, ohne dass ich mich oder andere in Gefahr gebracht habe. Julius und die Weidenfelder waren auch da. Mann, werde ich nervös, wenn er in der Nähe ist. Anstatt normal mit ihm zu reden, laufe ich immer davon, wenn er mich anspricht. Ich bin so feige! Auf diese Weise komme ich nie zu einem Mann! Fuck!

Ich habe das Gefühl, dass sich die ganzen Cliquen in unserer Stadt langsam alle verstehen. Irgendwie schwebt in unserer Stadt so was durch die Luft, etwas Eigenartiges, was uns allen sagt: »Tut euch zusammen, ihr müsst was gegen eure Alten tun!« Das kann man nicht verstehen, wenn man es nicht selbst erlebt.

In der Silvesternacht habe ich mich sogar mit Caro über ihre Familie unterhalten. Sie hat mir erzählt, dass ihre Mutter auf der Gemeinde arbeitet und ihr eine Statistik gezeigt hat, aus der hervorgeht, dass unsere Stadt prozentual die mit Abstand höchste Drogen- und Selbstmordrate weit und breit hat.

Ich glaube, auf unserer Stadt liegt ein böser Fluch.

Verstehen kann ich das nicht. Eigentlich ist die Stadt doch ganz schön. Wir haben einen wunderschönen Marktplatz, einen Brunnen, lauter kleine Gassen und verwinkelte Straßen, ein uraltes Schloss, das sogar ich schön finde. Die Stadt liegt am See. Und dann gibt es ja auch noch unsern Forst.

Also eigentlich sollte ich mich nicht beschweren. Aber sind ein Wald, ein See, ein Brunnen oder ein Schloss interessant für Jugendliche? Nein, bestimmt nicht. Aber kiffen kann man in den Seitenstraßen und im Forst gut. Und wenn man nachts besoffen durch die dunklen Gänge zum Schloss schleicht, ist man wenigstens beschäftigt. Wen wundert's, dass hier alle Drogen nehmen? Ich will es ja nicht unserm Bürgermeister in die Schuhe schieben, aber ein bisschen was könnte er schon mal unternehmen für die Jugend. Einen Skatepark für die Jungs, ein Kino, ein Schwimmbad, ein Jugendzentrum oder irgendwas! Aber das macht er nicht! Stattdessen wirft er uns ständig vor, dass wir am Brunnen rumhängen und dass das auf die Sommergäste einen schlechten Eindruck macht. Und dann kommt er daher mit dem Alpenverein, dem Kegelverein, dem Schützen- und Trachtenverein. Und als ob das nicht reichen würde: auch noch mit der Jungen Union. Aber wer außer den verklemmten Wollknäuelschrullen, die sonntags in die Kirche gehen und dabei ihn, den Bürgermeister, immer so herzzerreißend anlächeln, macht bei so einem Käse mit?

Möcht mal wissen, wer den gewählt hat! Na, wer wohl? Unsere gestörten Eltern halt!

Ich war jetzt schon einige Male bei dieser Therapeutin, zu der ich seit meinem Selbstmordversuch gehen muss. Sie ist wirklich nett, aber ich rede nicht mit ihr. Sie hat ganz andere Ansichten als ich, ich würde mich nur mit ihr streiten. Mir reicht es, ihr einmal pro Woche irgendein oberflächliches Gefasel reinzupressen, dann ist sie zufrieden und nervt mich nicht weiter.

Dienstag, 7. Januar 1997

Immer wieder frage ich mich, was mein Vater täte, wenn ich das Maul aufmachen würde. Er hat einen Fernseher samt Videorecorder gekauft, einen neuen Küchentisch und lauter neue Teppiche. Für mich sprang ein Bett raus. Ich habe mir überlegt, dass ich eigentlich mehr verlangen könnte als ein Bett. Er muss mir jetzt schon einiges bieten, damit ich meine Klappe halte. Das heißt zwar, dass ich mich kaufen lasse, aber da mir inzwischen alles gleichgültig ist, scheiß ich drauf und werde ihm ein paar Wünsche offenbaren.

Donnerstag, 23. Januar 1997

Unsere Wohnung sieht inzwischen aus wie neu. Lauter neue Möbel, sogar neues Geschirr.

Wir haben eine Putzfrau mit einem riesigen Hintern. Und für mich ist auch einiges dabei rausgesprungen. Ich habe einen richtig geilen Computer bekommen. Der ist wirklich super! Seitdem habe ich sogar mit Ted in Australien wieder Kontakt. Wir mailen uns fast täglich, es ist so schön, mit ihm zu »reden«. Aber es macht mich auch irgendwie traurig, dass ich nicht bei ihm sein kann.

Mein Kleiderschrank quillt über. Geil, geil, geil! Ich habe so viel neues Zeug zum Anziehen, dass ich jeden Morgen eine halbe Stunde früher aufstehe, weil mir die Auswahl so schwer fällt.

Sogar eine Stereoanlage besitze ich. Das ist für andere nichts Besonderes, aber für mich ist das der pure Luxus.

Ich habe wirklich alles, was ich will. So macht das Leben wieder richig Spaß! Obwohl in meinem Hinterkopf ständig dieses komische Gefühl herumspukt. Dieses lästige Schuldgefühl!

Manchmal stelle ich mir vor, wie es wäre, wenn der Schwindel auffliegt. Wahrscheinlich müsste mein Vater in den Knast, wo er eigentlich auch hingehört, und ich ins Heim! Ich will auf gar keinen Fall ins Heim, mir geht es doch jetzt gut zu Hause. Ich darf jetzt sogar so lange raus, wie ich will. Mein Vater schlägt mich nicht mehr, wenn ich unpünktlich bin.

Jetzt fehlt nur noch der richtige Mann.

Seit ich wieder »lebe«, bin ich auch auf der Suche nach einem. Vorletztes Wochenende war eine Feier bei Caro. Dort habe ich mit Arthur aus der Neunten rumgeknutscht. Er hat mir gesagt, dass er mich schon seit Jahren liebt, sich aber nie getraut hat, mir das mitzuteilen. Er glaubt jetzt, dass wir zusammen sind. Aber ich will ihn nicht, obwohl er nicht einmal so schlecht aussieht. Er ist mir irgendwie zu oberflächlich, das weiß ich, weil ich ihn schon ewig kenne, da er auf meine Schule geht. Am letzten Samstag war ich dann mit Amélie, Nicky und Caro am Sportplatz, weil die Jungs ein Fußballspiel hatten. Asch und Arthur spielen in derselben Mannschaft. Es war so kalt und langweilig, bei diesem lahmen Spiel zuzusehen. Die arme Amélie macht das jeden Samstag. Wenigstens konnte ich mich endlich mal wieder mit ihr unterhalten.

Nachdem mir sämtliche Gliedmaßen abgefroren waren, hörten sie endlich mit dem Rumgeturne auf dem Rasen auf und luden uns zu einem Cappuccino in die Sportgaststätte ein. Eigentlich hatte ich mir vorgenommen, Arthur zu sagen, dass ich nichts von ihm will, aber er tat mir so schrecklich Leid.

Also muss ich das nächstes Wochenende erledigen.

Für Picasso habe ich einen Springsattel gekauft. Ich kann jetzt endlich Springstunden nehmen. Es macht mir solchen Spaß! Sogar Picasso macht es Spaß, obwohl er sonst eher einer von der fauleren Sorte ist. Beim Springen geht er immer ab wie eine Kanone.

Julius' kleine Schwester Isabell nimmt auch Springstunden. Er holt sie immer ab und grüßt mich meistens voll nett. Ach Mann, er ist so süß!

Aber irgendwie komme ich nicht richtig an ihn ran! Ich bin einfach zu schüchtern, was Männer angeht! Zumindest, wenn ich was von dem Betroffenen will. Bei Jungs, die mir wurscht sind, bin ich überhaupt nicht schüchtern, im Gegenteil. Ich finde das extrem anstrengend, denn das hat zur Folge, dass sich nur die in mich verlieben, die ich gar nicht will. Und das hat wiederum zur Folge, dass ich sie verletze, weil ich eben null für sie empfinde und sie daher ziemlich kalt abblitzen lasse, was ich selber ziemlich scheiße finde. Aus diesem Grund hab ich Arthur noch nichts gesagt. Aber ich kann ihn auch nicht anlügen!

Samstag, 25. Januar 1997

Ich bin so wahnsinnig froh! Ted hat mir gemailt, dass Lorenz im Knast sitzt. Ted weiß nicht, dass mein Vater in der Sache mit drinsteckt!

Habe heute mit meinem Vater geredet! Nein, nicht richtig geredet, eher geschrien, aber wenigstens kommuniziert! Natürlich hatte ich erst mal saumäßig Schiss, dass er auch in den Knast kommt, aber er hat mir dann zu verstehen gegeben, dass er einen Deal mit Lorenz hat und dass Lorenz ihn nicht auffliegen lässt! Dass man ihm nicht draufkommen wird! Aber jetzt ist natürlich Schluss mit dem ganzen Scheißdreck! Zumindest werden jetzt keine Kinder mehr gequält! Ich bin schrecklich erleichtert. Mir fällt ein riesiger Haufen Steine vom Herzen!

Mittwoch, 29. Januar 1997

Ich verstehe überhaupt nicht, warum mir die Schule leicht fällt! Ich schreibe sogar in Mathematik lauter Dreier. Eigenartig, vielleicht bin ich gar nicht so blöd, wie ich dachte! Denn gelernt habe ich noch nie! Mein Zwischenzeugnis wird mein bestes überhaupt!

Die Sache mit Arthur habe ich geklärt. Mann, war das ein Drama! Wir hatte uns alle in der Gartenhütte von Ramins Opa getroffen, und ich war schon ein bisschen besoffen. Ich sagte Arthur dann alles, worauf er verschwand. Die anderen Jungs haben sich nach einiger Zeit auf die Suche nach ihm gemacht. Er war nicht zu Hause und auch sonst nirgends zu finden. Schließlich fanden sie ihn total fertig im Forst. Ich frag mich jetzt noch, wie Arthur es bei siebzehn Grad minus so lange im Forst ausgehalten hat. Aber wer weiß, wenn Julius das mit mir machen würde, was ich mit Arthur gemacht habe, vielleicht würde ich dann auch völlig verplant bei diesen Temperaturen durch den Forst steuern, bis man mich findet.

In letzter Zeit war ich einige Male mit einer aus meiner Klasse in D. beim Einkaufen. Sie klaut! Sie klaut alles Mögliche. Schminke in Massen, Unterwäsche, alles, worauf sie Lust hat. Ich hab noch nie was geklaut. Aber reizen würde es mich schon, einfach mal testen, ob ich zu so was im Stande bin.

Montag, 17. Februar 1997

Mein Zeugnis ist noch besser, als ich erwartet habe. Aber eine Woche vor den Ferien hat mich meine Erdkundelehrerin dermaßen zur Sau gemacht, dass es kaum auszuhalten war. Sie hat geschrien, dass ich ein verzogenes, aufsässiges, verdrogtes Gör sei, nur weil ich in Erdkunde meine Nägel lackiert habe und mich mit meinem Banknachbarn statt über das Klima in der Tundra über einen ziemlich geilen Remix unterhielt. Das konnte ich natürlich nicht auf mir sitzen lassen! Ich hab sie gefragt, wie sie darauf kommt, mir zu unterstellen, dass ich »verdrogt« bin, worauf sie allen Ernstes behauptete, dass man es an meinen Augen sehen könne, die Pupillen seien immer so groß! So was Dummes aber auch! Ich habe noch nie vor der Schule gekifft! Bestimmt mag sie mich wegen den Dreads nicht. Die denkt bestimmt, jeder Mensch mit Dreadlocks ist drogensüchtig. So 'n Schwachsinn! Trotzdem musste sie mir 'ne Eins ins Zeugnis schreiben! Hä, hä!

Apropos Nagellack! Ich hab's getan! Ich habe was geklaut! Natürlich weiß ich, dass es total aso ist, aber es macht einfach Spaß! Es ist so easy! Sogar einen BH habe ich schon mitgehen lassen. Drei Stück habe ich in die Umkleidekabine mitgenommen, habe bei einem das Preisschildchen und was sonst noch so dranhing in meine Schuhe gestopft und ihn einfach über den, den ich schon anhatte, gezogen. Dann bin ich raus und habe die anderen beiden wieder hingehängt. Das war vielleicht ein Triumph! Ich habe nicht mal ein richtig schlechtes Gewissen, weil ich ja damit niemandem persönlich schade!

Ich hatte schon wieder was mit einem Jungen, von dem ich nichts will! Dominik aus der Neunten! Ich habe ihn auf dem Stadtfest getroffen, und irgendwie kam's dann dazu! Aber wenigstens habe ich ihm, als er zu mir gesagt hat, dass er in mich verliebt ist, gleich gesagt, dass es nicht auf Gegenseitigkeit beruht. Wir haben trotzdem weitergemacht, bis ich dann bei ihm zu Hause gelandet bin und er mich ficken wollte. Da bin ich dann zum Fest zurückgegangen! Typisch Zicke halt!

Wenn ich meine sexuellen Erfahrungen schon nicht mit den Jungs machen kann, die ich will, dann muss ich es eben mit denen machen, die ich nicht will! Auch wenn das alles irgendwie Blümchenpflücker sind. Aber schlafen will ich mit Julius und mit sonst keinem! So viel zu diesem Thema!

Nicky hat einen Freund! Es ist Ed, einer von den Superkiffern! O.k., eigentlich brauche ich mein Maul nicht aufzureißen, aber er ist schon einer von den ganz Krassen. Er ist auch auf meiner Schule und ist letztes Jahr das zweite Mal in der Neunten hängen geblieben. Und er kifft auch immer in der kleinen Pause. Außerdem ist er in der Woche, in der er seinen Führerschein bekam, mit 160 km/h durch die geschlossene Ortschaft gerast. Meiner Meinung nach ist der Typ nicht mehr ganz sauber!

Ich habe zugenommen! 54 Kilogramm! Das heißt natürlich, dass ich jetzt 54 Kilo wiege, nicht, dass ich 54 Kilo zugenommen habe. Das sind nur noch 3 Kilogramm bis zu meinem Normalgewicht, was zwischen

57 und 65 Kilogramm liegt! Mich nervt das unwahrscheinlich, weil ich nicht normal sein will! Ich kotze zwar ständig, aber ich bekomme immer öfter diese Heißhungeranfälle, bei denen ich echt alles esse! Alles, total durcheinander, süß, sauer, bitter, herb und und und! Danach geht's mir immer so saumies!

Mittwoch, 2. April 1997

Es ist lauter dummes Zeug passiert! Irgendwann Ende Februar stand die Steuerfahndung vor der Tür. Und jetzt sitzt mein Vater seit drei Wochen in U-Haft! Wahrscheinlich hat ihn einer verpfiffen, weil er plötzlich so viel Cash hatte. Jetzt hoffe ich bloß, dass die Sache nicht doch noch auffliegt.

Ich wohne zurzeit... Ich wohne bei meiner Mutter. Es ist das reinste Chaos hier!

Es ist noch etwas Saudummes passiert! Wir wurden erwischt, als wir in D. etwas gelinkt haben. War das ätzend! Ich kann wirklich von Glück reden, dass mein Vater gerade im Knast sitzt, der hätte mich sonst umgebracht. Die Bullen wollten dann, dass wir unsere Eltern anrufen, damit sie uns vom Revier abholen! Da meine Mutter keinen Führerschein mehr besitzt, weil man ihr den im Februar wegen Alkohol am Steuer weggenommen hat, und da mein Vater im Knast ist, konnte mich keiner holen! Also fuhren mich die Bullen nach Hause und meinten, dass sie meine Mutter schriftlich benachrichtigen würden. Die war zu dem Zeitpunkt nämlich nicht ansprechbar!

Das ist jetzt gut zwei Wochen her, und meine Mutter hat mich noch nicht darauf angesprochen. Das kann vieles heißen! Entweder es liegt daran, dass sie allgemein nicht mit mir redet, daran, dass es ihr einfach scheißegal ist, oder daran, dass die Bullen den Brief noch nicht geschickt haben! Ich tippe auf Punkt eins oder zwei!

Irgendwann im Mai werden wir Sozialstunden ableisten müssen. Ich werde auf keinen Fall mehr was mitgehen lassen! Nicht, weil ich es bereue, wegen den Sozialstunden oder sonst was, sondern weil ich keinen Bock habe, vorbestraft zu sein!

Freitag, 11. April 1997

Mein Vater wird am Montag aus der U-Haft entlassen! Ein Glück! Anscheinend kann man ihm nichts nachweisen. Bei meiner Mutter würde ich es keinen Tag länger aushalten! Hier ist es zum Kotzen! Wir streiten nur noch. Neulich hatte sie Geburtstag, sogar da haben wir uns gestritten. Ich hab ihr nachgeschrien, dass es hoffentlich ihr letzter Geburtstag ist. Mann, hab ich mir danach Vorwürfe gemacht!

Amélie hat Asch in den Wind geschossen. Endlich, das wurde auch Zeit! Er ist einfach ein verdammter Poser, ein total affektierter Typ, weil er sich ständig einbildet, der Allergeilste zu sein. Aber ich hab ja schon immer gewusst, das der Kerl auch nur ein billiger Foliengriller ist, wie alle Typen dieser Sorte!

Zwischen Nicky und Ed ist es auch schon wieder aus. Weil Nicky sich nicht nageln ließ! So ein Idiot!

Ich hatte in den letzten Wochen mal was mit Mathias, dem Schulsprecher, mit Sven, einem von den Weidenfeldern, und mit Dominik! Das ärgert mich, weil ich mit dem schon mal was hatte! Ach, Männer sind einfach verwirrende Gestalten!

Dienstag, 22. April 1997

In meinem Leben hat sich etwas getan. Seit mein Vater aus der U-Haft entlassen ist, wohne ich wieder bei ihm. Er hat sich während der paar Wochen im Knast total verändert. Er redet jetzt mit mir. Er hat mir auch erklärt, wie er zu der ganzen Geschichte kam, und mir versichert, dass die ganzen Schweinereien jetzt ein Ende haben. Diese Kinder hat er alle nie gesehen, er hat lediglich die Videos in Deutschland unter die Leute gebracht. Er behauptete, dass er mir was Besseres bieten wollte als dieses versiffte Drecksloch, in dem wir wohnten. Das ist ihm gelungen. Am letzten Mittwoch hat mir mein Vater einen Strauß Blumen aus der Stadt mitgebracht. Ich konnte es nicht glauben. Und wenn ich nicht hundertprozentig sicher wäre, dass er es wirklich getan hat, würde ich es heute noch nicht glauben.

Mein Vater arbeitet wieder für das Käseblatt. Jetzt kann ich ihm wenigstens wieder in die Augen schauen.

Sein Geld ist übrigens in Österreich auf einem anonymen Konto! Auch nicht gerade fein, aber wenigstens leidet niemand darunter.

Die Schule fällt mir immer noch so leicht wie anfangs. Ich schreibe eine gute Note nach der anderen und tue nichts dafür! Ich überrasche mich doch immer wieder selbst!

Meine Stimmung ist immer gleich! Es gibt kein Hoch und Tief mehr, nur noch diesen komischen Zwischenzustand. Das bedrückt mich irgendwie, erleichtert mich gleichzeitig! (Verrückt!)

Sonntag, 27. April 1997

Am Donnerstag, dem 24., um 17.34 Uhr hat sich Ed von der Schlossmauer gestürzt. Es ist alles so schrecklich! Ich mochte ihn nie besonders, aber jetzt sehe ich, wie Nicky leidet, und seine Schwester, die in der Eisdiele arbeitet, ist total fertig. Die ganze Stadt ist wie gelähmt. Außer uns, den Jüngeren, die gelernt haben, miteinander zu reden, redet niemand darüber. Außer so schwachsinniges Zeug wie: »Mei, die armen Eltern, wie kann der Bub ihnen das nur antun?«

Er war einer von uns! Einer, der keine Perspektive mehr gesehen hat in diesem verdammten Kuhkaff hier in Bayrisch-Kongo! Unter seiner Todesanzeige im Käseblatt hinterließen die Eltern die Adresse der Drogenberatungsstelle in D. Das hat mir irgendwie einen Riesenschock eingejagt. Natürlich hat es sich schnell rumgesprochen, dass Ed total drauf war, als er sich umgebracht hat. Was mich aber wirklich schockte, war die Tatsache, dass Eds Eltern über alles Bescheid wussten und ihm nicht helfen konnten oder es nicht mal versucht haben.

Bei mir ist das anders! Meine Eltern haben keinen blassen Schimmer davon, dass ich kiffe! Sie kämen auch nicht im Traum darauf! Aber eigentlich ist es nicht zu vergleichen, Ed hat ja nicht nur gekifft!

Trotzdem habe ich irgendwie Angst! Wie soll das alles weitergehen? Ich befürchte, dass Ed nur eine Tür für andere geöffnet hat! Für andere, denen es nicht besser geht. Ich glaube inzwischen, dass zu Selbstmord überhaupt kein Mut nötig ist! Zum Leben gehört Mut! Zum Leben in diesem verfluchten Nest gehört viel Mut! Ed hatte wohl keinen Mut mehr. Genau wie ich damals, als ich die Tabletten genommen habe.

Freitag, 4. Mai 1997

Mit meinem Vater verstehe ich mich inzwischen richtig gut. Er hat neulich sogar mal gefragt, wie es mir mit dem Essen geht. Das hat er noch nie getan.

Ich mach mir Sorgen um Nicky, weil sie jedes Wochenende so entsetzlich besoffen ist, dass sie kotzen muss!

Außerdem mache ich mir Gedanken um Fiona, weil sie seit einigen Wochen auf nichts mehr Lust hat und sich ständig in ihrem Zimmer verkriecht. Wenigstens ist Amélie noch einigermaßen gut drauf.

Ramin hängt nur noch mit den Weidenfeldern rum. Auf allen Partys sitze ich immer alleine da, weil Amélie mit Caro rumläuft, Nicky irgendwo besoffen hinterm Busch liegt, Fiona gar nicht erst kommt und Ramin bei den Weidenfeldern rumsitzt, zu denen ich mich nicht traue, weil Julius bei ihnen ist und ich Angst habe, in seiner Nähe ohnmächtig zu werden!

Irgendwie habe ich mich verändert. Mir macht es gar nichts aus, allein dazusitzen, weil ich weiß, dass mich meine Freunde schon irgendwann wieder brauchen werden.

Früher war ich anders. Ich hab mir ständig eingebildet, mit allen befreundet sein zu müssen, und bin auf jeder Party von einem zum anderen gesprungen. Und habe mir dann eingeredet, viele Freunde zu haben.

Das langweilt mich jetzt irgendwie! Ich will nicht mehr jeden kennen, mit jedem reden und über jeden alles wissen! Deswegen sitze ich lieber so lange allein in der Ecke, bis jemand auf mich zukommt.

Samstag, 10. Mai 1997

Am Samstag war Aschs Geburtstagsfeier. Wir waren achtundzwanzig Leute, die Weidenfelder waren auch dabei. Ramin, Mike, Amélie und ich haben in einem Zelt gepennt. Und jetzt kommt das Schlimmste: Julius hat eine Freundin. Sie heißt Alice, und ich hasse sie wie die Pest! Mich würde echt mal interessieren, was Julius an dieser Schlampe so toll findet. Sie hat nichts Besonderes, nicht einmal mehr Busen als ich. Außerdem ist sie leichenblass und hat Froschaugen. Es war so gemein! Die beiden haben die ganze Zeit rumgeknutscht, und sie hat ihm auch noch einen Knutschfleck gemacht. Zum Kotzen!

Und da bin ich auch schon wieder beim Thema: Es

wird immer schlimmer! Letzte Woche hatte ich jeden Tag einen Fressanfall. Meistens bekomme ich so einen Anfall, wenn ich mir vorgenommen habe, etwas Bestimmtes zu essen, und dann aus Versehen ein bisschen mehr esse. Dann überkommt es mich auf einmal! Es ist so ätzend. Nein, ich glaube, ich bin ätzend! Wenn ich daran denke, widere ich mich selber so an, dass ich es kaum aushalte! Dieser scheiß Kotzgeruch geht überhaupt nicht mehr von meinen Fingern ab! Ständig rieche ich es, und es macht mich halb verrückt! Aber ich kann nicht damit aufhören, ich habe solche Riesenangst davor zuzunehmen. Wenn das Klo reden könnte, dann bekäme ich über kurz oder lang ziemliche Probleme. Das Klo würde bestimmt beim Kotzen mitzählen und mich anschließlich bei meinem Vater verpetzen.

Ich habe echt Schuldgefühle gegenüber meinem Vater. Weil ich ihn so belüge und ihm ständig nur meine Schokoladenseite zeige. Wenn ich so weitermache, werde ich irgendwann schizophren! Ich führe ein Doppelleben!

Ungefähr so: Alles fängt mit dem Anfall an, ich stopfe so lange Essen in mich hinein, bis nichts mehr reinpasst! Absolut nichts mehr. Dann renn ich aufs Klo, kotze circa eine Stunde lang, heule dabei wie die Sau, und wenn es dann endlich vorbei ist, fange ich wie wild an, alles wegzuputzen, mir Ewigkeiten die Hände zu waschen und mich neu zu schminken. Dann schließe ich die Badtür auf und lächle wieder.

Als ich gesehen habe, wie sich Julius und Alice in die Köpfe gebissen haben, musste ich mich auch erst mal übergeben. Weil ich das einfach zum Kotzen finde! Ich bin so stockeifersüchtig! Warum lässt er diese Alice in sein Leben und mich nicht? Ich pack das nicht!

Freitag, 23. Mai 1997

Am Montag schreiben wir Mathe, und ich habe alles gecheckt! Kaum zu glauben!

Trotzdem habe ich mir dieses Wochenende was total Abartiges geleistet! Fiona, Nicky, Ramin, Daniel, Amélie und ich sind am Freitagabend mit dem Bus nach D. gefahren, und ich war echt schlimm betrunken! Ramin ist irgendwann um halb drei Uhr morgens mit mir nach Hause getrampt. Gestern hat er mir dann erzählt, dass ich ihm die ganze Zeit die Ohren damit voll geheult habe, dass ich auf keinen Fall wie meine Mutter werden will und dass ich so ein verdammtes Arschloch bin, weil ich von den Kindern wusste und nichts gegen die Schweinerei unternommen habe.

Ramin hat mich ungefähr zehnmal gefragt, welche Kinder ich gemeint hatte. Ich hab gesagt, dass ich selber nicht wüsste, warum ich solchen Bullshit geredet habe.

Ich hatte solche Angst, dass Ramin die ganze Sache abcheckt!

Aber anscheinend habe ich gerade noch mal Glück gehabt! Mir darf nie, nie, nie wieder so was passieren! Nie wieder!

Aber seitdem mache ich mir Gedanken darüber! Es ist wirklich ätzend, was ich da getan habe! Ich habe mich von meinem Vater wirklich kaufen lassen! Nur weil ich so egoistisch war und mir alles andere wichtiger war, als diese Scheiße mit den Kindern aufzudecken. Damit die hinter Gitter kommen, die hinter Gitter gehören. Ich kann mir inzwischen selber nicht mehr erklären, warum ich so eine verdammt blöde, egoistische Kuh bin! Genauso überreiße ich es nicht, warum ich jetzt, wo mir bewusst ist, was ich da für einen Müll gemacht habe, immer noch nicht zu den Bullen gehe! Aber irgendwas hindert mich daran. Mir ist schon die Ausrede genug, dass ich meinen eigenen Vater nicht verpetzen will, weil ich ihm gegenüber selber solche Schuldgefühle habe, da ich ihn jeden Tag von neuem belüge! Dass Lorenz im Knast sitzt, ist auch ein Grund für mich, das Maul nicht aufzumachen. Und vor allem will ich nicht ins Heim! Ich habe mir also nichts vorzuwerfen!

Und trotzdem habe ich seit dem Vorfall am Wochenende so ein schlechtes Gewissen, was ich auch im Magen spüre, ein Gewissen, das mich kaum noch klar denken lässt und mich überallhin verfolgt. Außer ich blase meine Lichter aus und kiffe so lange, bis ich bewusstlos bin!

Das habe ich nämlich gestern getan, bei Ramin. Ich saß auf seinem großen Sessel, als ich plötzlich runterkippte. Ramin hat mich dreimal geohrfeigt, bis ich wieder zu mir kam. Dann hat er mich in sein Bett getragen. Bis heute Nachmittag um halb fünf habe ich geschlafen. Als ich aufwachte, hatte mir Ramin Tee gekocht. Extra für mich! Weil ich das so süß fand, übergab ich mich erst einmal auf sein Kopfkissen!

Ich verstehe mich selbst nicht mehr! Mir passiert eine Pleite nach der anderen!

Donnerstag, 29. Mai 1997

Fronleichnam, Feiertag eigentlich, aber bei mir gibt's nichts zu feiern! Ich habe keine ruhige Minute mehr. Ich bin mal wieder stockverwirrt und weiß nicht, wo oben und unten ist! Wenn es eines Tages doch noch rauskommt, was mein Vater und ich getan haben, kann ich dann auch verhaftet werden?

Ich muss unbedingt noch von Herrn Golmitzer erzählen! Herr Golmitzer ist ein allein stehender alter Mann, der in unserem Haus wohnt. Das heißt, er ist erst dreiundfünfzig, sieht aber aus wie siebzig. Herr Golmitzer hat noch nie mit jemandem geredet. Man sieht ihn immer nur mit seinem orangefarbenen Fahrrad und der Plus-Tüte mit der Schildkröte und dem Frosch drauf in die Stadt fahren, wo er dann ein paar Flaschen Bier kauft. Das macht er circa dreimal am Tag. Als Nicky und ich so neun oder zehn waren, da wohnten noch zwei Jungs in unserem Haus, mit denen wir den größten Unsinn gemacht haben. Wir haben dem Golmitzer ständig irgendwelche gemeinen Sachen hinterhergerufen. Das war fies, und Herr Golmitzer drohte, uns windelweich zu schlagen. Doch er hat uns nie etwas getan. Wir haben inzwischen damit aufgehört, aber einige Jüngere aus unserem Nest haben das nachgemacht, und jetzt, vor ein paar Tagen, hat Herr Golmitzer den Sohn des angesehensten Arztes im Kaff vermöbelt. Auf dem Friedhof! Die Polizei war zwar da, hat aber nichts weiter unternommen.

Wenn ich den Golmitzer jetzt sehe, mache ich lieber einen großen Bogen um ihn. Ich habe keinen Bock darauf, auch verdroschen zu werden.

Apropos Polizei: Die Sozialstunden habe ich inzwischen abgeleistet. Es hat auch gar nicht wehgetan.

Dienstag, 10. Juni 1997

Es hat sich nicht viel getan im letzten Monat. Es ist eigenartig. Wenn mir einen Monat lang mal nichts Beschissenes widerfährt, bekomme ich gleich das Gefühl, irgendwas könnte nicht stimmen.

Aber ich brauche mich nicht aufzuregen, denn am Wochenende ist wieder was passiert.

Wir standen alle am Brunnen und alberten rum, als Caro und Mirka auf Caros Roller um die Ecke bogen. Asch, dieser dumme Foliengriller, ist dann »aus Spaß« auf die Straße gesprungen, direkt vor Caro und Mirka. Caro hat aus Schreck natürlich den Lenker rumgerissen, und der Roller ist umgekippt! Sie sind zwar nicht besonders schnell gefahren, aber der Sturz hat gereicht, um Mirkas Knie und Caros Backe zu ruinieren. Direkt neben mir, Amélie und Fiona blieben Mirka, Caro und der Roller liegen. Ich blieb eigentlich ganz cool und versuchte sofort festzustellen, ob den Mädels was Schlimmes passiert ist. Amélie hielt die nächsten Autos auf, um weitere Unfälle zu verhindern, und als ich Asch dreimal gesagt hatte, er solle sofort in die Eisdiele laufen und den Notarzt rufen, hat er's auch getan. Doch dann bekam ich Angst, weil ich Caros Gesicht sah! Ihre ganze Backe war offen und die ganze Straße voller Blut! Außerdem sagte sie nichts. Mirka jammerte wenigstens, dass ihr das Knie so wehtäte, aber Caro gab keinen Ton von sich.

Nach einiger Zeit hatte sich ein kleiner Kreis um uns gebildet, lauter blöde Gaffer. Der Schlimmste war ein alter Sack mit einer Bierflasche in der Hand. Er kam ganz nah an uns ran und gab uns total beschissene Ratschläge, auf die niemand von uns Bock hatte. Ich hab ihn schließlich angebrüllt und ihn einen alten Penner genannt. Er hat sich tatsächlich aus dem Staub gemacht. Ramin, Daniel und Mike hatten alles mitbekommen und warteten mit uns auf den Sanka. Der kam erst, als sich meine Jacke, die ich unter Mirkas Bein gelegt hatte, schon vollständig mit Blut voll gesaugt hatte. War ich erleichtert, als das alles vorbei war! Der Roller ist total im Eimer. Asch wird ganz schön blechen müssen! Ich hab ja immer schon gesagt, dass der Kerl einen Vollschaden hat!

Am Sonntag haben wir die beiden im Krankenhaus besucht. Caro sieht wirklich richtig scheiße aus! Ihre Backe ist irgendwie keine Backe mehr, sondern eine Art Schlachtfeld. Die Arme, sie tut mir wirklich Leid. Asch hat ihr zwar einen Blumenstrauß mitgebracht, aber sie hat trotzdem nicht mit ihm geredet. Verständlich! Ich denke, dass sich unsere Clique bald auflöst. Oder in zwei Cliquen teilt, in die, die zu Asch halten, und die, die Asch in den Wind schießen. Ich zähle mich zur zweiten Hälfte.

Als ich heute mit Amélie telefonierte, hat sie mir erzählt, dass der besoffene alte Penner, den ich so angeschrien hab, Ramins Vater ist. Mann, regt mich das auf! Ramin hat anscheinend das gleiche Problem wie ich. Er hat die ganze Zeit so getan, als würde er den Kerl nicht kennen. Und ich nenn den Typ auch noch einen Penner! Ramin tut mir so Leid, ich werde mich, sobald ich ihn wiedersehe, bei ihm entschuldigen.

Mittwoch, 25. Juni 1997

Wenn irgendwann, in hundert Jahren, mal jemand mein Tagebuch liest, dann wird dieser Jemand bestimmt denken, ich hätte alles nur erfunden. Aber ich habe nichts erfunden. Es ist alles *reality*! Auch die Aktion vom Golmitzer. Der hat gestern den absoluten Vogel abgeschossen!

Mein Vater saß in seinem Büro am Computer und arbeitete. Plötzlich schrie die Nachbarin, die unter uns wohnt und uns bekanntlich nicht ausstehen kann, zum Balkon hoch, dass der Golmitzer sie mit einer Axt bedroht. Mein Vater hat die Bullerei angerufen, die zum Glück gleich kam. Die haben dem Golmitzer Handschellen angelegt, 'ne richtige Festnahme war das! Dann haben sie ihn in eine geschlossene Irrenanstalt gebracht.

Ich habe die Axt nicht gesehen, deswegen kann ich nicht beurteilen, ob der Golmitzer unsere Nachbarin wirklich bedroht hat, aber ich weiß auf alle Fälle, dass der Kerl jetzt weg ist.

Wirklich komisch, was hier für Dinge passieren in dieser verfluchten Stadt. Ich bin ja mal gespannt, was als Nächstes kommt. Wahrscheinlich landet übermorgen ein UFO auf dem Sportplatz.

Freitag, 11. Juli 1997

Bis jetzt ist noch kein UFO gelandet, dafür gab es schon wieder ein Drama.

An dem Donnerstag vor zwei Wochen bin ich wie jeden Morgen vor der Schule mit meiner Freundin zum Bäcker gegangen, weil sie ihren süßen Hunger stillen musste. Ich glaube, die ganze Schule geht vor dem Unterricht dorthin. Als wir aus dem Laden kamen, gingen der kleine Asch, also Aschs kleiner Bruder aus meiner Klasse, und Alex, also der kleine Bruder von Rico, der mich damals nach meinem Sturz von Picasso zum Hof transportiert hatte, gerade rein. In der ersten Stunde fehlten die zwei. Wir erzählten natürlich niemandem, dass wir die beiden schon gesehen hatten, weil wir dachten, sie schwänzten.

Beim Stundenwechsel kamen sie rein und erzählten, dass der Bäcker einen Herzinfarkt hatte, als sie gerade in die Bäckerei kamen. Es ging alles sehr schnell. Als der Arzt kam, war der Bäcker schon tot.

Mann, hatte ich ein Glück! Um ein Haar hätte ich mir das ansehen müssen.

Was ist hier los? Warum passiert ständig was? Ich warte immer noch auf das UFO!

Dienstag, 22. Juli 1997

In der Schule läuft alles wie geschmiert. Nur noch sieben Schultage, dann gibt's Zeugnisse.

Heute, als ich aus der Schule kam, klingelte das Telefon, und eine Linda Bingham meldete sich. Sie ist aus Amerika und erzählte mir, dass sie nach ihren Ahnen forsche und auf einen entfernten Verwandten in Kalifornien gestoßen sei. Der hat ihr dann von uns, der deutschen Sippe, erzählt. Linda hörte sich wirklich nett an, und da sie gerade mit ihrem Mann Earl in Berlin ist, werden uns die beiden im August für ein paar Tage besuchen. Ich habe ihr gesagt, sie solle noch mal mit meinem Vater reden.

Der hat übrigens eine Freundin. Sie heißt Gisela. Ich habe sie allerdings noch nicht kennen gelernt. Bin ja mal gespannt, was er sich da für eine angelacht hat. Hoffentlich hat er nicht wieder so eine wie meine Mutter an Land gezogen.

Donnerstag, 24. Juli 1997

Morgen kommen Linda und Earl. Ich weiß jetzt, in welcher Weise ich mit ihr verwandt bin. Die Mutter meiner Oma hatte eine Schwester. Diese Schwester bekam eine Tochter, die wiederum eine Tochter bekam. Diese Tochter ist Linda. Ich freu mich auf die beiden, obwohl ich sie gar nicht kenne.

Freitag, 25. Juli 1997

Als ich aus der Schule kam, hätte mich beinahe der Schlag getroffen. Vor unserem Haus stand eine schwarze Limousine. Bis heute dachte ich, die Dinger gibt es nur in den Staaten, doch Earl ist so ein reicher Kerl, dass er auch in Deutschland nicht auf diesen Luxus verzichten kann.

Sie waren also schon da, als ich kam, und tranken mit meinem Vater Kaffee. Linda ist eine supernette Frau. Sie sieht außerdem aus wie eine typische Amerikanerin. Groß, blonde Locken und braun gebrannt. Earl ist mir nicht so sympathisch. Er wirkt hölzern.

Linda hat mir amerkanische Pralinen mitgebracht, die umgerechnet 28 DM gekostet haben. Woher sollte sie auch wissen, dass Pralinen bei mir eine Fehlinvestition sind, da ich sie sowieso erst beim nächsten Heißhungeranfall in mich reinstopfen und dann ins Klo kotzen werde, anstatt sie genüsslich zu verzehren?

Linda und Earl haben sich im teuersten Hotel der Stadt ein Zimmer gemietet. Morgen werden wir mit ihnen zum Essen gehen. Bis dahin muss ich mir noch was einfallen lassen; es ist so unangenehm, sich auf Gaststättentoiletten zu übergeben.

Samstag, 26. Juli 1997

Linda ist die Beste! Sie hat mich und meinen Vater nach Amerika eingeladen. Mein Vater hat zwar aus irgendeinem Grund keinen Bock, in die Staaten zu fliegen, aber ich, ich darf trotzdem. Linda wohnt in einem Vorort von New York. Juhu, mein Herz hüpft, meine Seele springt, ich werde nach Amerika fliegen, und zwar noch in diesem Jahr! Und was das Allertollste ist: Ich darf noch jemanden mitnehmen.

Es wird super, das weiß ich jetzt schon. Am liebsten würde ich gleich meine Sachen packen und losdüsen, aber ein bisschen gedulden muss ich mich leider doch noch.

Heute Nachmittag mussten Nicky und ich zwei von diesen verrittenen Schulpferden die Mähne schneiden und stundenlang an den Fellen rumputzen, bis wir uns darin spiegeln konnten. Um sechs kamen welche vom Fernsehen, besser gesagt, von *Herzblatt*. Die beiden aus der Show sollten ein »wunderschönes Wochenende im Grünen, mit Reitstunden und Kühemelken auf dem Schwanenhof« verbringen.

Weil Nicky und ich uns nach der harten Putzerei einen kleinen Spaß gönnen wollten, gaben wir den beiden Pferden ein paar Karotten zum Knabbern. Unter der Reitstunde fing das Getriefe dann an. Aus den beiden Pferdemäulern lief eine schaumige grüne Soße. Als die Tussi von *Herzblatt* vom Pferd stieg, wischte sich der Gaul die ganze Brühe an der Satinbluse seiner Reiterin ab, die dann schrie: »Iiiiiiih, das Ferd sabat jaa!«

Nicky und ich lachten uns halb tot, unsere Aktion war gelungen. Aber im Fernsehen wird diese Szene bestimmt nicht zu sehen sein.

Montag, 28. Juli 1997

Die letzte Schulwoche ist angebrochen!

Habe heute schon mit Amélie und Fiona telefoniert. Amélie wird mit ihrem Vater reden, ob sie mit in die USA darf. Fiona fährt mit ihrer Mutter nach Kroatien. Nicky habe ich gestern schon gefragt, die wird ihre Mutter gar nicht fragen, weil sie einen Nervenzusammenbruch der Guten befürchtet. Wenn es bei Amélie nicht klappt, werde ich Mirka und Ramin fragen. Mirka kann inzwischen humpeln. Mein Vater und ich waren heute schon in D. im Reisebüro und haben uns nach billigen Flügen erkundigt.

Donnerstag, 31. Juli 1997

Ich habe endlich das Zeugnis in der Tasche. Alle haben am Anfang des Jahres behauptet, ich würde das Jahr wegen der ganzen Krankenhausaufenthalte und des Australientrips nicht schaffen. Denen hab ich's gezeigt! Ich hab ein Superzeugnis bekommen, ohne auch nur einen Strich dafür getan zu haben.

Nach der Schule haben Fiona, Amélie, Nicky und ich uns auf dem Hof getroffen und sind den ganzen Nachmittag lang ausgeritten.

Amélie darf übrigens mit in die Staaten. Das hätte ich niemals erwartet. Sie muss zwar die Hälfte selber zahlen, aber da noch ein Haufen Geld von ihrer Firmung übrig ist und sie letztes Jahr ein bisschen schwarzgearbeitet hat, ist das kein Problem.

Wir werden morgen gleich nach D. fahren, um den Flug zu buchen.

Samstag, 9. August 1997

Wir fliegen am Siebenundzwanzigsten und bleiben bis zum Elften. Die Ferien sind bis jetzt ganz relaxt. Mir ist aufgefallen, dass ich zurzeit viel weniger kiffe als bisher. Warum, weiß ich nicht, wahrscheinlich, weil es mir nichts mehr bringt.

Zwischen Julius und Alice ist es aus! Juhu! Das macht mich glücklich!

Ich war am Mittwoch bei meiner Mutter. Mir war nämlich langweilig, und ich hatte sie schon Monate nicht mehr gesehen. Da hab ich sie ganz spontan besucht. Vielleicht hatte ich mir irgendeine positive Veränderung erhofft. Sie hat sich aber nicht im Geringsten verändert. Außer dass sie noch schlechter aussieht als beim letzten Mal. Die ganze Zeit hat sie sich bei mir über meinen Vater ausgelassen, bis ich die Schnauze voll hatte und wieder ging.

Die Tussi von meinem Vater kenne ich jetzt auch. Ich frag mich echt, wo er die aufgegabelt hat. Sie ist so 'ne Öko-Tante in Birkenstocks und Latzhose und arbeitet im Naturkostladen im Nachbarort. Was noch schlimmer ist: Sie hat bereits drei Kinder, alle jünger als ich. Das Kleinste schleppt sie immer mit zu uns. Dieses Kind, es heißt Konstantin, ist ein Monster. Nein, Monster ist völlig untertrieben, ein Drachen, ein Dämon, ein Ungeheuer! Ununterbrochen muss es beschäftigt werden, sonst wird es wild und unausstehlich. Wenn diese Situation eintritt, ziehe ich es meistens vor, mich so schnell wie möglich in Sicherheit zu bringen und alle zerbrechlichen Gegenstände in der Wohnung zu evakuieren. Dieses Biest zwingt einen zum Survival-Training! Wie schütze ich mich am effektivsten vor angreifenden Hosenscheißern? Konstantin hat schon mit allem nach mir geworfen. Mit Klopapierrollen aus unserem Bad, mit seiner Nuckelflasche, aus der Kakao spritzte, mit Emmentaler aus unserem Kühlschrank, mit einem Kleiderbügel aus dem Wäscheschrank und sogar mit seinem eigenen Schuh. Doch damit nicht genug, wenn er erst mal in Rage ist, dann greift er auch zu Dingen wie Geschirr und Besteck, dem Kassettenrekorder oder meinem Föhn. Er zerstört alles, was er in die Finger bekommt. Kurz gesagt, er nervt mich einfach.

Als ich ihm mal seine Hände auf dem Rücken zusammengebunden und ein großes Pflaster auf den Mund geklebt hatte, ist er mir ständig nachgelaufen und hat nach mir getreten. Seitdem sperre ich ihn immer in unsere Garderobe. Danach sieht es darin allerdings aus wie in der Schlampertruhe in unserer Schule, wo alle liegen gebliebenen Klamotten reingeschmissen werden, aber wenigstens ist der Rest der Wohnung nicht in Gefahr. Hoffentlich trennt sich mein Vater bald wieder von Gisela, ich kann dieses Kind nicht mehr sehen.

Dienstag, 12. August 1997

Am Wochenende haben wir alle bei Ramin gepennt, und ich hab mit Domi rumgeschoben. Skandal! Seitdem reden alle nur noch davon, dass wir so gut zusammenpassen würden und so weiter. Ich muss mir die Sache noch mal durch den Kopf gehen lassen.

Ich habe mich inzwischen auch noch mit einem anderen Kind von Gisela angelegt. Es heißt Barbara. Barbara ist fünf und fast so blöd wie der fette kleine Konstantin. Am Sonntag saß Barbara bei uns im Wohnzimmer und hat mit einem hellgrünen Filzstift auf unserem Sofa rumgemalt. Ich hab ihr gleich den Stift aus der Hand gerissen und sie angeschrien, weil ich das einfach die Höhe fand. Und Barbara fing natürlich an zu heulen. Gisela hat mich dann angeschrien – was mir einfiele, ihr Kind anzuschreien. Da habe ich dieser dummen Schachtel mal meine Meinung über ihre verfluchten Kinder gesagt. Seitdem kann mich Gisela nicht mehr ausstehen.

Bin ich froh, wenn ich in den Staaten bin und für 'ne Weile diese Horrorgestalten nicht mehr sehen muss. Vielleicht ist ja alles vorbei, wenn ich wiederkomme. Ich würde es mir wirklich wünschen.

Samstag, 23. August 1997

Ramin, Fiona, Nicky, Daniel, Mirka, Domi und ich haben heute unseren Abschied gefeiert. Es war richtig lustig, unser Drogenkonsum hielt sich auch in Grenzen. Zumindest meiner, Nicky hat mal wieder gekotzt.

Jetzt sind Amélie und ich noch drei Tage in Deutschland, und dann geht's endlich los.

Gisela, Konstantin, Barbara und Gunnar, das älteste Kind, gehen mir immer mehr auf den Keks. Es gibt kaum noch einen Tag, an dem sie mich nicht belästigen. Ständig kommt Gisela mit Ökokuchen und ihren drei Monstern und bittet um Asyl. Meistens auch noch zu einem Zeitpunkt, wenn mein Vater nicht da ist, dann muss ich mich immer mit ihnen rumschlagen. Gunnar ist nicht ganz so schlimm wie seine Geschwister. Er sagt nie was. Ich glaube, er kann gar nicht sprechen, obwohl er sieben ist.

Gut, dass ich bald weg bin, die Bälger machen mich fertig!

Mittwoch, 27. August 1997

Amélie und ich sitzen inzwischen im Flieger. Es ist ein Supergefühl, so ganz ohne Erwachsene irgendwo über Europa herumzufliegen.

Gestern haben wir noch unseren traditionellen Abschiedsausritt gemacht. Leider kamen wir in ein heftiges Gewitter und mussten nach Hause galoppieren. Picasso und Rina waren danach total verschwitzt, und wir mussten sie ins Solarium bringen. Ich hoffe, Picasso hat sich nicht erkältet, so wie ich. Ich habe Schnupfen, mitten im Hochsommer.

Das Essen in diesem Flugzeug ist genau das Gleiche wie das in dem Flieger, mit dem ich nach Australien geflogen bin. Es stinkt, ist viel zu heiß und schmeckt ausgekotzt wahrscheinlich nicht anders als zuvor. Neben mir sitzt ein Amerikaner, ich schätze ihn auf ungefähr zwanzig. Er kommt aus Washington D.C., sieht gut aus und hat mich gerade schon wieder angelacht. Soll ich noch mal mit ihm reden? Amélie ist nämlich nicht besonders gesprächig, sie schläft.

Momentaner Zustand: 433 km/h schnell, 800 m hoch und –40°C kalt! (draußen!)

Samstag, 30. August 1997

Wir sind tatsächlich heil in den Staaten angekommen. Unsere Höchstgeschwindigkeit zwischen Kopenhagen und New York betrug 914 km/h, die Höchsthöhe 8100 m, und am kältesten war es irgendwo über dem Atlantik: –56°C!

Am Airport wurden Amélie und ich von Linda abgeholt. Auf der Fahrt zu Lindas Haus konnten wir die Statue of Liberty sehen und beschlossen, ihr demnächst einen Besuch abzustatten.

Dieser Ort ist der Hammer! Er besteht nur aus Nobelvillen. Jede Villa hat ein Riesengrundstück, alle Rasen sind fein säuberlich gekämmt, und um jedes Anwesen stehen einige riesige alte Bäume. Lindas und Earls Villa liegt zwischen weiten Wiesen, auf denen lauter Edelgäule grasen.

Linda und Earl besitzen einen Hund. Er sieht aber nicht aus wie ein Hund, eher wie eine schwarzweiß gescheckte Klobürste. Als Linda die Tür dieses riesigen Hauses öffnete, peste die Klobürste ungefähr zwanzigmal durch den Livingroom. Der Livingroom ist mindestens 80 qm groß, größer als die gesamte Wohnung von mir und meinem Vater. Klobürste raste von Wand zu Wand, bis Linda sich schon Sorgen um sie machte, weil sie kaum noch Luft bekam.

Anschließend zeigte Linda uns unser Zimmer. Es ist im ersten Stock, ein schönes, helles Zimmer! Amélie und ich räumten unsere Sachen ein und tauschten die ersten Eindrücke aus. Draußen wehte ein leichter Wind, nichts Wildes! Vielleicht würde ja ein Gewitter kommen. Zum Abendessen verließen wir das Zimmer wieder. Während wir mit Earl und Linda unten aßen, ging oben etwas vor… und keiner von uns merkte etwas.

Amélie und ich waren müde, wir verabschiedeten uns von den beiden und machten uns auf den Weg nach oben. Ich hatte viele kleine Melonenstückchen gegessen, fühlte mich aber trotzdem gut. Ich hatte nicht im Geringsten das Gefühl, zu viel gegessen zu haben. Das war super. Es ist schon lange her, dass ich mit gutem Gewissen etwas gegessen habe.

Ahnungslos öffnete Amélie die Tür unseres Zimmers und ließ urplötzlich einen Schrei los. Da sah ich es auch! Der Boden unseres Zimmers war übersät mit Scherben und Blättern. Das Dachfenster war komplett zerbrochen! Der riesige Ast eines Ahornbaumes ragte durch das Fenster. Sofort lief ich nach unten, um Earl und Linda Bescheid zu sagen.

Seit fünfzehn Jahren ist hier kein Tornado mehr vorbeigekommen. Kaum komme ich, gibt's also die nächste Katastrophe! Amélie und ich sind ins Gästezimmer zwei umgezogen, mit der leisen Hoffnung, dass der Tornado nicht wieder zurückkehrt.

Samstag, 6. August 1997

Am Dienstag luden Earl und Linda uns ins Theater ein. Aber es war nicht irgendein Theater, sondern ein Broadwaytheater. Amélie und ich waren anfangs nicht so begeistert von Earls Vorschlag, das Musical *Cats* anzuschauen, aber wir ließen uns das nicht anmerken. Einem geschenkten Gaul schaut man schließlich nicht ins Maul! Und als wir uns dann in die bequemen Sessel der Lounge fallen ließen und diese krassen Kronleuchter vor uns rumbaumelten, da fanden wir es dann doch ganz spannend. Lauter Frauen in Katzenkostümen turnten auf der Bühne rum. Die hatten alle Superfiguren, durchtrainiert, schlank...

Am Mittwoch fuhren Amélie und ich auf eigene Faust mit der Underground in die Stadt. In Harlem stieg ein Typ mit Walkman in den Train, was eigentlich nichts Bemerkenswertes ist. Aber der Kerl hatte einen Vogel. Er sang und tanzte zu seinem grauenvollen Techno-Sound, als sei er auf der Love-Parade. Er ging wirklich ganz schön ab.

In Deutschland ist es gewöhnlich so, dass ein Zug, bevor ein Wagen abgekoppelt wird, anhält, um die Insassen umsteigen zu lassen. In den Staaten ist das anders. Ein völlig wild gewordener Zug-Mensch scheuchte uns plötzlich durch den Wagen, riss die Tür auf, und wir mussten während der Fahrt über eine Metallrampe in den anderen Waggon klettern. Amélies Haargummi wehte davon, mir blies es fast die Ohren weg. Merkwürdig, diese Amis.

In der Stadt liefen wir durch Tausende von riesigen Schuhgeschäften. Es gibt ungefähr sieben oder acht Milliarden Menschen auf dieser Erde, von denen schätzungsweise die Hälfte barfuß läuft. Wer zum Teufel soll diese hundert Billionen Schuhe tragen?

Sogar in »The world's largest shopping mall«, *Macey's*, waren wir. Und das länger als geplant. Wir verliefen uns in der Strumpfabteilung. Zwischen Netzstrümpfen und halterlosen Strapsen bekam Amélie dann die Panik. Ihr Kopf wurde rot und ihre Augen glasig. Ich war genervt, und wir maulten uns die ganze Zeit nur noch an. Ich habe nicht wirklich geglaubt, dass wir den Rest unseres Lebens zwischen champagnerfarbenen Seidensocken und groß karierten Herrenkniestrümpfen verbringen müssten, aber in meinem Magen hatte ich so ein Gefühl, von dem ich froh bin, dass es wieder weg ist…

Dann, die Rettung. Ein String! Von dort aus fanden wir den Weg zum Exit, weg von Air-Conditioning und schlechter Radiomusik.

Die Heimfahrt war ebenso eigenartig wie die Hinfahrt. Im Tunnel blieb unser Zug plötzlich stehen und fuhr gute fünf Kilometer in die Richtung, aus der wir gekommen waren. Erst dann wurde die Fahrt in Richtung »Heimat« fortgesetzt. Ich hab mir die ganze Zeit überlegt, woher diese launische Herumgurkerei wohl kommt. Wahrscheinlich hat der Fahrer irgendwo seinen Autoschlüssel, seine Brille oder sonst was liegen gelassen und ist aus diesem Grund einfach noch mal zurückgefahren.

Amélie und ich haben uns inzwischen sogar mit der Klobürste angefreundet, obwohl ich immer noch der Überzeugung bin, dass das Viech geistesgestört ist.

Montag, 8. September 1997

Hier ist es ja wirklich schön, aber wir haben inzwischen keine Power mehr. Jeden Tag durch New York zu laufen macht einfach fertig. Meine Nerven!

Wenn ich noch lange hier bleibe, bekomme ich die Krise. Alle Kerle, die mir entgegenkommen, starren mich so an! Es gibt drei Möglichkeiten, warum sie das tun. Entweder, ich bin irgendwie komisch, so mit grünem Punkt auf der Nase, und weiß nichts davon. Oder ich gefalle denen, was ich eher für unwahrscheinlich halte, da ich schon wieder zugenommen habe. Wahrscheinlich liegt es aber ganz einfach nur an den Dreads. Als ob das hier was Besonderes wäre!

Sonntag, 14. September 1997

Die Ferien sind schon wieder vorbei, und ich befinde mich im Moment in Amélies Zimmer. Der Flug war langweilig, weil ausnahmsweise mal niemand gestorben ist. Mein Vater ist immer noch mit Gisela zusammen. Übermorgen beginnt mein letztes Jahr auf dieser madigen, eintönigen, uninteressanten, hässlichen, stinkigen, grauen, faden und einschläfernden Schule, die mich jetzt schon wieder dermaßen nervt, dass ich gar nicht richtig beschreiben kann, wie es ist. Ich habe Angst, dass ich den blöden Abschluss nicht schaffe und dass ich dann ohne alles dastehe.

Montag, 22. September 1997

Ich hatte erwartet, dass die neunte Klasse schwierig ist. Aber das ist sie nicht. Ich habe den Einstieg gut gepackt, wollte eigentlich dieses Jahr mal lernen. Aber wieso soll ich lernen, wenn ich es auch ohne schaffe?

Als ich aus den USA zurückkam, hatte sich hier einiges geändert.

Gisela, das Monster Konstantin, Barbara und Gunnar wohnen bei uns. Ich habe freiwillig mein Zeug gepackt und bin in den Keller gezogen, wo sich meine Mutter früher immer verkrochen hatte. Ich habe also das Glück, dass ich weder meinen Vater noch Gisela noch eines ihrer blöden Kinder dauernd um mich rum habe. Ich habe auch aufgehört, meinem Vater, diesem

Radwegbenutzer, ständig seinen Krempel hinterherzutragen. Soll er doch seine Gisela aufräumen und putzen lassen, die kann das bestimmt alles viel besser als ich, noch dazu naturschonend. Ich hasse Gisela nicht, weil ich eifersüchtig bin, dass mein Vater »eine andere« hat, sondern weil ich es einfach zum Kotzen finde, wie sie sich verhält. Sie zieht einfach hier ein, obwohl sie mich nicht ausstehen kann. Das bilde ich mir nicht ein, sondern sie hat es mir erst vor ein paar Tagen gesagt. Und sie glaubt, mir immer irgendetwas verbieten oder erlauben oder mich erziehen zu müssen. Aber ich habe eine eigene Mutter, wenn auch eine, die vielleicht den Aufgaben einer Mutter nicht unbedingt nachkommt. Gisela hat kein Recht, sich in mein Leben einzumischen, wenn ich es nicht will! Wieso kann mein Vater sie nicht einfach in den Wind schießen?

Wir, die Sternthaler, haben alle nichts mehr mit Asch zu tun. Die Weidenfelder und wir sind jetzt meistens zusammen. Julius ist immer noch meine große Liebe, auch wenn er nichts davon weiß. Es nervt mich, dass die Weidenfelder Jungs alle solche Typen sind, die immer nur an Bier, ihr Auto und ans Ficken denken. Ich mag sie alle ziemlich, aber diese primitive Lebenseinstellung regt mich total auf. Und wenn man nicht blöd genug ist und sich nicht von allen poppen lässt, dann steht man gleich als Zicke da.

Montag, 13. Oktober 1997

Letzten Mittwoch hatte ich Geburtstag. Fünfzehn, was für ein beneidenswertes Alter, oder? Ich glaube, ich hatte noch nie in diesen fünfzehn Jahren das Bedürfnis, fünfzehn zu sein. Es ist einfach nur eine Erinnerung an alle Vierzehnjährigen, dass es noch ein verdammt langes Jahr dauert, bis sie sechzehn sind. Jetzt bin ich also fünfzehn Jahre alt und habe zusammen mit Nicky beschlossen, den Mofaführerschein zu machen. Aber eigentlich gehe ich nur aus einem Grund in die Fahrschule. Wegen Julius. Der macht nämlich seit einem Monat den Autoführerschein. Und die Chance, ihn in der Fahrschule zu treffen, darf ich mir nicht entgehen lassen.

In Amerika habe ich mir mal eingebildet, ohne Kotzen leben zu können, aber das war ein Irrtum. Im Moment wiege ich geschlagene 65,2 kg. Allein schon, wenn ich das in dieses Buch schreibe, wird mir übel, und ich könnte kotzen. 65,2 kg! Ich bin ein Monster, und das muss ich ändern. Ich weiß aber noch nicht, wie.

Meinen Geburtstag haben wir übrigens in der Sattelkammer auf dem Hof gefeiert. Mann, war das lustig. Außerdem habe ich meine lesbische Seite entdeckt. Nicky und ich waren wohl etwas dicht, da ist es auf einmal geschehen. Wir haben rumgeknutscht. Erst haben wir ausgemacht, dass es unter uns bleibt, aber inzwischen ist uns das egal. Es war ja nur Spaß.

Ich bin mir auf jeden Fall sicher, dass ich nicht vom anderen Ufer bin, sonst bekäme ich nicht ständig dieses Herzklopfen und diese Bauchschmerzen, wenn Julius in Sicht ist.

Freitag, 24. Oktober 1997

Also, was ich jetzt schon wieder gemacht habe, ist nicht zu fassen. Fest steht: Ich bin keine Jungfrau mehr, und ich bin mit Julius zusammen. Eigentlich sollte ich mich darüber ja freuen, aber die Geschichte, wie es zu alldem kam, ist so albern, dass ich es einfach nicht glauben kann! Gestern in der großen Pause hat mir Ramin mitgeteilt, dass er den Führerschein bestanden hat und wir alle nach der Schule zu ihm zum Feiern kommen sollen. Das haben wir natürlich auch gemacht. Am Abend waren wir dann alle total betrunken, und Nicky, Amélie und ich haben uns eingebildet, zur Fahrschule gehen zu müssen. Es war halb neun, Zeit zur Raucherpause. Wir kamen also dort an, und alle, also auch Julius, standen vor der Fahrschule und rauchten. Amélie sprang wie wild in der Gegend rum, während ich versuchte, mich so gut wie möglich zusammenzureißen. Plötzlich hörte ich Julius sagen: »Willst ficken?« Und ich sagte: »Ja.« Ich habe eigentlich nicht damit gerechnet, dass er es ernst meint, aber er hat mich einfach gepackt, auf sein Mofa gesetzt und ist mit mir hoch nach Weidenfeld gefahren. Zu ihm nach Hause. Dort hat er mir dann eine Flasche Bier in die Hand gedrückt und mit mir angestoßen. In dem Moment fand ich das noch lustig, aber nach dem Bier fand ich gar nichts mehr. Na ja, und dann ist es halt passiert, und ich hab es nicht einmal gemerkt. Ich kann mich an nichts mehr erinnern, was passierte. Ich bin bloß irgendwann danach mal zum Waschbecken gerannt und hab mich übergeben. Toll, so hatte ich mir das »erste Mal« eigentlich nicht vorgestellt.

Heute Morgen bin ich dann in Julius' Armen aufgewacht. Mir war das total peinlich. Erst war ich sauer auf ihn, weil er so ein Arschloch ist, aber dann ist mir eingefallen, dass mich der geilste Junge aus dem ganzen Land gefickt hat und mit mir zusammen sein wollte, und da war ich auf einmal so glücklich, dass es mir scheißegal war, ob Julius ein Arschloch ist oder nicht. Ich bin so unvorstellbar verliebt in diesen Jungen! Er macht mich ganz verrückt. Er hat mir Kaffee gekocht und hätte mir auch was zu essen gemacht, wenn ich was gewollt hätte. In die Schule gegangen bin ich natürlich nicht. Aber eine Mitschülerin hat mich angerufen, um mir mitzuteilen, dass ich in der Geschichtsarbeit eine Eins habe. Ha, ha, wie ich sie einfach alle geripppt habe, diese blöden Lehrer, die mir vor ein paar Jahren noch weismachen wollten, dass ich minderbemittelt bin!

Montag, 29. Dezember 1997

Warum glaube ich es Julius nicht, wenn er mir sagt, dass ich schön bin, warum glaube ich meinem Vater nicht, wenn er sagt, ich sehe in dem neuen Rock besonders hübsch aus, warum glaube ich Nicky nicht, wenn sie sagt, ich könnte jeden haben? Warum wird es immer schlimmer mit meiner Kotzerei? Ich habe in den letzten zwei Monaten wieder reduziert. Mein Gewicht habe ich reduziert. Die ganze Zeit über habe ich mir eingebildet, ich hätte meine Essstörung unter Kontrolle, weil ich einfach nur weniger gegessen und nicht mehr gekotzt habe, aber jetzt, jetzt kotze ich, obwohl ich gar nichts esse. Es ist irrsinnig, weil ich selber nicht mehr weiß, was da vor sich geht. 43,6 kg wiege ich zurzeit. Mein Vater hat mich schon darauf angesprochen, und Julius hat mir gestern erklärt, dass er sich Sorgen um mich macht. Aber nicht einmal ich weiß, was eigentlich los ist. Ich zähle keine Kalorien oder schneide Kate-Moss-Knochen aus den Zeitungen aus. Ich finde mich auch nicht hässlich, ich fand mich nur ein bisschen zu dick. Warum stecke ich jetzt schon wieder so tief drin in dieser Scheiße? Warum, warum, warum? Ich würde so gerne ein einziges Mal in meinem Leben sagen können, dass ich zufrieden mit mir bin. Aber ich fühle mich einfach ekelerregend fett und weiß genau, dass ich mal wieder Untergewicht habe. Wenn ich auf einem Stuhl sitze, starre ich ständig auf meine Oberschenkel, weil ich mir einbilde, sie berühren sich in der Mitte. Dabei weiß ich ganz genau, dass sie sich nicht berühren. Sie würden sich auch nicht berühren, wenn ich mich ganz gerade hinstellen würde. Und trotzdem hat der Zirkus wieder angefangen.

Ich habe dieses überflüssige Weihnachtsfest zum Glück hinter mir. Mein Vater hat mir ein Snowboard geschenkt und alles was dazu gehört. Ich habe mich wirklich gefreut, aber Gisela, Konsti, Babs und Gunnar haben alles zerstört, allein durch ihre Anwesenheit. Konsti hat natürlich rumgeschrien, weil er nicht das bekommen hat, was er sich gewünscht hatte, Gunnar hat wie immer nichts gesagt, und Barbara... Die hat sich ausnahmsweise mal zurückgehalten mit ihrer Filzstiftmalerei auf unseren Möbeln. Aber Gisela hat sich vielleicht was geleistet! Sie hat mir eine Kiste voller Klamotten geschenkt, die ihr nicht mehr passen. Diese Frau ist einenmeterundneunundfünfzigzentimeter klein und trägt nur Biofasern und schenkt mir, einem einenmeterunddreiundsiebzigzentimeter großen Mädchen, das seinen eigenen Style und eine Essstörung hat, ihre abgelegten XXS-Klamotten! Kein einziges Teil hat mir gepasst, und ich fühlte mich gleich noch 10 Kilo schwerer. Das war Absicht, da bin ich mir sicher. Gisela kann es nämlich nicht ausstehen, wenn mein Vater sich um mich kümmert. Das tut er ja auch nicht, aber seit ich wieder abgenommen habe, scheint er sich wenigstens für mich zu interessieren. Schließlich hat er sich auch Gedanken gemacht, womit er mich an Weihnachten überraschen kann, denn das Snowboard ist echt super!

Freitag, 2. Januar 1998

Silvester! Wir waren alle bei Ramin und feierten rein, bis Julius und ich zu ihm rübergingen. Wir wollten nur ein bisschen unsere Ruhe haben, außerdem war ich ziemlich betrunken und deprimiert. Gestern habe ich dann erfahren, dass Fiona und Nicky total sauer auf mich sind, weil ich mich einfach aus dem Staub gemacht habe. Sie reden also nicht mehr mit mir. Ich versteh das alles nicht, ich hab ihnen doch wirklich nichts getan. Seit Silvester ist Amélie mit Daniel zusammen. Ich weiß nicht, was ich davon halten soll, aber es macht mich irgendwie eifersüchtig, weil Daniel doch mal was von mir wollte. Es ist grauenvoll, wenn man merkt, dass man so leicht ersetzbar und austauschbar ist!

Nächste Woche fahren Julius und ich mit seinen Eltern und seiner kleinen Schwester Isabell für drei Tage auf eine Hütte zum Schifahren. Julius bringt mir Boarden bei.

Jetzt bin ich schon über zwei Monate mit Julius zusammen. Ich bin immer noch verknallt in ihn, obwohl ich mir manchmal einbilde, dass er nicht zu mir passt, weil er ganz anders ist als ich. Ich weiß, dass ich unglaublich viel Mist gebaut habe in meinem Leben. Aber ich habe wenigstens ein schlechtes Gewissen. Ich habe eigentlich immer ein schlechtes Gewissen. Zum Beispiel, was Drogen angeht. Das geht schon beim ersten Schluck Alkohol los, bei dem Schluck, bei dem andere ihren Spaß am Trinken haben, bei diesem Schluck denke ich mir jedes Mal: Phia, trink nicht, trink nicht wieder so viel, du wirst enden wie deine Mutter. Beim zweiten denke ich: Scheiß drauf! Und beim dritten: Phia, du bist so scheiße, so abgrundtief scheiße, warum machst du das?

Julius ist ständig stockbesoffen und wirkt nicht im Geringsten so, als würde es ihn in irgendeiner Weise interessieren, dass er sich damit selbst schadet. An einem dieser bescheidenen Wochenenden im November habe ich Julius darauf angesprochen, warum er sich immer so randvoll laufen lassen muss. Da hat er gelacht und mir gesagt, ich solle selbst erst mal nüchtern werden. Ich habe ihn bis heute nicht mehr darauf angesprochen, weil ich glaube, dass er Recht hat.

Mit Julius' Mutter und Isabell verstehe ich mich super, aber sein Vater ist ein notgeiler Sack. Ich habe ständig das Gefühl, dass er mich im nächsten Augenblick anfällt. Bis jetzt hat er sich aber immer zurückgehalten, nur einmal hat er mir »freundschaftlich« auf den Arsch geklopft.

Donnerstag, 29. Januar 1998

Die Schule hat wieder angefangen. Ansonsten hat sich nichts getan. Ich bin immer noch mit Julius zusammen, Amélie ist noch mit Daniel zusammen, und Nicky ist unglücklich in Ramin verliebt. Wenn die beiden zusammenkämen, bräche für mich eine Welt zusammen. Ramin gehört mir. Er ist mein bester Freund, mit ihm habe ich fast mehr geredet als mit Amélie. Ramin will nichts von Nicky, das hat er mir gesagt. Er ist angeblich in ein anderes Mädchen verknallt. In welches, wollte er mir allerdings nicht sagen. Es ärgert mich! Er darf einfach keine Freundin bekommen, weil er mir gehört.

Im Moment wiege ich 42,8 kg. Ich habe mir fest vorgenommen, über 40 kg zu bleiben, weil ich solche Angst habe, dass ich wieder in eine Klinik muss. Wenn ich auf einem Holzstuhl sitze, tun mir meine Knochen weh. Überall habe ich wieder blaue Flecken, und auf meinem Rücken wachsen Haare. Depressiv? Nein, das bin ich nicht. Ich habe viel zu wenig Zeit, mir über irgendetwas

Gedanken zu machen. Nach der Schule gehe ich zu Julius, oder er kommt zu mir, jeden Tag. Meistens schlafen wir dann miteinander. Aber ich weiß nicht, wie lange das noch so gehen soll, weil es mir überhaupt nichts bringt, mich ständig von ihm ficken zu lassen. Er ist zwar dann immer total glücklich, aber ich, ich spüre nichts. Ich warte immer nur, bis es vorbei ist. Sagen kann ich ihm das nicht, da würde er ausflippen. Außerdem habe ich Angst, als Zicke abgestempelt zu werden.

Seit zwei Wochen habe ich kein Wort mehr mit Gisela geredet. Sie geht mir entsetzlich auf die Nerven. Sie platzt in mein Leben und erlaubt sich einfach alles. Aber ich bin froh, dass mein Vater eine gefunden hat, die ihm alles hinterherträgt, seine Unterhosen bügelt und den Komposteimer ausleert. Mit meinem Vater habe ich mich darauf geeinigt, dass wir jeden Abend zusammen essen, sonst würden wir uns gar nicht mehr sehen, seit ich in den Keller gezogen bin. Das fällt mir ziemlich schwer, und ich halte mich allerhöchstens ein- bis zweimal in der Woche an diese Abmachung. Mein Vater weiß genau, warum ich zum Essen nicht erscheine. Mir kommt es vor, als würde er auf irgendetwas warten. Wenn ich er wäre, hätte ich meine Tochter schon längst in die Klinik gebracht.

Montag, 16. Februar 1998

Julius ist so ein Arschloch! Ich hasse ihn. Er ist so ein verdammtes Schwein!

Am Freitag war noch alles o.k. Wir fuhren mit Nicky, Ramin, Amélie, Daniel, Mirka und Mike in eine unserer Stammdiscos, in die ich, seit ich im Mofaschein mein Geburtsdatum gefälscht habe, ohne Probleme reinkomme. Dort fand eine Schaumparty statt. Es war so lustig, mit den anderen in diesen Schaummassen rumzuspringen. Mir ging es an diesem Abend wirklich gut. Bis ich merkte, dass Julius total besoffen war. Das hat mich irgendwie endlos aufgeregt, und weil ich mein Maul nicht halten konnte, haben wir uns vor allen Leuten total gestritten. Julius hat mich angeschrien, dass er mich eh nur zum Ficken braucht. Daraufhin bin ich mit Ramin nach Hause gefahren.

Dass Julius so ein Flachwichser ist, hätte ich nie gedacht. Das Problem ist, dass er mich mit der »Nur-zum-Ficken-Aussage« wirklich getroffen hat. Schließlich hatte er den Vorteil, dass er nicht verhüten musste, weil ich wegen meiner Krankheit sowieso nicht schwanger werden kann. Er hat das natürlich gewusst und mich total ausgenützt.

Mann, habe ich geheult. Die ganze Nacht habe ich geflennt. Ramin hat sich voll lieb um mich gekümmert. Wir haben mal wieder was gekifft und sind schließlich Arm in Arm eingeschlafen.

Am Samstag stand Julius vor der Tür. Ich habe nicht mit ihm geredet. Ich habe Ramin gesagt, er soll ihn wieder wegschicken. Zwei Stunden später tauchte Julius mit einem Strauß Rosen auf. Ich hab ihm seine Blumen ins Gesicht geschmissen. Dann stand er da, und ich habe gesehen, wie eine Träne über sein Gesicht lief. Dann musste ich auch heulen und hab ihm die Tür vor der Nase zugeschmissen. Kurz danach hat Ramin mich nach Hause gefahren. Ich wollte einfach meine Ruhe haben.

Am Sonntag bin ich dann mit Picasso ausgeritten. Es war nicht ein Ausritt wie jeder andere, sondern ein richtig langer, den ganzen Tag waren wir unterwegs. Ständig habe ich mit mir selbst geredet oder mit Picasso, ich weiß es nicht mehr genau. Und geheult habe ich. Obwohl ich inzwischen der Überzeugung bin, dass es sich gar nicht lohnt zu heulen. Julius ist diese ganze Aufregung gar nicht wert.

Aber dann denke ich wieder an die Zeit, in der ich so glücklich war mit ihm. Als wir auf der Schihütte waren, als er mir in der Halfpipe Back- und Frontflips vorführte und sich dabei fast den Hals gebrochen hätte. Die Popcornparty, die Nachmittage nach der Schule. Es ist einfach zum KOTZEN.

Dienstag, 8. September 1998

Ich wollte gesund werden. Ich hatte es mir wirklich vorgenommen. Es ist einiges passiert, ich war wieder mit Julius zusammen. Ich habe mir wirklich eingebildet, ihn zu lieben, obwohl er mich so verletzt hat. Aber ich habe immer und immer mehr abgenommen, bis ich an einem Freitagabend das Bewusstsein verlor. Es war der 29. Mai, der Tag, an dem ich »gestorben« bin. Im Krankenhaus setzte meine Atmung aus, mein Herz hörte auf zu schlagen. Ich war sozusagen schon tot! Die Ärzte sagten meinem Vater, dass es mit mir bald zu Ende gehen würde. Sie hatten mich eigentlich schon abgeschrieben, aber durch die Wiederbelebungsversuche und diese Elektroschocker, die man ja aus dem Fernsehen kennt, habe ich überlebt.

Trotzdem war ich tot, seelisch. Ich wog noch 34,4 kg, alles, was ich spürte, waren meine Knochen. Jede Bewegung tat entsetzlich weh, sogar das Bett war zu hart für mich. Jetzt kommt es mir alles vor wie ein schlechter Traum, weil ich in dieser Zeit nichts mehr bewusst wahrnahm. Ich nahm nur noch die Schmerzen wahr, sonst nichts. Nach dieser Nacht hing ich dann wieder zwei Wochen an der Sonde. Künstliche Ernährung. Und am 14. Juni brachte mich mein Vater wieder in die Klinik.

Das ganze Spiel begann von neuem. Die Betreuer sind alle noch die alten. Auch mein Therapeut ist derselbe – Dr. Novak, der mit dem Zinken. Nur die Patienten sind andere.

Inzwischen befinde ich mich also seit über zwölf Wochen wieder in der Klapse.

Doch dieses Mal bin ich hier, weil ich gesund werden will!

Aber es ist furchtbar schwer! Auf meiner Station sind weitere drei Bulimikerinnen und fünf Anorektikerinnen. Da ich weder eine normale Anorexie noch eine normale Bulimie habe, sondern eine Kombi aus beidem, ist es echt nicht leicht, mich von diesen hysterischen Gänsen zu distanzieren. Das Spiel ist immer noch dasselbe: Gewinnen wird die Kränkste, Leichteste, Hoffnungsloseste! Ich will gesund werden und habe es ihnen gesagt. Deswegen habe ich eh schon verloren.

Ich gebe es zu, ich wollte damals, als ich entlassen

wurde, nicht gesund werden. Weil ich wusste, dass ich durch meine Krankheit mehr Aufmerksamkeit von meinem Vater bekomme. Inzwischen ist mir klar, dass ich, wenn ich so weitermache wie zu Hause, alles an mir zerstöre, was meine Eltern noch nicht zerstört haben. Eine Betreuerin hat neulich zu mir gesagt, dass ich unbewusst meine Mutter dazu zwingen will, sich um mich zu kümmern. Deswegen wäre ich beinahe draufgegangen. Die Betreuerin hatte Recht. Das Schlimmste für mich war, dass es meine Mutter gar nicht interessiert hat, dass ich fast gestorben wäre. Sie hat mich nicht besucht, sie hat mich nicht angerufen.

Ende Juli bin ich mit meinem Vater zu einem Familienfest gefahren. Ich bekam deswegen extra einen freien Tag. Meine Tante hatte uns nach München eingeladen und bestand darauf, mich mal wieder zu sehen. An diesem Tag ging es mir physisch wie psychisch total beschissen. Auf diesem Fest saß ich dann zwei Stunden auf einer weißen Ledercouch und starrte auf die Glasplatte des Wohnzimmertisches, bis mein Kusine Jasmin sich zu mir setzte. Ich kannte sie kaum, nur von früher, als ich vier oder fünf war, da wohnte ich ein halbes Jahr bei meiner Tante, weil meine Mutter wegen ihrer Bandscheiben im Krankenhaus lag. Mein Vater war schon damals unfähig, sich um mich zu kümmern, deswegen wurde ich einfach mal schnell zu meiner Tante abgeschoben. Jasmin ist ein Jahr älter als ich, geht aufs Gymnasium und spielt seit ihrem fünften Lebensjahr Klavier. Sie spielt einfach fantastisch. Noch dazu hat sie lange blonde Haare und ließ sich letztes Jahr konfirmieren, weil sie angeblich an Gott glaubt.

Im Großen und Ganzen ist sie also genau das Gegenteil von mir. Ich bildete mir immer ein, sie deswegen nicht ausstehen zu können. Doch als sie dann neben mir saß und wir uns unterhielten, merkte ich plötzlich, wie nett sie ist. Sie zeigte mir ein altes Fotoalbum, und wir lachten uns über uns selbst schief. Ich als Vierjährige im Sandkasten… Doch dann entdeckte ich eine Karte, auf der ein Foto von mir als Neugeborenes klebte. Ich drehte sie um und las: *Das ist unsere Sophia Viktoria! Ist sie nicht süß? Jetzt, wo sie da ist, freuen Marlene und ich uns richtig über sie, obwohl sie eigentlich nicht geplant war.*

Es war die Schrift meines Vaters, Marlene ist meine Mutter. Ich war also nicht geplant. Als ich da so neben Jasmin auf der Ledercouch saß, habe ich mich tausendmal gefragt, warum sie mich nicht abgetrieben haben, meine verfluchten Eltern. Ich weiß von meiner Mutter, dass sie mal ein Kind abgetrieben hat, als sie sechzehn war. Was für eine Ehre, mich hat sie wenigstens ein bisschen länger behalten!

Jasmin und ich haben schließlich festgestellt, dass wir uns nur aus einem Grund nicht ausstehen konnten: Ihr hat man immer erzählt, wie toll ich zeichnen kann, was ich für Zauberhände hätte, die so wundervolle Bilder aufs Papier bringen. Mir wurde immer erzählt, dass Jasmin so toll Klavier spielt. Meine Klavierkarriere ist gescheitert, ihre Zeichenkarriere auch. Wir mussten uns also hassen.

Nachdem ich wieder in die Klinik kam, stand fest: Keine Abschlussprüfung. Ich war so gut gewesen in der Schule, und dann das! Vor den Ferien ging ich also wieder zu Herrn Babalis in den Unterricht. Er hat mich dann zum offiziellen Nachholtermin angemeldet, der ist irgendwann im Oktober. Seitdem lerne ich jeden Tag eine halbe Stunde Mathe und verstehe mal wieder gar nichts.

Sonntag, 4. Oktober 1998

Morgen beginnen meine Prüfungen. Um 6.45 Uhr wird mich der Zivi Piet nach München fahren. Das Schlimme ist: Ich habe außer Mathe nichts gelernt. Und jetzt sitze ich hier und habe Angst, dass ich es nicht schaffe.

Donnerstag, 8. Oktober 1998

Heute ist mein sechzehnter Geburtstag, und das schönste Geschenk, das ich bekam, habe ich mir selber gemacht. Ich habe die Prüfung mit Englisch eins, Sport zwei, Deutsch zwei, Arbeitslehre zwei und Mathe fünf bestanden. Aber das Abschlusszeugnis wird noch besser aussehen, denn die Jahresfortgangsnoten zählen dazu, und da hatte ich in Mathe eine Drei. Und eins – zwei – zwei – zwei – vier ist nicht schlecht, finde ich – dafür, dass ich nichts getan und noch dazu in der Schule kaum was mitbekommen habe. Ansonsten war mein Geburtstag eher langweilig. Mein Vater hat mich angerufen, Amélie, Ramin, Fiona, Mirka, Nicky und Daniel auch.

Ich habe endlich wieder eine Perspektive gefunden.

Der Zinken und eine Sozialarbeiterin aus der Klinik haben mir empfohlen, nicht wieder nach Hause zu gehen, sondern in eine therapeutische Einrichtung zu ziehen. Eine WG. Diese Einrichtungen nennen sich alle WG, sind in Wirklichkeit aber Heime. Davon gibt es eine Menge, aber über die Hälfte von denen sind schlecht. Sie haben mir gesagt, ich solle mich mit dem Gedanken auseinander setzen, dass ich nicht wieder zu meinem Vater ziehe. Anfangs war ich geschockt und habe sofort nein gesagt. Ich muss zu meinen Freunden, zu Picasso, in die gewohnte Umgebung. Einige Tage vergingen, und ich fing an, Gefallen an dem Gedanken zu finden, endlich aus dem alten Sumpf rauszukommen. Mir wurde klar, dass ich zu Hause kaum eine Chance hätte, gesund zu werden und ein normales Leben zu führen. Und schon hatten die Sozialarbeiterin und der Dr. Zinken entschieden.

Seit einer knappen Woche wiege ich jetzt 66,8 Kilo. Meine tägliche Kalorienration wird endlich nicht mehr erhöht. Ich bin richtig gemästet worden, bin richtig fett. Zumindest fühle ich es so und weiß, dass ich mit diesem Gefühl nicht ganz falsch liege.

Sobald ich draußen bin, muss ich abnehmen, das steht fest.

Dienstag, 27. Oktober 1998

Meine Nerven! Es ist alles so aufregend. Heute fuhr ich mit der Sozialarbeiterin nach M. Das ist ein klitzekleiner Vorort von München, ein Ort, in dem lauter

Bonzen wohnen. Dort sollte ich einen Tag in einer WG Probe wohnen. Das Haus sah von außen aus wie jedes andere. Wir parkten und gingen durch ein Holztor in einen kleinen Hof. Aus einer der beiden Türen kam ein mittelgroßer Mann, ich schätze Anfang vierzig, und rief uns zu, wir sollten doch hereinkommen. Der Mann, ein weiterer, jüngerer, gut aussehender Mann und zwei Frauen, die beide unglaublich streng wirkten, die Sozialarbeiterin und ich setzten uns an einen Tisch und redeten. Die beiden Frauen heißen Carlotta und Corinna. Wir redeten also. Natürlich über mich. Ich erzählte nur die Wahrheit. Nur ein Mal log ich, nämlich als ich nach Drogen gefragt wurde. In der Klinik habe ich auch behauptet, dass ich noch nie was mit Drogen zu tun hatte. Da ich nicht rauche, glaubten sie mir das auch sofort. Hier war ich mir nicht so sicher, ob sie es mir auf Anhieb abnahmen, aber sie gaben sich erst mal damit zufrieden und stellten andere dämliche Fragen. Dann fuhr die Sozialarbeiterin zurück in die Klinik, und ich blieb. Der gut aussehende Mann führte mich durch das ganze Haus. Er heißt Janos.

Es ist wirklich wunderschön. Im Erdgeschoss befindet sich eine Küche mit einem riesigen weißen Holztisch. Sie ist wie der Rest des Hauses sehr modern eingerichtet. An die Küche grenzt das Wohnzimmer, mit Kamin und Pflanzen und weißem Teppichboden. Vom Wohnzimmer aus kann man ins Fernsehzimmer gelangen und in einen Vorraum, von wo aus man in das Zimmer eines Jugendlichen und in das dazu gehörige Bad kommt. Im Vorraum befinden sich ein großer Wäscheschrank und ein alter Flügel. Durchs Fernsehzimmer, in dem riesige schwarze Ledersessel stehen, erreicht man einen Gang, der zu einer Treppe in den Keller führt. Dort unten sind ein weiteres Zimmer und ein Bad, außerdem die Wäschekammer und das Büro der Betreuer. Schlägt man im Gang aber die andere Richtung ein, kommt man über eine zweite Treppe wieder nach oben zur Haustür. Über den Hof geht's zur anderen Haustür und von dort wieder in einen Gang, der wieder in einen Vorraum führt. Dort sind das Bad der Jungs, zwei Zimmer und eine Wendeltreppe, die nach unten, zu zwei weiteren Zimmern und der Speisekammer, führt. Wenn man nicht runtergeht, sondern den Vorraum durchquert, ist man schwupsdiwups wieder in der Küche. Geht man durch die Küche durch, kommt man wieder ins Wohnzimmer, geht man aber geradeaus am großen Tisch vorbei, landet man in der Lernhalle.

Wie sich das schon anhört: Lernhalle! Ich habe die Tische nicht gezählt, ich habe nur gemerkt, dass es ganz schön viele sind. (Bestimmt ist da auch einer für mich dabei!) Gleich rechts neben der Haustür führt eine Treppe nach oben. Oben sind noch mal zwei Zimmer, eine Küche und ein Wohnzimmer, dort wohnen die Jüngeren, von sieben bis dreizehn.

Ich sollte Kartoffeln schälen, was ich, ohne zu murren, auch gleich machte. Der Mann, der uns empfangen hatte, stellte sich als Norbert Bachmann vor. Ich sollte ihn duzen, was mir aufgrund der Tatsache, dass ich in der Klinik alle siezen musste, etwas schwer fiel. Er wirkte nett und energisch und kochte für die Jugendlichen, die bald aus der Schule kommen sollten.

Und sie kamen auch. Sie waren alle supernett zu

mir, und wir redeten eben über banale Dinge wie Name, Alter und so weiter. Fünf Mädchen und drei Jungs wohnen zurzeit hier. Ich habe sie alle kennen gelernt, alle bis auf einen Jungen, der war gerade »abgehauen«! Zusammen mit einem anderen, der normalerweise oben wohnt. Dort oben hausen noch drei Jungs und ein Mädchen, die ich allerdings noch nicht kenne.

Am Abend sollte ich am Gruppengespräch teilnehmen. Ich war aufgeregt, weil ich keinen kannte und mir schrecklich ausgeliefert vorkam. Carlotta, Janos, eine kleine, zierliche Betreuerin namens Adela, ein sehr eigenartig wirkender Betreuer namens Louis, ein streng aussehender schwarzhaariger Mann, der Erwin heißt, und ein großer Mann mit Vollbart, weißem Haar und Bierbauch, der sich als Prof. Dr. med. Dipl. Psy. Rafael Rasouli entpuppte, versammelten sich mit mir und den restlichen neun Jugendlichen in einem bungalowartigen Haus gleich hinter dem Wohngebäude. In einem der Zimmer sind achtzehn Sessel zu einem Quadrat zusammengeschoben, in der Mitte ein kleiner viereckiger Holztisch, auf dem vier Kerzen stehen, alle unterschiedlich weit heruntergebrannt.

Auch den Rasouli soll ich duzen und mit Rafael ansprechen. Er forderte mich auf, mich vorzustellen. Ich hasse es, mich vorstellen zu müssen. Aber mir blieb nichts anderes übrig. »Ich heiße Sophia, bin sechzehn Jahre alt und war bis vor kurzem noch in einer Klinik, weil ich bulimisch und anorektisch bin.« Mein Standardsatz. »Und wieso gehst du nicht zu deiner Familie zurück?«, fragte mich Carlotta. Ich wollte nichts dazu sagen, ich druckste rum und sagte schließlich: »Weil ich mit meinem Vater nicht klarkomme, und meine Mutter ist ...« Ich wollte das nicht sagen, vor all den Leuten hier. Aber Rafael meinte: »Du kannst das ruhig sagen, hier sind lauter Jugendliche, denen es ähnlich gegangen ist.«

Seit ich sprechen konnte, hatte man mir beigebracht, niemandem irgendwas über die Krankheit meiner Mutter zu erzählen. Immer musste ich sie verschweigen, mich für meine Mutter schämen und mein Maul halten. Und jetzt sollte ich es so einfach vor fünfzehn fremden Menschen aussprechen. Eigentlich waren es nur läppische vier Wörter, aber es fiel mir schwer. Mir stiegen die Tränen in die Augen, und ich biss mir auf die Lippen, um nicht loszuheulen. Einen ganz kurzen Augenblick starrte ich auf den Teppich, dann sagte ich es: »Meine Mutter ist Alkoholikerin.« Irgendwo hatte ich mal gelesen, dass es sehr lange dauert, bis ein Alkoholiker sagen kann: »Ich bin Alkoholiker.« Mir ist aufgefallen, dass ich mich genauso schwer tue, wenn ich über meine Mutter rede.

Ich wurde schließlich von Louis zum Bahnhof gefahren. In der S-Bahn kam es mir vor, als ob mein Leben noch einmal an mir vorbeirauschen würde. Morgen sollte ich einziehen, mit all meinem Krempel.

Mittwoch, 28. Oktober 1998

Der Zivi Piet hat mich heute mit seinem Bus nach M. gefahren. Sieben blaue Mülltüten und zwei Kisten mit meinem ganzen Kram musste er mir in mein Zimmer tragen. Es ist das Zimmer neben der Speisekammer. Aber ich muss es mir mit einem Mädchen namens Vivian teilen. Vivian ist ein Jahr älter als ich und war in derselben Klinik, bevor sie hierher kam. Warum? Wegen Bulimie natürlich, was mich ein bisschen aufregt, weil sie mich bestimmt überwachen und kontrollieren wird, wie viel ich den Tag über esse und so weiter. Trotzdem ist sie wahnsinnig nett, wir verstanden uns auf Anhieb. Den ganzen Nachmittag waren wir damit beschäftigt, unser Zimmer einzurichten, Bilder an die Wand zu hängen und uns über die Klapse zu unterhalten. Erst abends wurden wir fertig, und unser Zimmer ist inzwischen das schönste im ganzen Haus. Es ist ein großes, geräumiges Zimmer. Obwohl es im Keller liegt, ist es hell genug. Das ist etwas, was mir sehr wichtig ist. Hell muss ein Zimmer sein! Dunkelheit kenne ich von zu Hause gut genug!

Jeden Tag haben zwei Betreuer Dienst. Heute waren es der mit dem geilen Arsch, Janos, und Carlotta. Carlotta wirkt so beherrscht, kontrolliert, streng und steif. Kalt ist sie, glaub ich, nicht, nein, aber immer, wenn ich sie sehe oder höre, fällt mir wieder ein, dass sie eine Autoritätsperson ist. Auch ihr Aussehen ist streng und kontrolliert. Ihr steifer Körper war heute in einen schwarzen Hosenanzug gepackt. Ihr dickes blondes, naturkrauses, kurzes Haar ist zu einem extremen Linksscheitel zurechtgekämmt, und eine Strähne fällt ihr regelmäßig vor die Augen. Mit einem gekonnten Kopfschwung entfernt sie die widerspenstige Strähne dann wieder, und wenn das nicht hilft, folgt ein geübter Griff mit der Hand ins Haar. Diesen Vorgang konnte ich heute an die fünfzigmal beobachten. Carlotta hat ein breites Gesicht und einen übermäßig breiten Mund. Wenn sie ihn öffnet, bekomme ich das Gefühl, es mit einem Breitmaulfrosch zu tun zu haben. Noch schlimmer ist es, wenn sie lacht, da verwandelt sich der Breitmaulfrosch einfach mal so schwupsdiwups in ein Breitmaulnashorn. Aber Breitmaulnashörner sind bekanntlich ganz nette Tierchen, oder?

Janos ist ganz anders, er wirkt eher wie ein großer Bruder. Wenn ich Lust hätte, könnte ich mich in seinen Hintern verknallen. Aber ich habe keinen Bock, mich in einen Hintern zu verlieben, der mir was zu sagen hat.

Die Betreuer und wir Jugendlichen machten heute einen Spaziergang durch den Wald. Das nennen die hier »Gruppenunternehmung«. Mir wäre sicher langweilig geworden, aber zum Glück kannte ich die Leute hier noch nicht gut genug, sodass ich jede Menge damit zu tun hatte, viermal meine Lebensgeschichte zu erzählen und mir acht andere anzuhören. Es ist gar nicht so einfach, bei so vielen verschiedenen Gesichtern und Geschichten zum Schluss noch zu wissen, welche Geschichte zu welchem Mensch gehört.

Am Anfang habe ich mich mit Katja, einem dicken, unsympathischen Weib, unterhalten. Sie hat mir in den ersten fünf Minuten gleich erzählt, dass sie schwanger war und das Kind abgetrieben hat. Dann hat sie mir noch ihre Ritzereien am Arm gezeigt. Schocken konnte mich das nicht, weil ich das erstens selbst gemacht habe und zweitens in der Klinik schon hundert Ritzer getroffen hatte. Katja schien stolz auf ihre Wunden zu sein. Während ich immer versuche, die Narben so gut wie möglich zu verstecken, rennt diese Kuh in der Gegend rum und begrüßt jeden mit: »Hallo, ich bin Katja, und das sind meine tiefen Ritzwunden, und wer bist du?« Dieses Verhalten finde ich total abstoßend.

Angelina ist ein Mädchen mit einem blonden Lockenkopf und blauen Augen. Sie ist erst vierzehn, aber ich mag sie. Sie sieht aus wie ein Engel, richtig zum Knuddeln. Dass sie allerdings kein Engel ist, habe ich auch schon rausgefunden. Acht Jahre Heimerfahrung hat sie schon hinter sich.

Zwei von diesen Mädchen sind mir nicht ganz geheuer. Franka und Elena. Sie lachen immer besonders laut, wenn männliche Wesen auftauchen, und gackern nur rum. Das sind solche, bei denen ich von vornherein davon ausgehe, dass man mit ihnen kein normales Gespräch von Mensch zu Mensch führen kann, außer vielleicht: »Dein Kajal ist verwischt! Stört es dich, wenn ich ihn mit meiner Spucke wegwische? Ich hab 'nen wasserfesten dabei!« Genau solche Weiber sind das. Beide blondiert und überschminkt. Diese beiden sind fünfzehn und sechzehn.

Der Älteste ist David. Er war auch mal in der Klapse. Er wirkt ziemlich intelligent und gebildet, ist aber trotzdem nicht irgendein Poser, sondern richtig cool. Mit ihm habe ich lange geredet, und wir haben einige Gemeinsamkeiten festgestellt. Das Kiffen zum Beispiel. Allerdings hat er auch gekokst. Zum Glück ist das keine Gemeinsamkeit.

Es gibt hier einen Jungen, Roland, der echt schizo ist oder zumindest so aussieht und so tut. Er hat mir erzählt, er möchte Kakteengärtner werden, und mir ungefähr zehn verschiedene lateinische Namen von Kakteen aufgezählt, die bei seinen Eltern auf dem Balkon stehen. Die anderen ignorieren ihn, aber ich finde den Kerl richtig süß. Er hat 'ne Zwangsneurose und war ebenfalls in der Klinik. Er ist jetzt noch in der Lage, mir den Text, der auf dem Etikett der Apfelsaftflaschen in der Klapse steht, auswendig vorzutragen. Bin ich froh, dass ich keine Zwänge habe, ich würde wahnsinnig werden. Aber anstatt mein armes Gehirn mit: »Zutaten: Zucker, 70% Fruchtnektar, Aspartam, Vitamin C, Fruchtsaftgetränkegrundstoffe, Acesulfam-K...« voll zu stopfen, fülle ich es eben mit: »Ich bin so scheiße, ich habe schon wieder zugenommen, ich bin so scheiße, ich habe schon wieder zugenommen, ich bin so scheiße, ich habe schon wieder zugenommen, ich bin so...«

Mein Selbstwertgefühl soll übrigens stabilisiert werden, hat man mir erklärt!

Und dann gibt es eben noch Martin. Er ist ein halbes Jahr jünger als ich, hat Segelohren (wie ich) und ist einer von der Marke »dauerdicht«. Martin ist der, der gestern noch auf Tour war. Die Polizei hat ihn in der Nacht am Hauptbahnhof in München aufgegabelt und wieder hierher gebracht. Jetzt hat er Ausgangssperre.

Donnerstag, 29. Oktober 1998

Louis und Adela hatten heute Dienst. Ich habe mich den ganzen Tag über gelangweilt und in mein Zimmer verkrochen, bis die anderen aus der Schule kamen.

Nach dem Essen hatte ich Bauchweh, worauf Louis mir Notfalltropfen in eine Flasche schüttete und behauptete, es würde helfen. Als es nichts half, kam er mit Bachblüten.

Louis kommt aus Franken und redet auch »frängisch«. Er ist so ein typischer Natur-Heini. Isst Wurzeln und Kräuter und bildet sich weiß Gott was darauf ein. Sein Aussehen kann man nicht beschreiben, er sieht aus, wie Louise eben aussehen. So, wie ich mir Louise immer vorgestellt habe: unscheinbar, unauffällig, unwichtig, nichts Besonderes. Er sieht aus, als wäre er immer ungeliebt und ungern gesehen gewesen.

Weil mein Bauchweh nicht wegging, setzte er sich mit mir ins Wohnzimmer und fragte mich, warum ich Bauchweh habe. Ich sagte, ich hätte wohl den Salat nicht vertragen, weil ich zu viel Essig drangemacht habe. Und ich erklärte ihm, dass mein Magen aufgrund meiner Essstörung sehr empfindlich ist.

Aber Louis blieb hartnäckig und wollte wissen, ob es nicht irgendetwas gibt, was mir nicht passt, oder was mich bedrückt, sonst hätte ich kein Bauchweh. »Es muss schon irgendetwas passiert sein, man bekommt net einfach so Mageschmerze! Kennst du das Sprichwort: Die Sache ist mir auf den Magen geschlagen? Ich bin mir sicher, dass es bei dir eine rein psychosomatische Angelegenheit ist. Überleg doch mal.« Mir fiel nichts ein, überhaupt nichts! Schließlich fügte Louis hinzu: »Denk darüber nach, was ich dir gesagt habe, und wenn dir was eingefallen ist, dann reden wir noch mal drüber.«

Ich habe mir vorgenommen, nie wieder Bauchweh

zu haben, und wenn, dann erzähl ich's keinem. Die Bachblüten haben geholfen.

Heute Abend war Heimatabend. Dieses Wort hört sich total bescheuert an, finde ich. Es erinnert mich irgendwie an Heimat- und Sachkunde, das Schulfach, das ich von der ersten bis zur vierten Klasse hatte. Das Fach, in dem man die Fortpflanzungsart von Maulwürfen lernt oder den Aufbau des menschlichen Ohres. Oder war das Bio?

Wir forschten aber nicht nach Maulwürfen, wir spielten Gesellschaftsspiele, die irgendwann in ein großes Chaos ausarteten.

Dienstag, 3. November 1998

Wo bin ich hier bloß hingeraten? Hilfe, ich will hier raus!

Mittwoch, 4. November 1998

Jetzt wohne ich erst eine Woche hier, und mir kommt es vor wie ein halbes Jahr. Es gibt Momente, da fühle ich mich wirklich wohl, aber im nächsten Augenblick will ich nur noch hier raus.

Am vergangenen Freitag war Großputz. Das ist kein Spaß, sondern todernst. Ich putzte und putzte und stellte jedes Trumm, jedes noch so kleine Ding an seinen Platz, alles war in bester Ordnung. Ich wollte schnell fertig werden, weil ich mich für 19.00 Uhr mit meiner Kusine Jasmin in München verabredet hatte.

Auch der »Lernhallendienst«, den man mir, ohne mich vorher zu fragen, aufgedrückt hatte, war erledigt. Ich hatte die ganze große Halle gesaugt, die Tische gewischt, die Fenster geputzt, die Blumen gegossen, den Müll weggebracht, auf den Fensterbänken Staub gewischt und, und, und…

Ich war felsenfest davon überzeugt, dass ich nun, wo alles glänzte und poliert war, Carlotta holen und es ihr zeigen konnte, um dann »in den Ausgang« gehen zu können.

Doch Carlotta sah das anders. EIN OHRENSTÄBCHEN LAG IM BADMÜLLEIMER. WAS FÜR EIN SKANDAL!! Den Badmüll hatte ich vor Stunden ausgeleert, irgendjemand musste dieses verfluchte Ohrenstäbchen später noch hineingeworfen haben. So erklärte ich es auch Carlotta. Aber Carlotta war stinksauer und schrie mich an.

»Fräulein Lambeck, du musst hier noch viel lernen! Wenn du so weitermachst und die Schuld immer auf andere schiebst, wirst du nie einen Blumenkohltopf ernten. Mach dir mal Gedanken darüber, warum du nie schuld bist!«

Weil ich es mir nicht verkneifen konnte, einfach loszulachen, weil ich überhaupt noch nie die Absicht gehabt hatte, einen Blumenkohltopf zu ernten, und weil mir bis 19.00 Uhr immer noch keine Erklärung dafür eingefallen war, warum ich immer anderen die Schuld gebe und eine Autoritätsperson auslache, musste ich meiner Kusine absagen. An diesem Abend hatte ich mehrere Male das Gefühl, jeden Augenblick auszurasten oder wahnsinnig zu werden.

Am Samstag bekamen wir Kleidergeld. Jeder Jugendliche 400 DM. Dieses Ereignis kommt leider nur dreimal im Jahr vor. Im April 300 DM, im Juli 300 DM und im November 400. Valerie, Vivian und ich zogen zusammen los und kauften, kauften und kauften. Es war zwar schweinekalt draußen, aber in den Geschäften ist ja schließlich geheizt. Abends blieb ich zu Hause. Ich hatte mir ausgerechnet, dass es völlig sinnlos war wegzugehen, da ich nur bis halb elf Ausgang hatte und Valerie nur bis halb zehn. Und Vivian ist sowieso nicht der Typ für nächtliche Unternehmungen.

Am Sonntag war Lernen angesagt. Ich wusste nicht, was ich lernen sollte, weil ich zurzeit weder eine Schule besuche noch in irgendeinem Schulfach so große Defizite habe, dass es sich lohnen würde, dafür zu lernen. Nächste Woche werde ich auf einer Wirtschaftsschule angemeldet. Ich habe Janos tausendmal gesagt, dass ich nicht auf eine Wirtschaftsschule will, aber ich kam nicht gegen ihn an. Man hat hier also beschlossen, dass ich auf eine Wirtschaftsschule gehen werde und die mittlere Reife mache. Das nächste Mal würde ich gerne mitbestimmen. O.k., ich geb's ja zu, es ist die einzige Möglichkeit, die mittlere Reife zu bekommen, weil Realschulen mich um diese Zeit im Jahr nicht mehr aufnehmen. Dabei kann ich doch gar nichts dafür, dass ich so spät dran bin. Ich verstehe das nicht! Ich habe immer das Pech, dass ich genau das machen muss, was ich nicht will. Das fing an mit der Fächerwahl in der Fünften. Ich wählte Kunst. Alle achtundzwanzig anderen wählten Werken, Hauswirtschaft oder Handarbeit. Bin ich ein Schreiner? Nein, ich bin kein Schreiner! Nachdem ich ein halbes Jahr lang mit sechzehn wilden Jungs aus meiner Klasse an einem Feuerwehrauto herumgesägt hatte und mich mit dem Hardcore-Holzmann, der sich auch Werklehrer nannte, angelegt hatte, war Werken für mich gestorben. Das neongelbe Stirnband, das ich in Handarbeit stricken musste, überließ ich meiner Klassenkameradin. Die hatte immer eine Eins in Handarbeit und ich eine Drei. Hauswirtschaft wurde mir in der siebten Klasse aufgezwungen. Ich habe es gehasst, weil wir die Gerichte selbst essen mussten. Ich konnte nicht kochen, ich wollte nicht kochen, und lernen wollte ich es auch nicht, geschweige denn essen. Das einzige Fach, das ich wollte, war Kunst, das war das Fach, in dem ich alle gerippt hätte, wenn man mich nur gelassen hätte. Aber man ließ mich nie. Nicht einmal in mein Hausaufgabenheft durfte ich zeichnen. Ständig wurde ich angemault oder angeschrien, und in meinen Zeugnissen stand Jahr für Jahr: *Die meist aufgeweckte Schülerin beteiligt sich mit guten Beiträgen am Unterricht und erledigt ihre Aufgaben sauber und mit viel Fleiß. Leider lässt sie sich durch Träumereien und Malen während des Unterrichts sehr leicht vom Unterrichtsstoff ablenken. In der Klasse war sie beliebt und anerkannt!*

Und jetzt? Jetzt ist es wieder das Gleiche. Wenn man mich in diesem verfluchten Bürokratenstaat wenigstens auf eine Realschule ließe, in der ich den musischen Zweig belegen könnte. Aber nein, nur weil ich durch eine Scheißkrankheit ein bisschen vom rechten Weg abgekommen bin und somit meinen Abschluss erst im Oktober machen konnte, nur weil ich zwei Monate später dran bin als andere, muss ich jetzt auf die WIRTSCHAFTSSCHULE! Wie ätzend! Da habe ich dann Fächer wie Betriebswirtschaftslehre, Rechnungswesen und Stenographie! Alles Fächer, in denen ich meiner Kreativität freien Lauf lassen kann! Ha, ha!

Am Montag hatte ich meine erste Einzeltherapiestunde bei Rafael. Die anderen Jugendlichen hatten mir gesagt, dass man Rafael einfach nur was zu erzählen braucht, und er sagt dann was dazu. Ich hatte richtig Panik, weil ich nicht die leiseste Ahnung hatte, was ich ihm erzählen sollte. Der Einzeltherapieraum befindet sich gegenüber vom Gruppentherapieraum. Ich legte mich auf die schwarze Ledercouch. Rafael gab mir eine gelbe Serviette und befahl mir, sie unter meinen Kopf zu legen, schließlich würden auf diesem Kissen noch Hunderte von anderen Köpfen liegen. Da lag ich also und starrte an die Wand. Gegenüber von mir baumelte eine Glasschlange mit einem dunkelblaugelben Muster, an der Wand links neben mir hingen einige Bilder. Auf dem einen ist nur eine einzige eintönige graue Wolke zu sehen. An das andere kann ich mich nicht mehr erinnern. Eine Wolfsskulptur steht rechts neben der Couch. Rafael setzte sich schräg hinter mich in einen riesigen dunkelgrünen Sessel, dessen Lehne er per Knopfdruck rauf- und runterfahren kann. Er rauchte, trank Wein und begann nach einigen Minuten zu schnarchen. Ich wurde wütend, weil ich die ganze Zeit redete und er nichts dazu sagte.

Nach zehn Minuten unterbrach er mich und sagte bestimmt: »Weißt du, an was du mich erinnerst, Sophia? An ein junges Vogelküken, das aus dem Nest gefallen ist!« Mann, hat mich das getroffen. Ich weiß nicht warum, aber es hat mich wahnsinnig berührt. Und ich hatte das Gefuhl, Rafael hatte trotz seines Schnarchens alles mitbekommen. Er sagte noch einige Dinge, und danach war ich mir sicher, er hatte bei allem Recht. Er wirkt unglaublich intelligent und gebildet. Ich verließ den Therapieraum und war schrecklich erleichtert. Ich hatte den Eindruck, Rafael hätte dieses Gefühl von Erleichterung und Freiheit in mir ausgelöst, mit dem, was er gesagt hatte. Später fiel mir auf, dass ich nur erleichtert war, weil ich die Therapie heil überstanden hatte, ohne angeklagt zu werden oder mir irgendwelche primitiven Vorwürfe anhören zu müssen.

Das Gruppengespräch am Dienstag war die reinste Katastrophe. Ich habe so etwas noch nie erlebt.

Martin musste erklären, warum er abgehauen ist. Er sagte, er habe Angst vor dem Gruppengespräch gehabt (verständlicherweise). Das war sein Verderben. Er saß da, starrte auf den weißen Teppich und wurde von Rafael total fertig gemacht. Er sei undankbar gegenüber der WG, er sei total daneben, weil er gekifft habe, und er sei ein »abgrundtief dummes, verblödetes Arschloch«. Ich gehörte zu denen, die nicht auf der Anklagebank saßen, zu dem Teil, der über zwei Stunden dasaß, sich so still wie möglich verhielt, um nicht aufzufallen, zu denen, die die Socken der anderen miteinander verglichen, feststellten, wer seine Socken verkehrt herum trug, zu dem Teil, der an Haaren und Fingern herumspielte, um von Carlotta böse angeblinzelt zu werden, man solle dies doch bitte unterlassen... Ich gehörte zu dem schweigenden Teil der Jugendlichen, der am liebsten aufgesprungen wäre, um laut zu schreien: »Lasst ihn in Ruhe, macht ihn nicht so fertig!«

Stattdessen saß ich da und wartete darauf, dass es vorbeiging. So wie alle anderen auch. Keiner traute sich, etwas zu sagen, aus Angst, es könne ihm genauso ergehen wie Martin. Ich hatte stundenlang nichts gesagt. Ich hatte mir lediglich angesehen, wie neun Jugendlichen, ich eingeschlossen, der Stolz und die Würde genommen wird. Nach einem solchen GRUPPENGESPRÄCH fühlt man sich nicht mehr wie ein Mensch, man fühlt sich wie ein kleines dummes Wesen, dessen Existenz in der großen, weiten Welt nicht gestattet ist und das deswegen hier in diesem von der Realität weit entfernten Heim leben muss, um so behandelt zu werden, wie es sich für solche Wesen gehört. Ohne Respekt!

Nach dem Gruppengespräch bekam ich fast einen Nervenzusammenbruch. Ich heulte unter meiner Bettdecke und bekam vor innerer Aufregung und Angst kaum noch Luft.

Heute sollte ich Erwin dann erklären, warum mich das GG so fertig macht. Ich konnte ihm keine Antwort geben, er nervte mich einfach nur. Er nervte mich so lange, bis ich ihn anschrie und wieder heulte. Ab diesem Augenblick hieß es dann: »Sophia spinnt zurzeit!«

Donnerstag, 5. November 1998

Heute wurde ich dazu gezwungen, zum Friseur zu gehen und mir meine Dreadlocks abschneiden zu lassen. Ich weigerte mich, bis man mir sagte, dass ich asozial und heruntergekommen sei. Sie haben mir das ungefähr dreißigmal gesagt, solange, bis ich es selber glaubte, und da saß ich auch schon im WG-Bus, zusammen mit Martin und David, die ebenfalls zum Friseur geschickt wurden.

Mann, sehe ich jetzt dämlich aus, mit so kurzen Haaren! Ich fühl mich total scheiße, und wenn jeder Erzieher zu mir sagt, dass es besser aussieht, dann regt mich das nur noch mehr auf.

Wenn ich hier zu viel abnehme, bekomme ich wieder Essensbetreuung. Aber erst bei 47 Kilo. Davon bin ich noch weit entfernt.

Montag, 30. November 1998

Seit dem Neunten gehe ich nun also auf diese Wirtschaftsschule. Meine Klasse ist total gestört, um es milde auszudrücken. Wir sind sechs Mädchen und vierundzwanzig Jungs. Vier Mädchen sind unglaublich fett. Flora und ich sind die einzigen, die einigermaßen gut aussehen. Zumindest wiegen wir beide unter 70 Kilogramm. Das macht diese vier anderen Weiber sichtlich eifersüchtig. Sie hassen uns. Die Jungs benehmen sich alle wie pubertierende Nilpferde, trampeln nur in der Gegend rum oder auf den Gefühlen anderer, zum Glück noch nicht auf meinen. Zwei Jungs sind echt o.k., der eine sogar mehr als o.k. (Simon). Mit denen kann man sich unterhalten und normale Gespräche führen, von Mensch zu Mensch, und einen Heidenspaß haben. Flora, Simon, Jonas und ich hängen also Tag für

Tag zusammen rum und hoffen darauf, dass eines Tages ein Wunder geschieht und unsere Klasse doch noch normal wird. Stattdessen fangen diese Weiber an, für bestimmte Leute in der Klasse Abkürzungen zu erfinden, über die sie dann in aller Öffentlichkeit lästern. Das hört sich dann ungefähr so an: »Iiiiih, hast du schon die Hose von BK gesehen? Und wie sich RD wieder aufgespielt hat! Iiiiiih!«

BK heißt wahrscheinlich so viel wie blöde Kuh. Aber ich weiß nicht, wen sie damit meinen. Es ist mir auch scheißegal, um ehrlich zu sein. Ich frage mich nur allen Ernstes, wo ich hier hingeraten bin. In die neunte Klasse einer Schule oder in einen Kindergarten?

Seit ich Rechnungswesen habe, weiß ich, dass ich Mathe nicht mehr hassen muss. Mathe ist hier total entspannt, weil unser Lehrer uns machen lässt, was wir wollen, und bei den Exen und Schulaufgaben immer zum Rauchen geht. Danach kommt er wieder und fragt: »Und, habt ihr euch ein bisschen ausgetauscht?« Das ist nicht erfunden, das ist wirklich so. Komisch, dass ausgerechnet ich, der größte Mathe-Spack aller Zeiten, diesen Lehrer bekomme. Aber wie schon gesagt, dafür habe ich jetzt Rechnungswesen, und da steige ich überhaupt nicht durch.

Jeden Tag, von 15.00 bis 18.00 Uhr, müssen wir in der Lernhalle so tun, als lernten wir. Meistens schreibe ich Briefe, feile meine Nägel oder erledige andere wichtige Dinge. Rechnungswesen lernen geht nicht, weil ich nicht weiß, was ich lernen soll.

Die Betreuer nerven mich, und mit Vivian habe ich mich neulich mal so gestritten, dass sie meinen Wecker gegen die Wand warf. Es ging um lächerliche zwei Mark fünfzig.

Abends gehe ich kaum noch aus dem Haus, weil es sich ja eh nicht lohnt.

Freitag, 4. Dezember 1998

Ich habe mich eingewöhnt und fühle mich inzwischen richtig wohl hier. Ich habe das Gefühl von Sicherheit, Geborgenheit und dass man sich um mich kümmert und sich für mich interessiert. Inzwischen weiß ich auch ganz genau, wen ich mag und wen nicht. Janos ist mein absoluter Lieblingserzieher. Wenn er da ist, ist der Tag gerettet. Mit ihm kann ich am normalsten über alles reden, wahrscheinlich auch, weil er der jüngste ist. Er hat einen kleinen Sohn, der ist vielleicht süß! Ich hoffe, der Kleine wird nie so wie Konsti, das Monster. Wenn Janos sauer ist, dann wird es gefährlich. Aus diesem Grund versuche ich, ihn gar nicht erst sauer zu machen. Wenn Louis mal sauer ist, ist das nicht so schlimm, das kann man aushalten. Am allerwenigsten stört es mich bei Erwin. Über ihn kann ich nur lächeln. Er war geschlagene sechzehn Jahre Offizier bei der Bundeswehr und ist vor einem halben Jahr als Betreuer hier in der WG gelandet. Er ist einfach fehl am Platz in diesem Beruf. Ein bisschen tut er mir auch Leid, weil ihn kein Jugendlicher ernst nimmt. Doch ich darf mich nicht beschweren, weil ich auch nur über ihn lache.

Adela ist eine Nette. Aber sie hat keinen Einfluss. Sie redet, und danach ist alles wie vorher. Ab und zu lachen wir uns über ihre geringelten Wollstrumpfhosen kaputt.

Und Carlotta hasse ich. Nein, das stimmt nicht, ich hasse sie nicht, ich habe Angst vor ihr. Das liegt daran, dass sie ständig mit Dingen daherkommt, mit denen man einfach nicht rechnet. Erst vorgestern musste ich ihr erklären, warum ich meine Haare nicht gebürstet hatte. Dabei hatte ich sie ewig lange gekämmt, aber sie bestand darauf, dass ich ihr erkläre, warum sie ungebürstet waren. Wenn einem da nicht sofort die passende Erklärung einfällt, wie zum Beispiel: »Wenn es mir innerlich nicht so gut geht, fange ich schnell an, mich selbst zu vernachlässigen, ich weiß, dass ich das ändern sollte, indem ich einfach mehr über meine Gefühle spreche!«, dann wird man tagelang, wochenlang als Spinner hingestellt und fertig gemacht. Außerdem kann Carlotta schreien, dass einem alle Haare zu Berge stehen und man Gänsehaut bekommt. Und ich habe gleich gemerkt, dass ich mit Zurückschreien nicht weit komme. Einsicht und Unterwerfung sind hier gefragt.

Die dicke Katja ist weg. Sie hat sich eines Nachts so tief geritzt, dass sie im Krankenhaus genäht werden musste. Sie hat gegrinst, als sie sich verabschiedete. Wie wenig muss sie in ihrem Leben beachtet worden sein, dass sie diesen Weg sucht, um aufzufallen! Sie hat mir Leid getan, wenngleich ich sie immer verachtet habe. Jetzt sitzt sie in der geschlossenen Psychiatrie, und keiner weiß genau, ob sie noch einmal herkommt oder nicht. Ich hoffe, dass sie es irgendwann checkt, dass die Verachtung größer ist als das Mitleid! Und das ist nicht nur bei mir so, das ist bei allen so, weil niemand versteht, aus welchem Grund sie diese Scheiße noch nötig hat. In der WG kümmert man sich doch um sie, wie es nie zuvor ein Mensch getan hat – warum muss sie sich dann wichtig machen?

Dasselbe frage ich mich auch bei Franka und Elena. Während Franka nur eine billige Mitläuferin ist, ist Elena wirklich eine billige, prolige Schlägerkeule. Noch dazu kommt sie aus dem Viertel Münchens, aus dem die meisten Schläger und Proleten stammen. Das Make-up klebt am Kragen ihrer fetten Helly-Hansen-Jacke, die Ohrringe sind so groß, dass sie zweimal um mein Handgelenk passen würden. Dann Buffalos und dieses »Ey-krass-Oida«-Getue. Wie ich solche Weiber hasse! Elena hasse ich aber nicht, weil sie so aussieht, sondern weil sie ein falsches, hinterfotziges Luder ist. Sie klaut. Sie beklaut jeden Menschen, der ihr übern Weg läuft. Und sie leugnet es so lange, bis man ihr auf die Schliche kommt. Man hat mich vor ihr gewarnt, aber ich konnte es erst glauben, als ich es am eigenen Leib gespürt habe.

Es war an einem Montagmorgen. Ich stand im Bad, kurz bevor ich zur S-Bahn musste. Ich puderte noch einmal mein Näschen und sprühte mir Deo unter die Achseln, durchwuschelte noch ein letztes Mal mein Haar, um ihm das nötige Volumen für den Tag zu verpassen, und ging. Mittags kam ich heim. Mein Deo und mein Puder waren weg.

Ich bin oft ein sehr verwirrter Mensch. Deswegen behielt ich meinen Verdacht zuerst für mich und dachte: Das Zeug findet sich schon wieder! Aber Pustekuchen. Es war verschwunden. Ich ging hinunter und fragte Franka, ob ich mal in ihrem Bad, das sie sich mit Elena teilte, nach meinen Sachen schauen dürfe. Ich betrat das Bad, griff automatisch in die Tasche von Elenas Bademantel, der an der Tür hing, und hielt mein Puderdöschen in der Hand. Mein Deo fand ich nicht.

Natürlich bekamen die Betreuer davon Wind, nicht zuletzt, weil ich es so wollte. Ich war nicht die Einzige, die von Elena beklaut worden war, zwei Pullis, eine Hose, eine Wimpernzange, vier CDs, ein Nagellack und an die 300 DM fehlten. Alles stritt sie ab und heulte wie ein Schlosshund, wie gemein sie es fände, dass man ihr alles in die Schuhe schiebe, weil sie einmal was geklaut habe. Am nächsten Tag fand ich mein Deo in der Tasche, die sie jeden Morgen mit zur Arbeit nimmt. Es war eindeutig mein Deo, denn Vivian und ich hatten uns inzwischen angewöhnt, mit dickem, schwarzem Edding auf alles, was uns gehört, unsere Namen zu schreiben. Und trotzdem hat Elena das Deo gelinkt!

Vivian und ich sind ein Herz und eine Seele. Und haben dieselbe Krankheit. Wenn wir streiten, dann meistens wegen läppischer Dinge. Und meistens sind das dann nur vorgeschobene Streitigkeiten. Denn wenn es um unsere Krankheit geht, dann hassen wir uns auf den Tod. Wir kontrollieren uns und nehmen ab. Das alte Spiel hat wieder angefangen. 56,2 kg wiege ich HEUTE, und ich brauche nur einmal mit der Wimper zu zucken, dann sind es wieder 10 weniger, und ich stecke wieder drin im alten bekannten Sumpf. Gekotzt habe ich schon lange nicht mehr. Wieso auch, ich habe ja Vivian, die mich mit ihrer Scheißkotzerei immer mehr dazu antreibt zu reduzieren, zu reduzieren und zu reduzieren. Mein Essen, mein Gewicht und damit auch meinen Lebenshunger. Es gibt Situationen, da hasse ich sie so sehr, dass ich sie umbringen könnte, und dann, im nächsten Augenblick, da liebe ich sie über alles, weil sie einfach genauso ist wie ich, mich versteht und fühlt wie ich, weil sie einfach ein sauliebes Mädchen ist, das ich am liebsten stundenlang knuddeln würde.

In der Schule läuft es gut. Und ich verstehe schon wieder nicht, wieso. Ich lerne in der Lernzeit nie. Ich mache nur so lange an meinen Hausaufgaben rum, bis die Lernzeit vorbei ist. Außer wir sind mal unbeaufsichtigt, da gehen andere Sachen vor.

Samstag, 19. Dezember 1998

Ich bin inzwischen richtig froh, hier zu sein. Ich habe wieder Perspektive. Man hat mir hier irgendwie den Arschtritt zum Start ins richtige Leben gegeben.

Was mich bedrückt, ist meine Abhängigkeit. Ich bin tatsächlich abhängig von lästigen Tabletten. Von chemischen Tabletten, die ich Tag für Tag unter Aufsicht hinunterwürgen muss. Seit ich das zweite Mal in der Klapse war, muss ich diese Tabletten wieder nehmen. Antidepressiva. Kleine rot-weiße Kapseln, die mich umhauen. Wenn ich die nehme, schlafe ich, ohne einmal aufzuwachen und ohne irgendeinen Schwachsinn zu träumen. Wenn ich sie nehme, bin ich ausgeglichen und habe keine Gefühlsschwankungen. Doch man hat mir hier zu viel davon verpasst. In den letzten Wochen habe ich alles nur noch mit dem Kopf wahrgenommen, nichts mehr gespürt. Ich habe das Rafael gesagt, und er hat mich auf ein anderes Medikament umgestellt. Von da an ging es mit meiner Stimmung radikal abwärts – so weit, dass ich eines Nachts aufgewacht bin und mir gewünscht habe, tot zu sein. Ich fiel in ein tiefes schwarzes Loch. Es war so dunkel da unten, und ohne Rafael wäre ich da nicht mehr rausgekommen. Schließlich hat er mir erklärt, dass die Tabletten, die ich bekam, nur Placebos waren, um zu testen, ob ich wirklich depressiv bin. Ja, ich bin es, das weiß ich jetzt mit hundertprozentiger Sicherheit. Und zwar nicht irgendwie, sondern wahrscheinlich saisonal-depressiv. Was so viel heißt wie: Jeden Winter Tabletten fressen! Mich regt das auf, ich würde so gerne einfach ins Bett gehen und schlafen, ohne drei Minuten später wieder hochzuschrecken und zu merken: Scheiße, ich hab diese idiotische Tablette vergessen, jetzt aber schnell!

Weil die Tabletten so stark sind, bin ich die ersten zwei Stunden in der Schule nicht ansprechbar. Deswegen musste Janos meinen Lehrern schon einen Brief schreiben. Mann, ist mir das peinlich.

Montag, 21. Dezember 1998

Heute abend war die große WG-Weihnachtsfeier. Es gibt hier zwei Feiern. Eine, an der alle WG-Bewohner und Betreuer teilnehmen, und eine für die Jugendlichen, die über die Weihnachtsfeiertage nicht zu ihren Eltern fahren.

Wenn man reif und vernünftig genug ist, darf man in eine Außenwohngruppe umziehen. Es gibt eine für

Mädchen, die ist auch hier in M., und es gibt eine für Jungs, die ist in K., ein paar Käffer weiter. Wenn man dann achtzehn wird, darf man in eine der Wohnungen ziehen, die auch in K. sind. Alle diese Leute aus den Außenwohngruppen und den Wohnungen kamen heute zur Weihnachtsfeier.

Der Christbaum steht im Wohnzimmer neben dem Kamin. Er ist riesengroß. Wir waren an die vierzig Leute, die sich im Wohnzimmer versammelten. Norbert hatte sich als Nikolaus verkleidet. Er saß in dem großen roten Ledersessel und las uns Gedichte vor. Das waren aber nicht irgendwelche Gedichte, sondern selbst gedichtete, extra für uns. Mein Gedicht lautete folgendermaßen:

Ja, ja, das liebe Sophialein,
ist so ein süßes Engelein,
doch muss sie essen, was sie nicht mag,
verdirbt sie uns den ganzen Tag,
will nicht schlafen in der Nacht,
was ihr das Lernen schwierig macht.
Doch man wird von Sophie hören,
und die Jungs wird sie betören!

Es war nett gemeint und schlecht gedichtet, aber ich kam mir regelrecht verarscht vor. Vor allem das mit dem Lernen hat mich aufgeregt. Rafael und die Betreuer halten mich immer für superbegabt und behaupten, dass ich viel besser sein könnte, als ich eigentlich bin. Warum können sie sich nicht damit zufrieden geben, dass ich so gut bin, wie ich bin, und nicht besser und nicht schlechter? Ich bin im Moment echt zufrieden mit meinen schulischen Leistungen. Außer in Rechnungswesen, natürlich. Ständig wird behauptet, ich würde Leistung verweigern. Das nervt! Aber ich lächelte den Weihnachtsmann (oder Nikolaus, wie auch immer) an, wie es alle taten.

Jeder von uns Jugendlichen hörte sich sein Gedicht an. Danach durften wir unsere Geschenke öffnen. Ich bekam, was ich mir gewünscht hatte: einen neuen Walkman und eine CD. Danach wurde gefeiert, so, wie man sich feiern halt vorstellt. Irgendjemand legte uralte Schlager auf, und alle sangen dazu und tanzten. Ich hasste dass immer. Ich hatte das nie gemacht, einfach so getanzt. Nur wenn ich betrunken war. Heute war ich nüchtern, und Rafael forderte mich bei dem Lied »Pretty Woman« auf. Er wirbelte mich durchs ganze Wohnzimmer. Mir machte das richtig Spaß, und ganz plötzlich hatte ich so ein wahnsinniges Gefühl im Bauch. Ein Gefühl, das mir sagte: Sophia, hier bist du richtig, du gehörst jetzt auch zu diesen Menschen! Es war ein Gefühl von Zusammengehörigkeit, das ich für einige Augenblicke so stark empfand, dass ich am liebsten losgeheult hätte. In meiner Familie hatte ich das nie erfahren, und meine Freunde und ich waren damals, als ich noch in unserem Bauerndorf lebte, gar nicht fähig, irgendwelche Gefühle in der Richtung zu empfinden, weil wir alle viel zu krank, benebelt und gelähmt waren von unserem täglichen Leben, dem Umfeld, den ganzen Tragödien und der banalen Tatsache, dass wir uns gegen nichts und niemanden, der für die ganze Scheiße verantwortlich war, wehren konnten.

Kurz gesagt, ich fühlte mich so akzeptiert, beachtet und pudelwohl wie noch nie.

Donnerstag, 24. Dezember 1998

Der heutige Tag, Heiligabend, machte mich furchtbar traurig. Fast alle fuhren zu ihren Familien nach Hause. Nur Valerie und ich, zwei Jungs aus den Wohnungen, Flo und Emilio, und zwei Mädchen aus der Außenwohngruppe, Bibiana und Vanessa, blieben von der großen Horde, die am vergangenen Samstag mit uns gefeiert hatte, übrig. Für mich kam es überhaupt nicht infrage, nach Hause zu fahren. Wahrscheinlich hätte ich Gisela erstochen, Konstantin erschossen und Gunnar und Barbara in den Wäschetrockner gesteckt. Und wenn mir meine Mutter dann übern Weg gelaufen wäre, hätte ich nicht lange überlegt und wär wohl hinterher gesprungen – in den Wäschetrockner.

Aus diesen Gründen blieb ich hier. Carlotta und Erwin, beide nicht verheiratet, mussten ihren Heiligen Abend opfern und mit uns feiern. Die Stimmung war scheiße, weil sich alle nur dachten: Blödes, überflüssiges Familienfest, lieber Gott, mach, dass es schnell vorbeigeht! Wer mit seinen Gedanken zu lange an dem Wort Familienfest hängen blieb, war vor keinem tiefen Loch mehr sicher. Um die Weihnachtszeit herum stieg die Gefahr, in ein solches dummes Loch zu fallen, enorm.

Und deswegen waren alle schlecht gelaunt!

Mittwoch, 30. Dezember 1998

Es ist einfach so schön entspannend, seit Ferien sind. Keine lästige Therapie! Nicht jeden Sonntagabend und Montagvormittag dieser Stress: Was sag ich nur, was sag ich nur, was sag ich nur... Und nicht jeden Montagabend und den ganzen Dienstag über: Hoffentlich bin ich heute nicht »der Arsch«! Irgendjemand ist immer »der Arsch«, und ich bin mir sicher, dass es irgendwann auch mich trifft.

Die meisten sind von ihren Heimfahrten schon wieder zurück, und es ist wieder etwas Leben in der Bude. Vivian spinnt seit Weihnachten total. Das behaupten zumindest die Betreuer, und so wie sie sich gestern benommen hat, haben sie wohl Recht. Gestern stritten wir mal wieder um irgendeine Kleinigkeit. Adela und ich saßen im Wohnzimmer und redeten, als Vivian mit glasigen Augen und einer Wasserflasche aus dem Bad kam und provozierend an mir vorbeiging. Am liebsten hätte ich sie erschlagen, so wütend machte mich ihr Getue. Adela hat ihr dann auch die Meinung gegeigt, aber irgendwie hat das Vivian wenig beeindruckt, genauso, wie es mich wenig beeindruckt, wenn Adela rumschreit. Ich hatte zwar einen kleinen Triumph, weil die Betreuer auf meiner Seite waren, aber den größeren hatte sie, weil sie gekotzt hatte und ICH NICHT! In der Nacht von gestern auf heute habe ich im leeren Bett von Katja geschlafen, weil ich es mit Vivian im selben Raum nicht mehr aushielt. Allein ihr Atmen machte mich schon aggressiv. Heute Vormittag hat Janos dann eine Stunde lang mit uns geredet, und wir haben den Streit geklärt. Außerdem werde ich mir in Zukunft das Bad mit Valerie teilen. Mit Vivian klappt das nie.

Sonntag, 3. Januar 1999

Schon wieder ein neues Jahr. Hoffentlich wird es besser als die Jahre davor. Silvester verbrachte ich hier, zusammen mit ein paar anderen WGlern, Janos und Adela – keine fette Feier so wie die letzten Jahre, nur ein paar kleine Knalltüten und Feuerwerkskörper vom Nachbarn. Am Ersten spielte ich mit Martin und David im Hof Fußball. Versehentlich schoss ich den Ball in Nachbars Garten. Der Nachbar hasst uns, er hasst die ganze WG. Er nahm den Ball und verschwand mit ihm im Haus. Außerdem drohte er, die Polizei zu rufen, wegen Hausfriedensbruchs. Ich weiß nicht, woran es liegt, aber überall, wo ich wohne, hassen mich die Nachbarn. Ich will niemals von Beruf »Nachbar« werden, wenn ich groß bin. Mir wäre es viel zu anstrengend, ständig darauf zu achten, was die Leute im Haus nebenan gerade tun.

Donnerstag, 7. Januar 1999

Ich kann es kaum glauben. Heute hat mich mein Vater angerufen! Was für einen Ehre! Das letzte Mal hatte er sich an Weihnachten gemeldet, um mir mitzuteilen, dass er so ein schönes Fest wie dieses seit Jahren nicht mehr gefeiert hat. Kurz gesagt, ein Fest ohne mich!

Heute rief er an, um mir zu sagen, dass meine Mutter in eine Klink auf Entzug gegangen ist. Ich kann das nicht fassen. Es ist einfach unglaublich. In meinen kühnsten Träumen hätte ich nicht erwartet, dass meine Mutter jemals auf Entzug geht. Ich habe mir vorgenommen, mir keine Hoffnungen zu machen. Aber das geht nicht. Ich mache mir riesige Hoffnungen, dass ich endlich, endlich, endlich mal eine normale Mutter bekomme. Eine richtige Mutter, mit der man sich unterhalten kann und über Probleme reden, eine Mutter, die einem zur Seite steht und mit der man einkaufen gehen kann, ohne sich schämen zu müssen, einfach eine richtig coole Mutter! Aber das sind Illusionen, das weiß ich! Doch ein ganz kleines bisschen glaube ich daran, dass sie eines Tages ein Mensch in meinem Leben wird, der einfach nur ein Mensch in meinem Leben ist und nicht einer, der alles zerstört, mich kaputtmacht, mich belügt, mich verachtet und wie den letzten Dreck behandelt. Ich wäre der glücklichste Mensch auf der ganzen Welt, wenn meine Mutter es schaffen würde.

Samstag, 9. Januar 1999

Heute fuhren wir, das heißt die ganze WG, zum Schifahren. Mit dem WG-Bus, dem WG-Passat und den Autos von Janos, Carlotta und Norbert. Gut, dass ich gerne boarde, sonst hätte man mich dazu gezwungen, wie Vivian und Franka. Die beiden können weder Schifahren noch Snowboarden und mussten trotzdem fahren. Sie bekamen sogar eine Stunde Unterricht von einem Schilehrer. Die beiden taten mir wirklich Leid, als ich aus der Ferne sah, wie sie den Berg hinunterrutschten. Warum man sie dazu zwingt, verstehe ich nicht! Erwin erklärte das auch nicht, er sagte nur, dass wir dankbar sein sollen, dass man uns die Möglichkeit gibt, Schi zu fahren. Ich bin ihnen ja auch zutiefst dankbar, weil ich Boarden über alles liebe. Aber Vivian und Franka müssen für etwas dankbar sein, was sie gar nicht wollen und was sie auch nie gefordert haben.

Wir bekommen hier alles, was wir wollen, sogar mehr, als wir wollen. Aber das hat auch seine Nachteile. Wir müssen alles dankend annehmen, und sobald wir uns mal mit einem Betreuer anlegen, heißt es: »Ihr seid so undankbar, seht doch mal, was ihr alles habt, niemand wird so verwöhnt wie ihr!«

Schwierig, schwierig, diese Psychologen!

Ansonsten war es ein gelungener Tag. Das Wetter war super, die Piste genial. Ich überfuhr nur einen Schifahrer und legte mich mit niemandem außer einem österreichischen Kind an, das sich einbildete, sich am Lift unbedingt auf mein Board stellen zu müssen.

Montag, 11. Januar 1999

Die Schule hat wieder angefangen. Wie frustrierend. Die fetten Weiber aus meiner Klasse haben weder abgenommen noch ihr Verhalten gegenüber Normalgewichtigen geändert.

Seit ich in der WG wohne, bin ich ein richtiger Stubenhocker geworden. Außerhalb der WG hatte ich lange keine Freunde hier, geschweige denn einen Freund. Doch das hat sich geändert. Simon und ich haben uns heute so gut verstanden, das muss einfach was werden! Er ist so süß! Er ist nur ein paar Zentimeter größer als ich, hat strohblonde Haare, blaue Augen und ein Lachen, bei dem ich Gänsehaut kriege. Ich sitze hinter ihm und finde sogar seinen Nacken sexy, nicht zu vergessen sein breites Kreuz. Sogar durch den dicksten Pulli kann ich seine Muskeln sehen! (Stöhn!) Flora und Simons bester Freund Andi sind schon seit kurz vor den Ferien zusammen. Wenn die beiden verschwinden, sitze ich also immer allein mit Simon da, weil der Rest der Klasse ja nicht ganz sauber im Schädel ist. Es muss einfach klappen!

Die Therapien haben auch wieder begonnen, und ich Glückskind musste mich gleich heute um drei in Rafaels Praxis begeben und ihm was erzählen. Als ich sagte, ich wüsste nichts, meinte er, ich würde ihm was vormachen und dass ich nur ja nicht bocken soll. Also lag ich da, starrte auf die große blaugelbe Glasschlange und überlegte mir was. Da kam mir die rettende Idee: Ich erzählte ihm, dass ich Angst habe, in der Schule versagen zu können, worauf er erwiderte, dass ich nur genug lernen müsse, dann würde ich auch nicht versagen. Mir fiel wieder nichts ein. Nach fünf Minuten quälender Stille sagte Rafael dann: »Liebe Sophia, wenn ich du wäre, würde ich langsam mal damit anfangen, mich damit auseinander zu setzen, warum du solche Schuldgefühle hast und warum du nicht besser sein willst als deine Eltern. Außerdem musst du dich von deiner Mutter lösen. Ich schlage vor, dass wir aufgrund deiner Mutterproblematik ein Elterngespräch anberaumen. Was hältst du davon?« Als ich ihm sagte, dass ich gar nichts davon hielte, sagte er nur: »Siehst du, du gehst dem Mutterkonflikt aus dem Weg, nur um dich nicht damit auseinander setzen zu müssen! Wenn der Konflikt mit deiner Mutter gelöst wäre, könnten wir uns auch viel besser darauf konzentrieren, dein Selbstwertgefühl zu stärken und dir den Weg zu einem normalen Leben frei machen. Aber solang du ständig mit deiner Mutter beschäftigt bist, wirst du immer mit der Essstörung herumlaufen. Und eins sag ich dir, und das überlegst du dir bitte bis nächsten Montag: Ich will von dir wissen, warum du nicht normal sein kannst wie alle anderen auch, warum du immer etwas Besonderes sein willst und dich durch auffallendes Essverhalten oder Bocken in der Therapie wichtig machen musst! So, wir sehen uns morgen Abend!«

Als ich rauskam, war ich wütend! Als ob ich mich wichtig machen würde! Als ob ich in der Therapie bocken würde.

Aber ich habe doch nachgedacht, in der Lernzeit, und bin zu dem Schluss gekommen, dass Rafael Recht hat. Ich weiß auch schon genau, was ich ihm am nächsten Montag erzählen werde, und hoffe, dass ich es bis dahin nicht wieder vergessen habe!

Samstag, 16. Januar 1999

Juhu, juhu, juhu! Simon und ich sind zusammen.

Gestern Abend bin ich seit langer Zeit mal wieder weggegangen. Flora, Andi, Simon und ich waren in einem Café in München. Wir hatten uns dort verabredet, und Simon begrüßte mich mit einer roten Rose. Ich lief natürlich knallrot an und Simon auch. Nachdem Andi dann behauptete: »Tomaten fangen aber grün an«, ein Witz, den keiner richtig verstand, lachten alle, und ich verbrachte einen der schönsten Abende meines Lebens mit den dreien. Ich bin so glücklich und so verliebt. Bis jetzt war ich nur »Julius das Arschloch« gewöhnt, der zwar auch lieb sein konnte (wenn er gerade dazu Lust hatte), aber mich im Endeffekt immer nur als seine private Gummipuppe benutzt hat. Simon ist so anders. Ich hoffe, das bleibt so!

Ein bisschen Angst habe ich vor den Schnepfen aus meiner Klasse. Simon ist nämlich nicht irgendein Junge, sondern ein Junge, den einfach jedes Mädchen geil findet. Und ich bin mir sicher, dass sie alle vor Eifersucht platzen werden.

Donnerstag, 21. Januar 1999

Langsam fange ich an, mich zu fragen, wohin ich hier geraten bin. In der WG und in der Schule laufen Leute rum, bei deren Erscheinen ich mir nur noch ans Hirn greifen kann.

Zuerst die Aktion von Franka und Elena! Es war am Montagabend, als die Feuerwehr mit Vollgas und Alarm vor unserer Haustür vorfuhr. Jemand hatte dort angerufen und behauptet, es brenne. Der Anruf wurde zurückverfolgt und die Stimme identifiziert. Es war Frankas. Das Mädchen ist doch fast sechzehn, wieso macht sie so etwas? Vielleicht bin ich blöd, weil ich solche Späße nicht verstehen kann. Aber irgendwie beginne ich langsam an dem Verstand der beiden Weiber zu zweifeln. Ein normaler Mensch, der bereits das Alter von zwölf Jahren überschritten hat, macht so was doch nicht, oder? Es ist mir unerklärlich. Kein Wunder, wenn nicht einmal Franka und Elena selbst wissen, warum sie so einen Schwachsinn fabrizieren.

Jetzt die Aktion der fetten Weiber. Seit Montag, seit dem Tag, an dem sie erfahren haben, dass Simon und ich zusammen sind, hassen sie Flora und mich noch mehr als vorher. Wenn wir das Klassenzimmer betreten, fangen sie an rumzugackern und zu lästern. Und am Dienstag schütteten sie Flora Abführmittel in die Mineralwasserflasche. Die wissen genau, dass ich immer aus der gleichen Flasche trinke wie Flora, aber denen ist egal, wer trinkt, sie treffen immer die Richtige. Am Dienstag und Mittwoch war mir den ganzen Tag sauübel, und ich wusste nicht, wieso. Und heute hat dann ein Junge aus meiner Klasse, einer von denen, die in der kleinen Pause immer mit Stühlen Pyramiden bauen, um sie dann mit einem gewaltigen Krach wieder zusammenfallen zu lassen, ein Junge, der in den Zwischenstunden immer Tesafilm um die Tempo-Taschentücherpackungen wickelt und sich dann mit seinen Kumpels damit beschießt, der hat dann mitbekommen, dass die fetten Weiber uns Abführmittel untergejubelt hatten. Ich war sauer und der Rest der Klasse auch. Es war das erste Mal, dass meine Klasse gegen diese Weiber zusammenhielt. Es wurde auch Zeit. Alle aus der Klasse haben ihnen die Meinung gegeigt. Sie hatten es eindeutig übertrieben. Doch ich muss zugeben, mir machte es riesigen Spaß, diese eine ganz besonders Fette mal so richtig fertig zu machen. Ich sagte zu ihr, dass sie ihren Frust, den sie offensichtlich wegen ihrer hässlichen Figur und dem hässlichen Gesicht ständig mit sich rumschleppe, nicht an anderen auslassen soll. Und dass es ihr nicht schaden würde, das Abführmittel selbst mal zu probieren. Darauf lachte sie bloß, worauf ich ihr sagte, dass ich, wenn ich so aussehen würde wie sie, niemals lachen würde, weil man da das Doppelkinn noch deutlicher sieht. Außerdem habe sie ungeputzte Zähne.

Da hielt sie endgültig die Klappe, und ich bin mir sicher, sie schmiedet gerade einen Racheplan. Wahrscheinlich schüttet sie uns als Nächstes Rattengift ins Wasser.

Heute war ich froh, als ich zu Hause war. Ich erzählte Adela davon, die sofort entschlossen war, die Weiber anzuzeigen, wegen Körperverletzung. Das hatte mir gerade noch gefehlt! Es kostete mich tausend Tränen, die Lernzeit (wobei man darüber streiten kann, ob das für mich negativ oder positiv ist, ich plädiere für das zweite!), es kostete mich Hunderte von Nerven und Geduld, bis ich Adela davon überzeugt hatte, keine Anzeige zu erstatten. Schließlich muss ich noch eineinhalb Jahre mit den Weibern in dieselbe Klasse gehen und habe keine Lust, irgendwann von ihnen geschlachtet oder erdrosselt zu werden. Aber ich schaffte es, Adela zu überzeugen, und sie verstand mich!

Samstag, 30. Januar 1999

Vivian ist in die Senningerstraße gezogen, in die Außenwohngruppe der Mädels. Die Mädchen, die da wohnen, sind mir alle extrem unsympathisch. Jeden Sonntagabend, wenn sie zusammen mit den Jungs aus der Luisenhainallee in K. Gruppengespräch haben, kommen sie her und essen alles auf. Eigentlich stört mich das nicht, aber ich finde es irgendwie nicht angebracht, einfach hereinzuplatzen und alles aufzufressen. Drei Mädchen wohnten dort. Jetzt, mit Vivian, sind es vier. Vivi, Bibiana, Vanessa und Stella. Sina, ein Mädchen, das bis vor kurzem noch dort wohnte, musste wieder zu uns ziehen, weil sie Drogen genommen hat. Ich verstehe mich super mit ihr, nicht wegen der Drogen, einfach so! Wir haben noch eine Neue hier: Chris. Sie sieht einfach schlimm aus. Lila Haare, Augenbrauen-, Nasen- und Zungenpiercing und dermaßen überschminkt, dass man glauben könnte, sie sei kopfüber in einen Wassermalkasten gefallen. Sie ist ziemlich verplant, hat XTC gefressen, und ihre Mutter ist Alkoholikerin. Na so was …

In der Senningerstraße sind jetzt noch zwei Plätze frei. Ich bin die Nächste, die umziehen soll! Und das will ich auch! Ich will zu Vivi, ich vermisse sie richtig, ich will mich mit diesen Sennis verstehen (so nennt man hier die Mädchen aus der Senningerstraße), auch wenn ich sie nicht mag, ich will mehr Freiheiten, ich will nicht mehr nachts bewacht werden, ich will selbst entscheiden können, was ich esse, ich will frei sein, ich will abends weggehen können, ich will, ich will, ich will…

Was ich nicht will, ist, jeden Tag Carlotta und Louis sehen müssen. Doch dieses harte Los muss ich in Kauf nehmen, wenn ich jemals umziehen sollte, denn in der »Senni« arbeiten nur Carlotta und Louis. Dass ich mit Louis irgendwie fertig werde, ist klar, aber mit Carlotta? Das wird ganz schön hart, glaube ich!

Freitag, 5. Februar 1999

Die ganze Woche über habe ich an Janos hingebettelt, dass ich von Samstag auf Sonntag bei meiner Kusine übernachten darf. Natürlich will ich nicht bei Jasmin, sondern bei Simon übernachten. Dass ich das nicht darf, ist mir von vornherein klar gewesen, deswegen versuchte ich es mit meiner Kusine. »Sophia, es ist überhaupt keine Frage, dass du bei deiner Kusine übernachten kannst, aber ich hab dir doch jetzt schon x-mal gesagt, dass du sie uns erst vorstellen musst. Wir können dich nicht einfach bei irgendjemandem übernachten lassen, wir müssen schon schauen, mit welchen Leuten du dich abgibst, verstehst du?«

Mannomann! Wie mich dieses WG-Gesülze aufregt! Ich rief also bei Simon an und erklärte ihm, dass es nicht gehe. Er war echt enttäuscht, das hab ich genau gemerkt. Gleich danach klingelte ich bei Jasmin durch, um sie zum Vorstellen zu engagieren. Aber wer ist am Freitagabend schon zu Hause *außer mir?*

Montag, 15. März 1999

Ich sitze mal wieder in der Lernhalle und verhalte mich so unauffällig wie möglich. Adela schaut schon die ganze Zeit so dämlich zu mir rüber, und ich habe die Befürchtung, dass sie gleich herkommt und mich fragt, was ich bis jetzt gelernt habe. Irgendwann Mitte Februar hat mich Jasmin hier besucht. Am Wochenende drauf durfte ich dann endlich bei ihr (Simon) übernachten. Sie wirkte also seriös genug.

Einmal im Monat ist »Heimfahrtswochenende«. Die meisten besuchen ihre gestörten Familien. Aber ich werde in Zukunft immer zu Simon fahren.

Es regt mich total auf, dass ich in diesem Heim so eingesperrt werde. Valerie bekommt ab und zu Ausnahmen und darf am Wochenende mal bis zwölf raus. Ich bekäme nie »Verlängerten« (Ausgang), weil ich »ständig« (einmal im Monat) außerhalb der WG übernachte.

Ich bekomme jetzt Nachhilfe in Rechnungswesen! Bis jetzt habe ich in diesem verfluchten Fach nur Sechser geschrieben, und wenn es Wirtschaftsmathe nicht geben würde, mit der ich ausgleichen kann, dann hätte ich die blöde Probezeit nie geschafft.

Samstag, 20. März 1999

Es ist alles so zum Kotzen! Ich habe zwar schon seit Vivi ausgezogen ist nicht mehr gekotzt, aber im Moment kommt mal wieder lauter Scheiße zusammen. Wenn ich nicht über die Folgen aufgeklärt wäre, die die Kotzerei hier in der WG mit sich bringt, wie zum Beispiel die ständige Fragerei: Warum musst du wieder Aufmerksamkeit erregen oder warum willst du nicht gesund werden?, dann würde ich am liebsten nur noch kotzen, weil mich eben alles so tierisch ankotzt! Ich weiß nicht was heute für ein beschissener Tag ist ... Der Tag der Hiobsbotschaften vielleicht? Spaß beiseite, Fionas Mutter hat sich umgebracht! Amélie hat mich heute Vormittag angerufen und es mir erzählt! Was bin ich froh, dass ich aus unserem Dorf weg bin, noch mal diesen Mist mitzumachen wie bei Amélie damals, darauf habe ich wirklich keinen Bock. Mit Fiona, Nicky und den ganzen Leuten habe ich nur noch sehr wenig Kontakt. Die Entfernung und die Umstände ... Außerdem habe ich das Gefühl, Fiona und Nicky würden meine Probleme nicht richtig verstehen. Mit Amélie und Ramin habe ich noch viel Kontakt. Sie verstehen auch, dass ich nicht mehr die Sophia bin, die ich mal war, sondern mich verändert und entwickelt habe. Und da ich viele andere Menschen kennen gelernt habe, bin ich eben jetzt anders als sie... Ganz anders! Und das können Fiona und Nicky irgendwie nicht verstehen.

Seit ich ausgezogen bin, meide ich unser Kuhkaff. Ich will niemanden von dort sehen und nicht gesehen werden. Ich bilde mir immer ein, man redet über mich (mich, den Psycho). Doch jetzt... Ich werde zu Fiona fahren und versuchen, ihr zu helfen. Ihre Mutter hatte die gleiche Krankheit wie meine, das wussten wir immer. Aber nie haben wir uns darüber unterhalten. Ich kann ihr nicht wirklich helfen, das weiß ich, aber ich kann ihr zumindest das Gefühl geben, dass mir etwas an ihr liegt. Das braucht sie jetzt! Ich brauche diese Bestätigung auch, sonst fühle ich mich einsam und leer! Aus diesem Grund muss ich am Wochenende in die »Stadt des Schreckens« fahren.

Aber das ist nicht der einzige Grund! Meine Mutter hat ihren Entzug abgebrochen! Ich weiß nicht, wieso, ich weiß nicht, seit wann, und ich weiß nicht, ob sie trocken ist oder nicht. Sie hat mich angerufen. Zum ersten Mal, seit ich weg bin, hat sie sich bei mir gemeldet und mir gesagt, dass sie mich sehen will. Natürlich will ich sie auch sehen. Gar keine Frage. Aber ich habe solche Angst davor. Wenn sie sich wieder betrinkt, dann wird mein Besuch eine Katastrophe. Und wenn sie mich anlügt, mir irgendeinen Schwachsinn erzählt oder mich anfasst, wird alles noch viel schlimmer. Zusammenreißen kann ich mich da nicht.

Und jetzt zum letzten Teil der Horrorgeschichte. Picasso ist tot. Er hatte eine Magen-Darm-Verschlingung. Seine Besitzerin hat mich sieben Minuten nachdem ich mit Amélie telefoniert hatte angerufen. Sie erzählte mir, dass er entsetzlich gelitten und vor Schmerzen geschrien hat. Seine ganze Box hat er mit seinen Hufen zertrümmert. Der Tierarzt konnte nichts mehr machen.

Wieso Picasso? Warum Fionas Mutter? Warum?

Weil heute so viel zusammengekommen ist, hat Janos mich zu Rafael geschickt, der mir eine Sondertherapiesitzung aufdrückte. Es war die krasseste Therapie, die ich bis jetzt hatte. Und sie war hart.

Die Therapie besteht bei uns aus dreißig Minuten Musik hören und überlegen und dreißig Minuten mit Rafael reden.

Ich musste nicht lange überlegen, was ich Rafael erzählen wollte. Deswegen kam mir die halbe Stunde, die ich im Gemeinschaftssitzungsraum auf dem Sofa lag und nachdenken sollte, schrecklich lang vor, und ich hatte nichts Besseres zu tun, als mir einen Fingernagel abzukauen. Das letzte Mal hab ich mit sieben oder acht Fingernägel gekaut…

Ich war den ganzen Tag über schon entsetzlich verwirrt, und als ich dann endlich bei Rafael auf der Ledercouch lag, konnte ich nur noch heulen. Ich erzählte ihm alles. Fast alles. Ich erzählte ihm, dass ich solche Angst habe, zu meinen Eltern zu fahren, dass ich Angst davor habe, meine Mutter wiederzusehen und dass ich am liebsten nur noch kotzen würde. Und Rafael hat auf einmal einfach so behauptet, dass ich mir keine Sorgen machen müsste um einen Menschen, der sich um mich auch nie Sorgen gemacht hat und mich sowieso nicht liebt. Erst war ich sauer und maulte, dass ich mir sicher sei, dass mich meine Mutter bestimmt lieben würde. Aber Rafael lachte nur. Ich schwieg und sagte nichts mehr… Dann heulte ich wieder, weil mir bewusst wurde, dass er Recht hatte. Um mich endgültig zu überzeugen, erklärte er mir, dass Abhängige ausschließlich ihre Sucht lieben und sonst nichts. Danach war ich völlig fertig mit den Nerven, weil die Realität so wehtat.

Doch Rafael wollte mich ein für alle Mal aus meinen Illusionen reißen. »Seit Monaten reden wir in der Therapie nur über deine Mutter, liebe Sophia! Langsam solltest du dich mit der Beziehung zu deinem Vater auseinander setzen. Der hat nämlich auch Dreck am Stecken und ist bestimmt nicht so unschuldig, wie du ihn darstellst. Du idealisierst ihn völlig grundlos. Bis Montag lässt du dir mal was zu deinem Daddy einfallen! Und das Wochenende wirst du schon überleben, es kann doch auch ganz nett werden!«

Dass Rafael auf meinen Vater zu sprechen kam, ließ mich für einen kurzen Moment zu Eis erstarren. Danach bekam ich Gänsehaut, und jetzt habe ich Angst. Ich kann Rafael niemals etwas über die Videogeschichte sagen. Erstens bekäme mein Vater sofort eine Anzeige, und zweitens würde Rafael mich wahrscheinlich in die geschlossene Psychiatrie einweisen, weil ich seit über zwei Jahren mit dem Wissen lebe und nichts unternehme. Mein schlechtes Gewissen hat mich den ganzen Abend so geplagt, dass mir übel wurde. Reden kann ich mit niemandem…

Sonntag, 21. März 1999

Ich bin nicht zu meinen Eltern gefahren. Meine Mutter war krank geworden, und wir verschoben unser Treffen auf… ich weiß nicht, wann. Fiona habe ich einen vierzehn Seiten langen Brief geschrieben. Mit Erwin habe ich mich heute total gestritten, weil er behauptet hat, dass ich mal wieder auf »Abnehmkurs« sei. Eigentlich stört es mich ja nicht, wenn jemand so etwas sagt, vorausgesetzt, es entspricht der Wahrheit. Aber in diesem Fall stimmt es einfach nicht. Im Moment wiege ich 61,2 kg. Und das ist wirklich genug. Mein Normalgewicht liegt zwischen 57 und 65 kg, also bin ich genau richtig. Und dann kommt Erwin mit seinem Offiziersgetue daher und bildet sich ein, alles besser zu wissen. Er wollte mich dazu zwingen, noch eins von seinen Schweineschnitzeln zu essen, die ich ohnehin nicht mag. Schließlich einigten wir uns auf eine Monsterportion Salat. Der hat wenigstens geschmeckt, obwohl er genau so ölig und fettig war wie das Schweindl.

Nach dem Abendessen habe ich mich mit Carlotta unterhalten und festgestellt, dass sie gar nicht so schlimm ist, wie sie immer tut. Sie will mit mir zum Frauenarzt gehen, weil sie sich Sorgen um mich macht. Außerdem habe ich ungefähr eine Stunde über Sex geredet. Das war mal richtig interessant, weil sie nicht nur mich ausgequetscht, sondern auch über ihre eigenen Erfahrungen geredet hat. Von Simon habe ich ihr nicht erzählt. Ich kann das niemandem hier erzählen, weil ich Angst habe, dass sich Rafael oder irgendwelche Erzieher in unsere Beziehung einmischen. Für einen, der nicht hier wohnt und sich nicht jeden Tag dieses Beziehungsgefasel anhören muss, ist das sicher schwer zu verstehen. Aber dieses Gerede über alles und das Auseinandergesetze mit jedem und allem kann manchmal beziehungstötend sein. Man kann Dinge auch so lange bereden, bis man es nicht mehr hören und sehen kann. Also lässt man es lieber.

Deswegen will ich nicht von Simon reden. Ich weiß ganz genau, was ich mir dann anhören müsste.

Dienstag, 23. März 1999

Ich wusste bis Montag um 15.00 Uhr immer noch nicht, was ich Rafael über meinen Vater erzählen sollte. Ich redete lediglich über diese fiesen Aktionen, mit denen er mich gequält hatte. Über die mit der Springmaus zum Beispiel. Ich redete und redete, bis Rafael mich unterbrach. Er vermutete, mein Vater habe mich sexuell belästigt. Ich stritt das erst ab, aber als Rafael sagte, ich solle ihn nicht anlügen, gab ich es zu. Das heißt, ich log ihn an und tat so, als hätte er Recht. In Wirklichkeit hat mein Vater mich nie irgendwie belästigt oder missbraucht. Zumindest nicht sexuell. Er hat mich nie angefasst, außer wenn er mich geschlagen hat. Ich weiß nicht, was schlimmer ist – nie anfassen oder zu viel anfassen. Für mich war es schlimmer, dass er immer so tat, als wäre ich nur zum Draufhauen da.

Ich log Rafael also an. Ich hatte sofort das Gefühl, dass ich mich auf diese Art und Weise von meinen Schuldgefühlen befreien konnte. Es funktionierte. »Was dein Vater gemacht hat, ist eine Schweinerei, und du bist an so etwas nicht schuld. Weißt du, Sophie, woran ich erkannte, dass etwas in dieser Richtung vorgefallen sein muss? An deinem Verhalten anderen Jungs gegenüber. Du präsentierst dich ständig von der extrem weiblichen Seite. Du weißt, dass du damit bei Männern weiterkommst, wenn's anders nicht geht. Ich habe das bereits am Weihnachtsfest beobachten können!«

Rafael glaubte, mich durchschaut zu haben.

Nach der Therapie ging es mir besser. Ich habe das Gefühl, wenn ich mit Rafael über meinen Vater rede, kann ich meinen ganzen Hass und meine Wut loswerden. Und meine Angst, die ich ohne Frage habe. Die Angst, von meinem Vater nicht beachtet zu werden, die Angst ihm egal zu sein. Und nicht zuletzt die Angst vor Schlägen, die ich in dem Gespräch mit Rafael als sexuelle Übergriffe darstellte.

Weil ich heute unbedingt noch mit Simon zusammen sein wollte (man kann das auch ficken nennen), erzählte ich Adela, die Frühdienst hatte, dass meine Klasse heute Wandertag habe und wir in den Tierpark gehen. Es könne also später werden. Also fuhr ich nach der Schule, in der ich mich bis zur totalen Ermüdung gelangweilt hatte, mit zu Simon. Er ist so süß. Wenn ich ihn küsse, fängt er an zu zittern, das macht mich ganz wuschig. Und wenn wir miteinander schlafen, zittert er auch. Dann vibriert alles, was nicht niet- und nagelfest ist. Richtig geil ist das.

Simon habe ich nie erzählt, dass ich meine Tage noch nie hatte. Ich habe ihm gar nichts erzählt, weil ich Angst habe, dass er mich irgendwann genauso behandelt wie Julius. Der wusste so gut wie alles über mich und hat mich ausgenutzt bis zum Gehtnichtmehr. Deshalb erzähle ich den Jungs überhaupt nichts mehr.

Samstag, 8. Mai 1999

Mann, ist der April schnell vergangen! Morgen ziehe ich um in die Senningerstraße. Im April sind hier vier neue Leute eingezogen, und morgen ist noch 'ne Notaufnahme fällig. Deshalb darf ich in die Senni.

Letzte Woche hatte ich mal Schule geschwänzt und mir meine Entschuldigung selbst geschrieben. Ich habe einfach mit »B. Maier« unterschrieben. Den oder die gibt es nicht, aber woher sollen das meine Lehrer schon wissen? Die ganze Zeit hatte ich dann schreckliche Angst, dass die Aktion auffliegt, und wäre beinahe gestorben, als Carlotta heute die Lernhalle betrat, mich bitterböse anschaute und sagte: »Sophia, ich muss dich sprechen, komm bitte mit!« Völlig geschockt setzte ich mich mit ihr in die Küche, wo sie mir dann verkündete, dass ich morgen umziehen soll. Sie habe nur so böse geschaut, weil Elena nach einer Auseinandersetzung mit ihr abgehauen sei. Mir fielen tausend Steine vom Herzen. Dass Elena weg war, interessierte mich nicht im Geringsten. Ich konnte sie sowieso nicht leiden.

Inzwischen habe ich schon alles gepackt. Valerie hat geheult, weil ich gehe. Dabei sehen wir uns eh jeden Sonntagabend, wenn wir Sennis zum Gruppengespräch kommen und alles wegessen!

Montag, 10. Mai 1999

Jetzt wohne ich also mit Bibiana, Stella, Vanessa und Vivian zusammen.

Dass nicht all die Mädls hier so schlimm sind, wie ich es mir ausgemalt hatte, habe ich sofort gemerkt.

Wirklich schlimm ist nur eine – Bibiana! Sie sieht nicht nur schlimm aus, sie verhält sich noch dazu hinterfotzig. Ihr Gesicht erinnert an das eines Schweins – rosa, rund und mit kleinen hellen Augen. Sie hat so große Segelohren, dass selbst ich mit meinen Dumbos, wenn es auf die Größe ankäme, kläglich kapitulieren müsste. Sie hat einen Hintern so groß wie der eines schweren Kaltblüters, und sie fühlt sich als Senni-Oma (weil sie schon am längsten in der Senni wohnt) für uns alle verantwortlich. Das heißt, sie kommandiert jeden in der Gegend herum und kommt sich geil dabei vor. Sie versteht nicht, dass jeder nur über sie lacht. Bald wird sie achtzehn, dann zieht sie nach B. in eine der Wohnungen. Ein Glück!

Stella mag ich unglaublich gerne. Wir verstehen uns super und sind uns in einigen Punkten sehr ähnlich. Sie hat mir gestern nach dem Gruppengespräch die Augenbrauen gezupft, was ich sehr sozial von ihr fand.

Vanessa ist auch ganz o.k. Ich habe nur noch nicht allzu viel mit ihr geredet. Eigentlich schade, weil sie laut Stella ganz nett sein soll.

Mit Vivian habe ich ja bereits Bekanntschaft gemacht. Aber seit ich hier bin, ist irgendetwas zwischen uns. Ich glaube, es liegt daran, dass sie die ganze Zeit mit Vanessa rumhängt. Das macht mich, ehrlich gesagt, stockeifersüchtig. Aber wenn sie lieber mit Vanessa unterwegs ist, dann bitte schön... Es nervt trotzdem, weil ich sie so gerne mag!

Die Anfangszeit in der Senni wird extrem hart, das ist klar. Denn schon heute hatte ich so einen gewaltigen Krach mit Carlotta, dass ich mir fast schon sicher war, ich müsste gleich wieder ausziehen.

Stella (sie hat Einkaufsdienst), Carlotta und ich fuhren gegen 15.30 Uhr zum Plus, um für diese Woche einzukaufen. Es machte richtig Spaß, den Wagen mit lauter Dingen zu füllen, auf die *ich* Lust hatte. Im Kreutzweg, also in der WG, aus der ich komme, haben immer die Erzieher für uns eingekauft. In der Senni kauft der jeweilige Einkaufsdienst ein, während Carlotta die Getränkekästen wegfährt. Als Stella und ich fertig waren, ließen wir uns und die drei mit Lebensmitteln voll gestopften Kisten von Carlotta abholen. Zu Hause parkte sie ihren Wagen genau vor der Senni, und ich lief sofort ins Haus, um aufs Klo zu gehen. Ich musste grauenvoll dringend pissen. Kaum war ich fertig, hörte ich Carlotta draußen herumplärren, dass ich ein faules Stück sei, weil ich mich vor meiner Arbeit drücken wolle. Ich verteidigte mich sofort damit, dass ich ganz einfach furchtbar dringend musste. Darauf folgte Psychologenchinesisch, das ich inzwischen perfekt verstehe und fast schon akzentfrei spreche! Fast! Am Ende wurde ich dazu verdonnert, alle drei Kisten vom Auto in die Küche zu tragen. Als Strafe!

Heute musste ich mit mir kämpfen! Am liebsten

hätte ich Carlotta angeschrien und ihr gesagt, wie lächerlich es ist, mir aus so einem bescheuerten Grund gleich Faulheit und asoziales Verhalten vorzuwerfen. Aber weil ich keinen großen Streit wollte, trug ich die Kisten ins Haus, ohne noch mal zurückzumaulen.

Um 19.00 Uhr kam Louis. Er hat mich die ganze Zeit wegen irgendwelchen banalen Dingen auf den Arm genommen und ständig gesagt: »Jetzt ist sie beleidigt, unsere kleine Phia, stockbeleidigt ist sie!« Worauf ich irgendwann nur noch ein schnippisches »Ich bin nicht beleidigt!« erwidern konnte. War ich froh, als Carlotta und Louis nach dem gemeinsamen Abendessen endlich die Tür hinter sich zumachten und nach Hause fuhren! Stella, Vivian, Vanessa und ich haben uns dann noch eine Zeit lang im Raucherzimmer unterhalten. Bis Bibiana in ihrem hässlichen Nachthemd die Tür aufriss und sagt: »Habt ihr 'n Knall? Morgen ist Schule, ihr müsst ins Bett!« Sie verschwand wieder, und wir lachten. Fünf Minuten später stand sie wieder in der Tür und bat uns, nach oben ans Telefon zu kommen, um mit Carlotta zu sprechen. Eine nach der anderen wurde von Carlotta persönlich ins Bett verwiesen und sollte sich bis morgen überlegen, warum wir uns so gluckenhaft und unvernünftig verhielten. Zu mir sagte sie: »Sophie, du bist noch neu in der Senni, ich kann verstehen, dass du zu den Mädchen dazugehören willst. Auf dich bin ich auch gar nicht sauer, aber ich bitte dich trotzdem, jetzt ins Bett zu gehen, es ist schon halb elf. Sauer bin ich vor allem auf Stella und Vanessa, die sind schon so lange in der Senni und kennen die Regeln. Lass dich da nicht irgendwo mit reinziehen. Halt dich am besten an Bibiana, ich hab ihr schon gesagt, dass sie sich ein bisschen um dich kümmern soll. Und nun schlaf gut!«

Wir gingen in unsere Betten! Mann, kam ich mir verarscht vor! Ich will nicht, dass sich Bibiana um mich kümmert. Ich mag sie nicht! Und ich will mir nichts von so einer Keule sagen lassen. Sie ist einfach out, Mann! Sie ist eingebildet, arrogant, intrigant, hässlich und hat keine Freunde. Sie sagt, sie leidet darunter, dass sie keine Freunde hat. Wenn ich sie wäre, würde ich in den Spiegel schauen und mich mal fragen: Warum wohl? Die Aktion heute Abend, als sie gleich wieder bei Carlotta gepetzt hat, war ja wohl abgrundtief beschissen!

Hier in der Senni habe ich mein eigenes Zimmer! Das ist so ein tolles Gefühl, endlich wieder, nach einem Jahr, Privatsphäre zu haben. Es ist zwar das kleinste Zimmer, aber das ist egal. Bald wird Sinas ehemaliges Zimmer für mich leer geräumt. Wenn Sina irgendwann wieder drogenfrei ist, darf sie wieder in die Senni und bekommt dann das kleine Zimmer. Man muss sich die Zimmer hier nämlich »erwerben«! Das heißt, bei guter Führung bekommt man ein größeres. Deshalb muss Sina auch noch einmal von vorne anfangen, beim kleinsten.

Am schönsten sind die Zimmer unterm Dach. Dort wohnen Stella und Vivian. Stellas Zimmer ist riesengroß und hell. Vivians ist zwar kleiner, aber dafür ist es vollständig mit Holz getäfelt, bis auf die Wand neben dem Bett, die ist ganz und gar verspiegelt. Im ersten

Stock sind mein kleines Zimmer, Sinas ehemaliges und die Zimmer von Bibi und Vanessa. Bibis ist auch riesig, mit Blick in unseren Garten, und Vanessas hat einen kleinen Balkon.

Die Schule war heute der Abschuss. Die ersten beiden Stunden fielen aus, in der dritten und vierten hatten wir eine Vertretung, die Flora und mir weismachen wollte, dass naturrote Haare sexy sind, und in der fünften ließ man uns die ganze Stunde warten, nur um uns dann mitzuteilen, dass die sechste und die siebte ausfielen und wir nach Hause dürften. Natürlich fuhr ich noch mit zu Simon und schlief prompt bei ihm ein. Danach hätte ich um ein Haar die S-Bahn verpasst, die ich erwischen musste, um nicht zu spät nach Hause zu kommen. Möchte mal wissen, was Carlotta dann mit mir gemacht hätte! Wahrscheinlich hätte sie mich notgeschlachtet!

Donnerstag, 27. Mai 1999

Ich hab mich einigermaßen gut eingelebt. Die Mädls und ich halten, mit Ausnahme von Bibiana, so richtig cool zusammen. Und die Jungs der Luisenhainallee, mit denen wir Gruppengespräch haben, sind auch nicht so schlimm, wie ich dachte. Ich kannte sie zwar, weil sie sonntagabends eben immer in den Kreutzweg zum Gruppengespräch kamen, aber ich hatte nie mehr als vier Sätze mit ihnen gewechselt. Früher habe ich mir immer eingebildet, dass sie einen ständig verarschen und es ausnützen, wenn sie wissen, wo es wehtut. Aber das ist absolut nicht der Fall. Martin, David und Roland, die ich ja noch aus dem Kreutzweg kenne, sind eine Woche nach mir auch umgezogen, aber eben nach B., zu Nico, Linus und Max.

Seit über sechs Monaten ist Stella jetzt mit ihrem Freund Bastian zusammen. Carlotta kennt ihn und findet ihn nett. Was für ein Glück für Stella. Trotzdem muss sie es immer vorher mit Carlotta absprechen, wenn Bastian zu uns kommen will. Tut sie das nicht, dann kann sich Stella auf so einiges gefasst machen. Bastian und alle anderen männlichen Wesen, die unser Haus betreten wollen und das nicht mindestens zwei Tage vorher angekündigt haben, müssen selbst beim schlimmsten Unwetter vor der Tür bleiben. So war das auch am Dienstag. Ich kam gerade mit dem Biomülleimer vom Komposthaufen zu unserm Haus zurück und sah Bastian. Wir unterhielten uns. Stella holte irgendetwas aus ihrem Zimmer, als Bibiana plötzlich aus dem Haus kam und glaubte, sich an unserm Gespräch beteiligen zu müssen. Bastian hasst Bibi – wie alle anderen –, weil sie diejenige ist, die immer bei Carlotta petzt. Also redete er sie etwas blöd von der Seite an und fragte sie, warum sie ihr Maul nie halten könne. Und was macht Bibi? Sie bricht in Tränen aus und rennt zum Telefon. Natürlich rief sie sofort bei Carlotta an, worauf die gleich, vor lauter Empörung über diesen unverschämten Bengel, die Polizei anrief und ihm ein absolutes Hausverbot erteilen ließ. Nicht mal mehr auf die Terrasse oder in den Garten darf Bastian sich jetzt noch wagen. Es ist unvorstellbar!

Dienstag, 20. Juli 1999

In letzter Zeit bin ich zu gar nichts mehr gekommen. Es geht alles drunter und drüber, ich bin vollkommen im Stress.

Ende Mai ist Sina wieder in die Senni gezogen.

Bald ist das Schuljahr vorbei, und ich kann die Ferien kaum erwarten. Noch nie in meinem jungen Leben habe ich mich so ferienreif gefühlt wie in diesem Juli. Jeder Tag, den ich mich um 4.30 Uhr aus dem Bett quälen muss, ist der reine Horror.

Aber wie alles auf dieser Welt haben auch die Sommerferien ihren Nachteil. Simon und ich haben keine Ahnung, wie das werden soll, wenn wir uns geschlagene sechs Wochen nicht jeden Tag sehen. Schon jetzt fühle ich mich einsam und allein, wenn ich daran denke.

Hier in der Senni laufen die Vorbereitungen für das bevorstehende Sommerfest am Achtundzwanzigsten auf Hochtouren. Das Sommerfest wird im Kreutzweg stattfinden, und es werden entsetzlich viele Leute kommen. Ehemalige WG-Bewohner, ehemalige Betreuer und alle aktuellen – und natürlich wir, die momentanen »Insassen«!

Es ist Tradition, dass an den Sommerfesten jede Gruppe, also die kleinen Kreutzwegler, die großen Kreutzwegler, die Jungs aus der Luisenhainallee, wir, die Sennis, und die Leute aus den Wohnungen etwas aufführen. Ein Theaterstück oder so was Peinliches. Lust dazu hat wirklich niemand, aber es ist halt Tradition. Wir Sennis haben uns dazu entschlossen, Schlager aus den Sechzigerjahren nachzusingen und dazu albern in der Gegend herumzuhampeln, was so viel heißt wie sie pantomimisch zu begleiten.

Bibiana wird am Donnerstag achtzehn und zieht am Freitag endlich in eine der Wohnungen nach B. Die Erlösung, die Freiheit naht! Wir können dann endlich machen, was wir wollen, können am Wochenende so lange wegbleiben, wie wir wollen, weil niemand mehr da ist, der uns verpetzt, wenn wir zu spät kommen.

Anfang Juni habe ich mich mit Pia angefreundet. Sie geht auf dieselbe Schule wie ich und wohnt zufällig ein paar Häuser weiter in der Senningerstraße. Weil wir fast jeden Tag um die gleiche Uhrzeit Schluss haben, fahren wir immer gemeinsam nach Hause. Anfangs habe ich sie zugesülzt, weil sie nie ihr Maul aufgekriegt hat und entsetzlich schüchtern wirkte. Inzwischen kenne ich sie und weiß, dass sie alles andere als schüchtern ist. Pia ist eine richtig gute Freundin geworden. Wenn ich Ausgang habe und es sich nicht lohnt, nach München zu fahren, um mich mit Simon zu treffen, oder wenn Simon keine Zeit hat, verbringe ich die meiste Zeit mit ihr und ihrem ein Jahr jüngeren Bruder Timo. Seitdem gehe ich auch am Wochenende wieder weg und sitze nicht mehr ständig zu Hause rum.

Gerade in letzter Zeit sind ständig irgendwelche Feste oder Partys, und ich könnte mich in den Hintern beißen, weil ich noch nicht achtzehn bin. Als Sechzehnjährige hat man hier nämlich nur bis 24.00 Uhr Ausgang. Das ist unglaublich madig, weil man dann meistens schon um 23.00 Uhr losfahren muss, um pünktlich zu Hause zu sein. Wenn man dann ankommt, muss man bei Carlotta anrufen und sich anmelden. Auf die Idee, von woanders aus anzurufen, bin ich natürlich auch schon längst gekommen, aber das hat keinen Sinn, denn oft will Carlotta mit allen sprechen, um zu überprüfen, ob man besoffen ist oder breit. Bei Stella haben wir mal behauptet, sie sei schon im Bett, woraufhin Carlotta darauf bestand, dass wir sie wecken. Da hatten wir den Mist! Stella war dran, weil sie nicht zu Hause war, und wir waren dran, weil wir sie decken wollten. Ausgangssperre für alle! Außer Bibi, die zu dieser Zeit wirklich schon im Bett lag. Aus diesem Grund versuche ich immer möglichst nüchtern um zwölf zu Hause zu sein. Pünktlich bin ich meistens, nüchtern fast nie... Aber ich reiß mich halt zusammen und versuche das Gespräch mit Standardfloskeln wie: »Gude Nacht, isch muss jez aba ächt schlafn, tschüüs!« so kurz wie möglich zu halten. Schlimm wird es, wenn Carlotta dann nachfragt, wie es war, und ich ihr dann nicht sagen kann, wo ich den Abend verbracht habe. Das hat mich schon mal einen Ausgang gekostet, und ich musste mich drei Therapiestunden lang damit »auseinander setzen«, warum ich mal wieder auf »Selbstzerstörungstrip« sei und in die gleichen Fußstapfen trete wie meine Mutter. Das war vielleicht ein Drama!

Wenn ich siebzehn bin, darf ich einmal pro Wochenende bis 1.00 Uhr raus! Warum haben meine Eltern nicht ein paar Jahre früher gefickt?

Am ersten Ferientag beginnt hier in der WG der Marathon. Das hört sich jetzt unvorstellbar sportlich an, ich weiß! Aber damit ist der Therapiemarathon gemeint. Vier Tage durchgängig Gruppentherapie! Kaum auszuhalten ist das! Ich habe diesen Marathon schon einmal im Kreutzweg mitgemacht. Danach war ich total geschlaucht und mit den Nerven am Ende. In dieser Marathonzeit ist man ununterbrochen am Grübeln und Nachdenken. Rafael gibt uns verschiedene Themen, über die sich jeder Einzelne seine Gedanken machen soll. Das sind immer unterschiedliche Themen. Der Marathon der Sennis und der Jungs aus der Luisenhainallee soll angeblich um einiges anspruchsvoller sein als der im Kreutzweg. Rafael hat neulich zu mir gesagt: »Sophielein, beim Marathon musst du schon mehr bieten als das übliche Blablabla!« Aus diesem Grund habe ich Angst vor dem dummen Marathon! Ich habe solche Angst, »der Arsch« zu sein! Alle haben Angst, »der Arsch« zu sein.

In der Senni kann einem das übrigens auch passieren! Meistens ist das Vivian, weil sie sich jeden Montagabend beim Essen mit Carlotta anlegt und irgendwann beleidigt in ihr Zimmer läuft.

Zwischen Vivian und mir ist sowieso alles im Eimer. Wir reden kaum noch miteinander. Vivian hat mich die ganze Zeit über, die ich jetzt hier in der Senni wohne, mit ihrer blöden Kotzerei provoziert. Wir wurden beide immer aggressiver, weil sie kotzte und ich so tat, als würde ich es nicht merken. Und dann kam der Tag im Juni, an dem wir uns so krass gestritten haben, dass Louis uns ins Auto packte und zu Rafael fuhr. Dort hätten wir dann ein klärendes Gespräch führen sollen. Es endete damit, dass ich, da ich ja offiziell seit Monaten nicht mehr kotzte, Rafael auf meine Seite brachte und Vivian die Arschkarte zog.

Rafael warf ihr vor, dass sie gemeine Spiele mit mir treiben und ihren Schwesterkonflikt an mir ausleben würde. Meine Mutterproblematik spielte nur am Rand eine Rolle (bla, bla). Ich heulte, Vivian heulte, und Rafael setzte einen neuen Termin, eine Woche später, für ein weiteres Gespräch an. Bei diesem Gespräch war ich der Arsch, weil rausgekommen war, dass ich eben doch einige Male gekotzt hatte. Zum Schluss versöhnten wir uns (oberflächlich), verabschiedeten uns mit einem Lächeln im Gesicht von Rafael, schwangen uns auf unsere Räder, fuhren in die Senni zurück, liefen glücklich in unsere Bäder und kotzten. Seitdem hassen wir uns noch viel mehr.

Samstag, 7. August 1999

Das Sommerfest haben wir hinter uns und damit auch unsere alberne Tanzerei. Mein Zeugnis ist nicht gerade gut, aber dafür, dass ich außer Rechnungswesen nichts gelernt habe, bin ich ganz zufrieden!

Bibiana ist endlich, endlich weg. Doch dafür ist Franka eingezogen. Sie hat sich wirklich stark gebessert, weil sie nicht mehr mit dieser dummen Elena rumhängt. Die wurde nämlich in ein anderes Heim gesteckt, zu Leuten, die überhaupt keiner mehr haben will! Ich bekam logischerweise Bibianas altes Zimmer, das große im ersten Stock, mit Blick in den Garten.

Der Marathon war... einfach nur krass. Als Rafael die Themen bekannt gab, hatte ich sofort das Gefühl, er hätte den Marathon ausschließlich wegen Vivian und mir veranstaltet. Sie lauteten »Leere«, »Selbstzerstörung« und »Angst«! Zum Schluss setzte Rafael noch eins drauf und ließ uns wieder mal über »Mami« nachdenken. Wie immer ging es der Reihe nach. Ich bin so froh, dass ich nicht Vanessa bin, sie war die erste Jugendliche, die reden musste. Davor kam nur Carlotta, denn auch die Betreuer müssen sich Rafaels Gehirnwäsche unterziehen. Carlotta heulte sogar und warf uns Sennis vor, dass wir ihr zu wenig Anerkennung und Dankbarkeit für ihre Arbeit schenken. Irgendwie albern, dass wir ständig dankbar sein müssen – als hätten wir uns das alles selbst ausgesucht. Rafael hat Vanessa sofort zum Taschentücherholen geschickt, damit Carlotta ihre Tränen trocknen konnte. Wir, alle Sennis, machten betroffene Gesichter, schwiegen. Was sollten wir auch Großartiges dazu sagen? Schließlich gaben wir alle zu, dass wir undankbar waren, und Carlotta war zufrieden. Rafael gab Carlotta dann den Rat, sich mal damit auseinander zu setzen, warum sie sich immer alles so zu Herzen nimmt und sich so reinstresst in ihren Job. Daraufhin brach Carlotta wieder in Tränen aus und erklärte, dass wir Sennimädls doch sozusagen ihre Kinder seien, weil sie selbst keine haben könne.

Totenstille… Keiner im Raum traute sich zu atmen oder das eine Bein über das andere zu schlagen. Alle sahen betroffen aus. Zumindest die Erzieher, und wir Mädls versuchten wenigstens, sehr betroffen zu wirken.

Nur die Jungs saßen genauso gelangweilt da wie die Stunden zuvor. Mir war inzwischen aufgefallen, dass Linus' rechte Socke die gleichen Streifen hatte wie Nicos rechte. Allerdings trug Linus seine Socke richtig rum, im Gegensatz zu Nico, bei dem man die Fäden, die an der Seite abstanden, auf dem weißen Teppich genau sehen konnte. Die linken Socken der beiden waren unterschiedlich gefärbt.

Des Weiteren pflegte ich enormen Blickkontakt mit Martin. Immer, wenn Rafael etwas uns völlig Unverständliches textete oder mal wieder Jung oder Freud zitierte, trafen sich unsere Blicke, die nur bedeuten konnten: Hä? Was will er denn nur...?

Ich versuchte trotzdem, so viel wie möglich von dem, was die anderen sagten, mitzubekommen. Oft brachte mich ihr Gerede auf eine neue Idee, die ich dann in meinem eigenen psychologischen Gesülze verwerten konnte.

Nach Vivian machten wir die erste Pause, gingen rüber zu den Kreutzweglern und aßen die letzten Semmeln weg. Außer Vivi, die aß Müsli, und ich setzte noch eins drauf, indem ich einfach gar nichts aß.

Und dann... irgendwann war ich dran. Selbstzerstörung, Leere, Angst... Ich wusste, was Rafael hören wollte. Aber natürlich kam wieder alles anders, als ich es geplant hatte. Ich gab zu, dass ich durch übermäßigen Alkoholkonsum und schulische Leistungsverweigerung mein Leben zerstören will. Weiter gestand ich, dass ich unter schrecklicher Einsamkeit leide und, sobald ich allein zu Hause bin, Radio, Fernseher und Telefon in Aktion bringe, um die Leere nicht zu spüren, und zu guter Letzt stellte ich noch fest, dass ich furchtbare Zukunfts- und enorme Bindungsängste habe.

Zurück kam: »Sophie, das wissen wir doch schon

alles. Du solltest jetzt mal überlegen, warum du es dir so einrichtest. Außerdem ist das mit der Leere längst nicht so harmlos, wie du es darstellst. Du prostituierst dich förmlich, lässt dich von den allerletzten Typen ficken, um deine Leere auszufüllen. Und wenn du einsam bist, wirst du wieder krank und leidest, damit man sich um dich kümmert. Deine Eltern haben sich nicht um dich gekümmert, und du willst sie dazu zwingen, dass sie es nachholen. Aber das kannst du dir abschminken, das haut nicht hin, nie... Und deine Bindungsängste hast du doch auch nur, weil du fürchtest, sobald du eine Beziehung aufgebaut hast, wieder allein gelassen zu werden.«

Sollte ich mir das gefallen lassen? Ich »prostituiere mich«? Ich »ficke mit den letzten Typen...«? Alles nur, weil ich mal in der Einzeltherapie über Julius geredet habe und wie sehr mich sein Benehmen damals verletzt hatte.

Ich saß geschockt da und wusste weder ein noch aus. Da spielte Rafael uns den *Fliegenden Holländer* von Wagner vor, weil ich mich angeblich genauso in den Abgrund stürze wie diese Senta. Carlotta und Louis gaben auch noch ihren Senf dazu, und Norbert, der Erzieher der Jungs, der auch im Gruppengespräch immer neben mir sitzt, schlug mir einmal ziemlich fest auf die Schulter und schrie mich an, dass ich nicht so zicken soll. Und dann, zum krönenden Abschluss musste ich mir von Louis, der auch neben mir sitzt, »zehn geben lassen«. Das bedeutet, dass mir Louis auf Rafaels Anweisung zehnmal auf den Kopf haut. Das tut manchmal ganz schön weh. Danach musste ich sagen: »Danke, lieber Louis!«, und er musste sagen: »Bitte, liebe Sophie!«. Anschließend bekam ich noch mal zehn, wegen blöden Grinsens! War ich froh, als sich Louis dann endlich offenbaren musste.

Am nächsten Tag ging es ja weiter, und ich musste mal wieder über meine Mutter reden.

Nach vier langen Tagen ließ man mich und meine Leidensgenossen endlich in Ruhe.

Inzwischen bin ich jedoch der Überzeugung, dass Rafael mit allem, was er sagt, Recht hat. Das ist hart, aber die Wahrheit.

Dienstag, 10. August 1999

Simon hat mir am Wochenende erzählt, dass er vom 10. August bis 5. September mit seiner Familie nach Griechenland fährt. Erst war ich sauer, jetzt bin ich traurig, weil er schon längst im Flugzeug sitzt. Wenn er wiederkommt, bin ich noch im Urlaub. Ich fahre nämlich mit der gesamten WG am 27. August nach Italien und komme erst am 11. September wieder.

Heute Abend waren Pia, ihr Bruder Timo und ich auf einem Volksfest. Ich liebe solche Feste. Außerdem kenne ich jetzt schon einen Haufen Leute hier. Da fühle ich mich dann immer wie ein normaler Mensch. Erst, wenn ich auf die Uhr schaue, es kurz vor zwölf ist und ich die Panik kriege, nicht mehr pünktlich nach Hause zu kommen, wird mir wieder bewusst, dass ich gestört bin!

Heute radelten zwei Jungs an uns vorbei, die ich

dann per Handzeichen aufhielt. Pia und ich kannten diese Jungs nicht, aber sie fuhren uns trotzdem bis vor die Haustür. So was nenne ich sozial. Aber mir tut der Hintern jetzt noch weh.

Mittwoch, 25. August 1999

Am Montag haben sich Vivian und Vanessa so unglaublich krass gestritten, dass wir alle dachten, sie töten sich. Vivian warf schließlich mit einem Teller voll Spaghetti nach Vanessa, traf aber nur die Wand, und der Teller fiel klirrend zu Boden und zersprang. Die Tomatensoße war auf der ganzen Treppe verteilt und tropfte bis runter in den Keller. Warum sie sich gestritten haben, weiß ich nicht genau. Es wird höchste Zeit, dass Carlotta kommt und die Sache mit den beiden »klärt«.

In den Ferien kommen Louis und Carlotta nämlich nicht so oft, da geht's hier drunter und drüber. Keiner macht seinen Dienst, und es schaut aus wie bei Hempels unterm Sofa. Der Recyclingdienst leert den Müll nicht aus, der Wohnzimmer- und Dielendienst fegt, wischt und saugt nicht, der Einkaufsdienst bringt die Wasserkästen nicht vors Haus, wenn der Getränkelieferant sie abholen will, und im Keller sieht es aus, als hätte eine Bombe eingeschlagen. Nur der Küchendienst klappt einigermaßen, weil Sina und ich uns diesen Dienst teilen und das super funktioniert.

Morgen kommt Carlotta – vorher müssen wir unbedingt Großputz machen.

Donnerstag, 26. August 1999

Mein Gott, war Carlotta heute geladen! Als sie kam, hatten wir alle schon geputzt wie die Wilden. Aber weil Franka im Bad das Licht nicht ausgemacht, Stella keine frische Biomülltüte in den Biomülleimer getan, Sina das Gartentürchen offen gelassen, Vivian die große Palme hinterm Sofa nicht gegossen, Vanessa ihre Klamotten nicht aus der Wäschekammer geholt und ich statt zwei paar Schuhen drei paar Schuhe in der Garderobe stehen hatte, rastete Carlotta komplett aus. Sie schrie, und jede Einzelne musste sich auf der Terrasse »unter vier Augen« mit ihr unterhalten und erklären, warum sie ihren Dienst nicht ordnungsgemäß erledigt und sich nicht »sozial am Gruppenleben beteiligt« hatte. Während die eine mit Carlotta auf der Terrasse saß und redete, lauschten die anderen unten im Raucherzimmer, wo man jedes einzelne Wort verstehen konnte.

Franka hatte das Licht angelassen, weil sie eine neue Klopapierrolle holen und gleich wiederkommen wollte. Carlotta dazu: »Trotzdem musst du das Licht ausmachen. Diese Stromkosten! Wenn du runtergehst, kannst du den anderen gleich mitteilen, dass ab heute eine neue Regel gilt. 20 DM Abzug, wenn ich noch einmal sehe, dass irgendwo unnötig das Licht brennt!« – Stella hatte keine neue Biomülltüte in den Eimer getan, weil keine Biomülltüten mehr da waren. Dazu Carlotta: »Warum hast du nicht am Montag dem Einkaufsdienst Bescheid gesagt? Meine Dame, das kostet dich ebenfalls

20 DM, wenn das noch mal vorkommt.« – Sina hatte das Gartentürchen zugemacht, aber der Wind hatte es aufgeweht, weil es nicht mehr richtig schließt. Carlotta interessierte das nicht im Geringsten: »20 DM Abzug für jede, die das Gartentürchen offen lässt!« – Vivian hatte die Palme gestern Abend so stark gegossen, dass sie der Meinung war, es reiche noch eine Weile. In der Zwischenzeit hatte die Sonne darauf geschienen und die Erde war ausgetrocknet. Vivian konnte ja nicht ahnen, dass Carlotta im Blumentopf herumfummeln würde. »Wenn ich komme, haben die Blumen gegossen zu sein. 20 DM, wenn das noch mal vorkommt!« – Vanessas Wäsche war noch feucht. »Dann musst du sie halt früher aufhängen! Wenn ich so was noch mal erlebe, kostet dich das 20 DM, meine Liebe!«

Und ich, was erwartete mich? Das dritte Paar Schuhe von mir, das in der Garderobe stand, hatte ich Stella geliehen. Es galt also als Stellas zweites Paar. Wie ein Wunder kam ich heil aus der Sache raus. »O.k., das ist ein Argument, Sophie, das sehe ich ein. Machst dich zurzeit richtig gut. Es ist doch gar nicht so schwer, sein Leben in den Griff zu kriegen, oder? Mach weiter so! Aus dir wird mal eine ganz tolle Frau, wenn du nicht wieder anfängst zu spinnen!«

Mann, was war ich froh!

Das Leben in den Griff bekommen heißt für Carlotta: gute Noten, gepflegtes Aussehen, angemessene Kleidung, gute zwischenmenschliche Beziehungen, Ordnung in dir und um dich herum, Erledigung aller anstehenden Dinge wie Arzttermine »in allerbäldester Bälde«, anstatt sie wochenlang aufzuschieben... Und so weiter… (Da fällt mir ein, ich war noch immer nicht beim Frauenarzt!)

Am albernsten finde ich es, wenn ich erklären muss, warum ich mich nach außen hin verschließe und wieder depressiv werde, nur weil Carlotta gemerkt hat, dass ich mir die Haare nicht gebürstet habe. Da greif ich mir wirklich ans Hirn! Welcher normale Mensch rennt zu Hause ständig perfekt gestylt herum? Also ich bestimmt nicht, das heißt, jetzt natürlich schon, weil meine »Mama« darauf Wert legt! Albern!

Das Leben in der Senni ist also sehr anstrengend! Ich bin so froh, dass wir bald nach Italien fahren, da kann man mir wenigstens nicht vorwerfen, ich hätte mein Zimmer nicht aufgeräumt (wahrscheinlich ist es dann mein Zelt!). Ich spüre es auch schon richtig, wie es in mir kocht, wenn ich dieses Psychologenchinesisch höre. Irgendwann raste ich aus!

Irgendwann…

Samstag, 28. August 1999

Gestern gegen 22.00 Uhr traf sich die ganze WG im Kreutzweg. Wir sind insgesamt, also mit den Erziehern, über vierzig Leute. Jeder hatte sein Gepäck dabei, das wir draußen vor den Garagen stapelten. Um 23.00 Uhr sollte der Reisebus kommen. Aber der hatte saftige Verspätung. Wir waren alle ungeduldig, und die Jungs kamen auf den größten Blödsinn. Nach einer Weile lagen sie alle übereinander auf dem Parkplatz neben dem Gepäck, plärrten herum und lachten.

Plötzlich stand die Polizei da. Ein Nachbar hatte sich beschwert, wegen dem Lärm. Die Bullen sagten aber nur, wir sollten leiser sein, und fuhren wieder ab.

Immer diese Nachbarn!

Und jetzt sind wir also hier, in Italien, an einem See, und es hatte nachmittags geschlagene dreiunddreißig Grad. Wir, die Sennis, die Jungs aus der Luisenhainallee und die Leute aus den Wohnungen, müssen tatsächlich in Zelten schlafen. Die Kreutzwegler und einige Erzieher wohnen in Bungalows; Carlotta, Rafael und Kerstin – die Erzieherin, die für die Außenwohngruppen zuständig ist – in einem ein paar Kilometer entfernten Haus. Typisch, dass die wieder eine Extrawurscht kriegen.

Der Campingplatz ist ganz o.k., wenn man darüber hinwegsieht, dass die Zelte total dreckig sind. Es gibt einen Tennisplatz, eine Bar, Fahrräder und Surfbretter zum Ausleihen und den See. Natürlich sind wir alle erst mal zum Abkühlen ins Wasser gesprungen.

Aber dann beschlossen die Erzieher auszulosen, wer mit wem ins Zelt muss. Das war dann kein Spaß mehr! Mir war es völlig egal, mit welchem der Mädls ich mir das Zelt teilen sollte, ich hoffte nur: Nicht mit Vivian! Aber wie es das Schicksal so wollte, zog ich das falsche Los und muss mir jetzt mit Franka und Vivi ein Zelt teilen. Mit Franka komme ich inzwischen wirklich super aus. Aber Vivian? Zwischen uns hat es immer Probleme gegeben, und es wird auch immer welche geben. Ich verstehe nicht, warum diese Psychologen nicht kapieren, dass essgestört plus essgestört total gestört ergibt. Wenn ich mit Vivian in einem Zelt schlafe, wird der Konkurrenzkampf wieder ausarten! Denn richtig aufgehört hat er nie. Und die Erzieher wissen das ganz genau! Ich glaube, sie wollen uns provozieren. Es reicht ihnen nämlich nicht, dass Vivian und ich im selben Zelt schlafen, nein, sie müssen uns bis auf die Knochen ärgern und setzen uns auch noch an denselben Tisch. Und weil ihnen das noch nicht genug ist, sitzt so ein magersüchtiges Weib namens Birte aus dem kleinen Kreutzweg auch noch schräg gegenüber am Nebentisch. Ich darf mir also jeden Morgen, Mittag und Abend ihr Rumgezicke beim Essen anschauen, während ich selbst darauf achten muss, was Vivi isst und wie viel ich esse! Ich sehe schon: Der Urlaub wird kein Zuckerschlecken! Eher ein Zuckerverstecken! Himmel, hilf! Wann hört dieser Schwachsinn endlich auf? Trotzdem bin ich mir sicher, jemand denkt genauso! Vivian!

Wenigstens steht das Zelt der anderen Mädls unserem gegenüber. Ich kann also jederzeit flüchten!

Nach dem Abendessen, das unter einer großen Zeltplane im Freien stattfand und das ich glücklicherweise heil hinter mich brachte, obwohl diese zwölfjährige Birte lauthals anfing herumzumosern, dass sie draußen nicht essen könne – und schon gar nicht Reiseintopf! –, fing Norbert an, uns Vorschriften zu machen, und zwar offizielle. Zum Beispiel: keine Mädchen in Jungszelte und keine Jungs in Mädchenzelte. Diese Regel ist erstens total lächerlich, weil sich die Jungs und Mädls aus der Nachbetreuung mitunter ihre Wohnungen teilen und somit, wenn sie wollten, den ganzen Tag Sex haben könnten. Und zweitens wird sich sowieso kein Schwein an diese Regel halten. Genauso wenig wie an die folgenden: Keine Inzucht (was so viel heißen soll wie: kein Sex!)! Alkohol nur in geringen Mengen! Absolutes Kiff-Verbot! Nicht im Zelt rauchen! Keine Italiener und andere Fremde anschleppen! Sich nicht ohne Abmeldung vom Campingplatz entfernen! Rege Beteiligung an allen gruppeninternen Gesprächen und Aktivitäten!

Die Zelte der Erzieher sind ganz oben am Campingplatz, während die der Jugendlichen näher am See stehen. Es bekommt also niemand mit, wenn wir uns nachts aus den Zelten schleichen und zum Wasser runtergehen. Außerdem sind die Erzieher abends und nachts sowieso viel lieber unter sich, trinken Wein und plaudern. Es wird ihnen schwer fallen, uns ständig unter Kontrolle zu halten, da bin ich mir sicher! Schließlich sind die Kleinen auch noch da, auf die müssen sie viel mehr aufpassen.

Sonntag, 5. September 1999

Echt nicht schlecht hier in Italien. Wir sind schon alle schokobraun. Alle – bis auf ein paar, die sind krebsrot!

Wir Jugendlichen haben es geschafft, den Erziehern jeden Tag etwas Neues zu bieten.

Letzten Sonntagabend hatte ein Junge aus dem Kreutzweg, Pascal, seinen vierzehnten Geburtstag. Wir feierten, und gegen 22.00 Uhr wurde der Kleine vermisst. Alle machten sich entsetzliche Sorgen, weil Pascal nur eine Niere hat und auf keinen Fall zu viel Alkohol trinken darf. Alle suchten wir ihn, und Flo und Sina fanden ihn schließlich unter einem Busch, weil sie hörten, wie er sich übergab. Er war total besoffen und hatte seine Nierentabletten nicht genommen. Als er wieder nüchtern war, bekam er von Corinna so einen Anschiss, dass er bis jetzt nüchtern geblieben ist. Eine ganze Woche lang!

Am Montag wurde Vanessa von einer Wespe in die Zunge gestochen. Sie ist allergisch gegen die Viecher und musste daher sofort von Carlotta ins Krankenhaus gebracht werden. Zum Glück ist nichts Schlimmes passiert. Abends wurden wieder zwei Jungs aus dem kleinen Kreutzweg vermisst, und alles suchte. Man fand sie noch, bevor sie größeren Schaden anrichten konnten.

Am Dienstag gab es eine Schlägerei zwischen David und Roland. Keiner weiß, warum David so aggressiv ist. Nachdem Norbert und Corinna glaubten, die beiden wieder zur Vernunft gebracht zu haben, gingen sie von neuem aufeinander los.

Am Mittwoch war ich beteiligt! Ich saß auf Martins linkem Knie, als Carlotta vorbeikam und mich zur Rede stellte. »Sophia! Du weißt doch, dass wir so etwas innerhalb der WG nicht wollen!« Ich entschuldigte mich, konnte es mir aber nicht verkneifen, meine Augen zu verdrehen und zu sagen: »Carlotta! Ich saß lediglich auf Martins Knie! Ich saß nur auf seinem Knie, verstehst du!« Daraufhin nahm mich Carlotta mit und erklärte mir, dass es ums Prinzip gehe und dass ich genau wisse, wo »das Knie eines Jungen hinführt«! Ich schluckte schuldbewusst und biss mir auf die Lippen – eine Reaktion, die Carlotta natürlich längst kannte. Sie kam sich nicht ernst genommen vor, weshalb Martin und ich am nächsten Tag ein Gespräch mit ihr und Corinna (Martins Erzieherin) führen mussten, in dem wir den beiden an die hundertmal versicherten, das zwischen uns nichts läuft.

Am selben Abend hatte Max fast eine Alkoholvergiftung, und Norbert stellte ihn in voller Montur unter die Dusche.

Der Donnerstag verlief ganz ruhig, bis zum Mittagessen. Weil David zurzeit so aggressiv ist, redete Norbert ihn etwas blöd an, worauf David vom Tisch aufsprang, seinen Teller in die Wiese warf und Norbert anschrie: »Fick dich!« Norbert packte ihn am Kragen und schlug ihn. Eine rechts und eine links, das saß, man hörte es richtig knallen. SKANDAL!! Sofort gab es die heißesten Diskussionen unter den Jugendlichen, ob diese Ohrfeigen gerechtfertigt waren oder nicht. Schnell stellte sich heraus, dass wir alle einer Meinung waren.

Die Erzieher schweigen und meiden das Thema. Sie stehen natürlich alle auf Norberts Seite, aber das schlechte Gewissen sehen wir ihnen an. Wir wissen: Das hätte Norbert nie, niemals machen dürfen. Wenn David wollte, könnte er ihn anzeigen. Egal, was ein Jugendlicher tut, ein Erzieher darf nicht schlagen – außer er wird selbst angegriffen.

Aber David wird sich hüten, Norbert anzuzeigen. Erstens ist er von der WG abhängig, wie wir alle, und zweitens ist uns allen bekannt, dass die Wohngruppe einen Anwalt hat, der bis jetzt alle Rechtsstreitigkeiten in der WG gewonnen hat, wenn es zum Beispiel Probleme mit Schulen oder Eltern gab. Er würde auch in diesem Fall gewinnen – er gewinnt eben alles!

Die ganze Aktion erinnerte mich an einen Vorfall in der zweiten Klasse, als Jungen und Mädchen noch zusammen Sportunterricht hatten. Damals weigerte sich einer meiner Mitschüler, über einen Kasten zu springen. Der Sportlehrer, der nur eine Vertretungsstunde übernommen hatte, schlug dem Jungen daraufhin mehrere Male ins Gesicht, bis er blutete. Wie ich eben so bin, lief ich sofort zum Direktor. Mir tat der Junge Leid. Der Direktor kam dann auch, aber irgendwie stand ich am Ende als totale Vollidiotin da. »Sophia, alle wissen, dass du eine blühende Fantasie hast! Hör auf, so einen Unsinn zu erzählen! Man kann dir doch gar nicht glauben.« Meine Mitschüler standen da und starrten mich an. Nicht einmal der Junge, der geschlagen worden war, traute sich, das Maul aufzumachen. Glotz!

Im Zeugnis stand es dann schwarz auf weiß: *Sophie hat eine blühende Fantasie. Ihre Leistungen in Mathematik ließen zum Ende des Jahres auffallend nach. Wir bitten Sie daher, Ihr Kind bei den häuslichen Arbeiten zu unterstützen.*

Genauso machtlos wie damals komme ich mir jetzt auch vor, mit dem kleinen Unterschied, dass ich jetzt besser verstehe, was abgeht. Wir sind alle abhängige Opfer des Systems. Und keiner kann was dagegen tun!

Also reden wir nicht mehr über das Thema, außer dann, wenn weit und breit weder ein Erzieher noch ein Jugendlicher ist, der petzen könnte.

Am Freitag war Nico sturzbesoffen und wurde ebenfalls, wie Max, von Norbert unter die Dusche gestellt, wo er ihm prompt auf die Füße kotzte. Außerdem sind

Linus, David, Sina und ich gestern einen kleinen Weg durchs Schilf zu einem ziemlich einsamen Ort gegangen und haben endlich mal wieder was gekifft. Ich hatte schon seit Ewigkeiten nichts mehr geraucht. Wir haben uns geschworen, das Maul zu halten, auch, wenn sie einem von uns draufkommen! Ein bisschen Angst habe ich trotzdem...

Carlotta würde einen Herzinfarkt bekommen. Und ein schlechtes Gewissen habe ich auch, weil ich sie anlüge. Das hat sie gar nicht gern. Sie sagt immer: »Sophia, du kannst keine aufrichtige Beziehung führen!« Womit sie leider Recht hat. Ich hab sie schon wieder belogen, wie scheußlich!

Heute Morgen bekam ich einen Riesenschreck. Im Nebenzelt, in dem Linus, Max und Nico schlafen, steppte der Bär. Besser gesagt, der NorBÄRt. Er schrie herum, dass alle anderen aufwachten. Ich nahm an, dass er Wind von unserer Kifferei bekommen hatte. Ich zitterte und wäre am liebsten zu Sina rübergerannt. Ganz vorsichtig zog ich den Reißverschluss unseres Zeltes nach unten und lugte oben durch die Ritze! Sehen konnte ich nichts. Mein Herz raste! Ich traute mich kaum mehr zu atmen, stand da und wusste einfach nicht mehr, was ich tun sollte. Mir blieb nichts anderes übrig, als zu lauschen.

»Warum, lieber Linus, bitte erkläre mir das, warum erlaubst du dir immer wieder solche kleinkriminellen Sperenzchen? Wir rackern uns ab und tun alles dafür, dass ihr einen schönen Urlaub haben könnt, wie ihn normale Jugendliche in eurem Alter selten haben, und ihr habt nichts anderes im Kopf, als Mist zu bauen!«

Diesem Satz entnahm ich: Wir anormale Jugendliche müssen dankbar sein…

Und schon ging es weiter: »Der Koffer muss doch unglaublich schwer gewesen sein, wie hast du den nur hierher geschleppt?«

In diesem Moment war mir klar: Es ging nicht ums Kiffen! Linus, dieser Lümmel, hatte doch tatsächlich einen ganzen Koffer voller Bierflaschen aus Deutschland mitgebracht. (»Weil ich dachte, hier gäb's keins«, erklärte er mir später.)

Kaum hatte ich begriffen, dass ich außer Gefahr war und niemand über die gestrige Aktion Bescheid wusste, öffnete sich der Reißverschluss unseres Zeltes ganz, und Sina hüpfte in ihren hellblau gepunkteten Shorts und dem grellgelben T-Shirt herein. Ich schaute kurz in ihr rundes, strahlendes Gesicht, und die riesigen dunkelbraunen Augen sagten mir: »Ich habe genauso gelitten wie du!« Dann grinsten wir uns an, hielten uns die Hände vor den Mund, um nicht loszuschreien, und fielen uns in die Arme! Haarscharf waren wir einer riesigen Katastrophe entgangen! Ewige Ausgangssperre, tausend überflüssige Gespräche, Taschengeldentzug – und das Schlimmste: Drogentests! Das alles wäre auf uns zugekommen!

Donnerstag, 9. September 1999

Heute hatte ich mit Nico und Valerie zusammen Küchendienst! Das ist vielleicht nervig, das Geschirr von über vierzig Leuten abzuspülen. Aber weil ich so ein nettes Mädchen bin, halfen Linus und Sina ein bisschen mit.

Bis jetzt hat uns noch keiner beim Kiffen erwischt! Und das, obwohl wir es zurzeit ständig machen. Ich habe sogar einmal eine Line gezogen! Warum ich so blöd bin, frage ich mich selber, Koks ist nämlich wirklich gefährlich! Mich beunruhigt es ein bisschen, dass ich so was mache, obwohl ich die Gefahren kenne. Damals, in Australien, hatte ich keine Ahnung, dass man auf dem Trip hängen bleiben kann, wenn man diese Pilze frisst. Beim Koks ist mir völlig klar, was alles passieren kann. Ich hab's getan, ohne dass mich irgendjemand dazu gezwungen oder überredet hat. So was Krankes! Warum hab ich mich nicht selbst unter Kontrolle? Ich tu's nie wieder!

Mann, hab ich Angst, dass Carlotta mir das schlechte Gewissen ansieht. Manchmal habe ich das Gefühl, Carlotta sieht, hört und merkt alles! Ich kann nur hoffen, dass es in diesem Fall ausnahmsweise mal nicht so ist!

Heute, am neunten neunten neunundneunzig, waren wir alle zusammen in Rom! Es war den ganzen Tag stockheiß, und meine Füße tun nach dieser Pflastertreterei ziemlich weh.

Zuerst fuhren wir mit einem Bus von einer Sehenswürdigkeit zur anderen! Kolosseum, tausend Kirchen und Dome, Kathedralen und Kapellen, deren Namen ich mir selbstverständlich nicht merken konnte, und dann natürlich diese eine, diese Monsterkirche, der Petersdom! Ich weiß, ich weiß, ich bin ein Kulturbanause, aber im Moment habe ich wirklich größte Schwierigkeiten damit, mir irgendwas zu merken, was mich nicht interessiert. Meine Gedanken sind immer ganz woanders.

Im Vatikan mussten wir unsere schicken Kopfbedeckungen abnehmen, weil der Papst, oder wer auch immer, das so will. Groß ist sie ja schon, diese Kirche, das muss man ihr lassen. Und schön angemalt! Aber ich werde trotzdem nie gläubig, da können sie mich in zehnmal so große Kirchen stecken... Das zeigt mir nur, wie viel Geld die Kirche hat!

Was mich viel mehr an Rom erinnern wird, wenn ich in sechzig Jahren daran zurückdenke, sind die Spritzen, die in den Gassen auf dem Boden liegen. Linus und ich haben diese Dinger gefunden, als wir mit einem der Kleinen in einer Nebenstraße verschwanden, um ihn an Linus' Zigarette ziehen zu lassen. Er ist halt erst dreizehn, und die Erzieher dürfen nicht sehen, dass er raucht.

Nach dem Abendessen, auf dem Campingplatz, kam Rafael zu mir und sagte: »Du hast morgen Therapie!« Schock! Natürlich habe ich ihn gefragt, warum. Er sagte: »Du weißt es ganz genau!«

Seitdem mache ich mir allergrößte Gedanken darüber, was ich sage, wenn er »ES« weiß! Wie soll ich diese dummen Drogengeschichten nur rechtfertigen?

Freitag, 10. September 1999

Rafael und ich setzten uns runter an die Bar. Ich sollte ihm sagen, warum ich mich nach außen so verschließe, mich nicht öffnen kann und wieder reduziere (das Essen). »Ich glaube, es liegt daran, dass ich merke, wie gereizt die Erzieher sind, weil hier alles drunter und drüber geht. Es herrscht unter uns Mädchen total schlechte Stimmung, und die Jungs sind extrem aggressiv. Außerdem hatte ich ja jetzt schon so lange keine Therapie mehr, und die fehlt mir! Ich brauche einfach wieder einen geregelten Tagesablauf. Das Essen fällt mir schwer, weil Vivian auch reduziert!« Das waren meine Worte, und ich musste aufpassen, dass ich nicht auf meiner eigenen Schleimspur ausrutschte. Und Rafael verstand mich und meinte, dass er es gut finde, dass ich diese Probleme anspreche. Wenn wir wieder in Deutschland sind, werden wir ein Gruppengespräch dem Urlaub widmen.

Vivi bekam auch noch eine Sitzung bei ihm aufgedrückt!

Da hatte ich ja noch einmal Glück! Ich glaube, ich bin entweder schizophren, weil ich mal »böse« und mal »gut« bin – oder einfach nur eine gute Schauspielerin!

Gestern hatten Franka und Ingo, einer aus den Wohnungen, Sex miteinander. Ich bin die Einzige, die es weiß! Und das wird auch so bleiben!

Montag, 13. September 1999

Wir sind wieder zu Hause in Deutschland, und morgen sehe ich Simon wieder. Habe schon eine Stunde lang mit ihm telefoniert. Ich habe ihm erzählt, dass ich ihn schrecklich vermisst habe, aber wenn ich ehrlich bin, ist das völlig übertrieben. Ich habe am Anfang der Ferien lediglich gedacht, ich *würde* ihn vermissen, aber in Wirklichkeit habe ich nur ganz selten an ihn gedacht. Ich weiß auch, woran das liegt. Weil er von nichts eine Ahnung hat! Wie soll er auch eine Ahnung haben, wenn ich ihm nichts erzähle! Und da liegt auch das Problem: Ich weiß eben nicht, wie viel ein »normaler Mensch« redet! Zu Hause habe ich gelernt zu schweigen, und in der WG wird über alles geredet. Ich muss ja sogar ein Gespräch führen, wenn ich Schluckauf habe. Ich zitiere Carlotta (ich hatte Schluckauf): »Sophie, du solltest dir schon mal überlegen, warum du jetzt Schluckauf hast! Dir kommt doch irgendetwas hoch? Ich gehe jetzt noch mal schnell Pipi, und dann erwarte ich eine Erklärung von dir!«

Wie soll ich da, bitte schön, lernen, über welche Dinge sich »normale Menschen« unterhalten?

Bei Simon habe ich auf alle Fälle etwas falsch gemacht! Wir reden über unsere Noten, meine Unterwäsche, meine Fingernägel, meine Haare, meinen Hintern, meine Augenbrauen, sein Auto, seinen PC, seinen Scanner, seinen Laserdrucker, sein Handy, seine sexuellen Bedürfnisse, sein Haargel, seine Freunde und natürlich über seinen Terminkalender! Aber ich kann mich nicht erinnern, dass wir ein einziges Mal darüber geredet haben, was ich beim Sex will oder nicht will, warum ich nicht mit ihm ESSEN gehe, warum ich überhaupt im Heim bin – und dass ich in der Klapse war, weiß er auch nicht! Doch warum sollte ich ihm irgendetwas erzählen, wenn ihm alles andere wichtiger ist und er außer an meinem Körper in keinster Weise Interesse an mir zeigt? Ich habe mir jetzt schon ein paarmal überlegt, Schluss zu machen, aber dann ist sie wieder da! Wer? Die Angst, allein zu sein!

In Italien gab es keine Waage! Hier stellte ich mich sofort drauf! Vor Italien wog ich genau 65 kg. Heute sind es 58,3. Das sind also 6,7 kg weniger. Mann, ging das schnell! Die Waage habe ich übrigens unter meinem Bett versteckt, weil mir Carlotta mal verboten hat, mich jeden Tag zu wiegen! Da hat *sie* mich immer gewogen, um zu kontrollieren, ob ich mein Gewicht halte. Nach einiger Zeit hat sie es aber wieder gelassen, weil sie merkte, dass ich nicht schummele. Heute bekam ich Panik, dass sie mich wieder für krank hält, sodass ich, bevor Carlotta kam, erst mal ein paar Liter Wasser getrunken habe. Damit hätte ich es dann immerhin auf über 60 kg gebracht. Doch ich hatte Glück! Sie wog mich nicht!

Ich kann nicht ganz nachvollziehen, warum wir vor und nach der Abreise putzen müssen! Es war die ganze Zeit über kein Schwein in unserem Haus, der Unordnung machen konnte. Trotzdem ordnete Carlotta heute Großputz an. Danach mussten wir unsere Rucksäcke für die Schule packen und sie ihr dann zeigen! Sie sagte: »Das mache ich doch nur, weil ich will, dass das neue Schuljahr nicht gleich so schlampig anfängt, wie das letzte zu Ende gegangen ist!« Vivian hatte alles perfekt gepackt! Aber Stella hatte keinen Radiergummi, Vanessa kein Hausaufgabenheft, Franka keinen Kugelschreiber, kein Geodreieck und keinen Block, Sina fehlte der Zirkel, und ich hatte ebenfalls keinen. Allerdings weiß ich ganz genau, dass wir in den nächsten Mathestunden keinen Zirkel brauchen. Doch Carlotta ging hoch wie eine Rakete! Und ich komme mir jetzt vor wie im Kindergarten!

Als Carlotta Stella und mich nach oben schickte, um das fehlende Zeug zu holen, hätte ich am liebsten losgeheult, weil mich das alles hier so wütend macht! Wir stehen jetzt als komplett unfähig und unselbstständig da, weil uns irgendein idiotisches Trumm fehlt! Und Vivian ist natürlich wieder der King!

Welche Mutter kontrolliert bei ihren sechzehn- bis achtzehnjährigen Kindern den Schulpack? Welcher Jugendliche hat in der Schule immer alles dabei? Welcher Jugendliche versteht es nicht, sich in der Schule notfalls mal OHNE Zirkel durchzuschlagen?

Sonst sind wir doch auch für alles verantwortlich. Ich wasche, putze, koche, bügle, sauge, kaufe ein, wirtschafte mit dem spärlichen Klacks Geld, den man mir zukommen lässt, beteilige mich aktiv am Gruppenleben (was so viel heißt wie: lebe mit fünf anderen genauso labilen, gestörten, versauten, heruntergekommenen, verwahrlosten und anormalen Mädchen wie ich zusammen!) und versuche nebenbei auch noch (um es geschwollen auszudrücken), mich innerlich von meiner Mutter zu lösen und mich und meine Gefühlswelt von meinem Vater abzugrenzen sowie meine übrige Vergangenheit in den Wind zu schießen. Nebenbei habe ich eine lästige Essstörung und führe eine oberflächliche »Fick-Beziehung« zu einem Jungen, der nichts von alldem weiß, versuche aber trotzdem immer zur Stelle zu sein, wenn er gerade Lust hat. Genau wie ich immer springe, wenn Stella einen Depri-Anfall hat oder Vivian wieder einmal damit droht, Tabletten zu nehmen. Das alles eingegrenzt in einen bestimmten Rahmen, in ein Gerüst, das man für uns angefertigt hat, um zu kontrollieren, ob wir selbstständig leben können.

Und dann kommt Carlotta daher und kontrolliert mein Schulzeug! Dass ich nicht lache!

Ich hatte heute ganz plötzlich ein Gefühl, das ich leider nur so beschreiben kann: ICH WILL HIER RAUS! Dass das nicht geht, ist mir völlig klar! Wo soll ich denn hin? Zu meinen Eltern? Das wollen die nicht, das will ich nicht, und wenn es so kommen würde, hätte ich eine Überlebenschance von einem halben Jahr! Wenn ich rauswollte, müsste ich beim Jugendamt anrufen und tausend Gespräche mit Rafael, Carlotta, meinen Eltern und diesem Amt führen, um hinterher als psychisch gestört und unfähig dazustehen. Rafael würde das Jugendamt so lange bereden, bis es der Überzeugung wäre, dass ich nirgendwo besser aufgehoben bin als in der WG. Also schlage ich mir diesen Wunsch, hinaus zu wollen, möglichst schnell wieder aus dem Kopf! Lieber bleibe ich hier, lasse mir von mir aus meinen Hintern abputzen, bevor ich auf der Straße lande. Auch wenn ich dafür Viertagetherapien, Strafputzen, wenig Freizeit, ständige Kontrolle über alles und jeden und »Schulpackdurchwühlen« in Kauf nehmen muss!

Allerdings hätte ich auch ein schlechtes Gewissen, wenn ich die WG einfach so »verraten« würde! Schließlich wollen sie mir ja wirklich nur helfen! Und Carlotta ist eben doch irgendwie meine »Mama«. Sie ist genau das Gegenteil von meiner echten Mutter. Sie kümmert sich um mich (uns), interessiert sich für mich (uns), redet mit mir (uns), macht sich sogar Sorgen um mich (uns), lacht mit mir (uns), unternimmt Dinge mit mir (uns), und ich glaube, ich bin mir nicht ganz sicher, aber ich denke schon, sie liebt mich (uns) wie eine richtige Mutter. Deswegen habe ich auch immer ein so grauenvoll schlechtes Gewissen, wenn ich sie belüge! Und deswegen ist es völlig absurd, ausziehen zu wollen!

Freitag, 8. Oktober 1999

Endlich! Einmal am Wochenende Ausgang bis 1.00 Uhr! Und 12,50 DM mehr Taschengeld!

Die Schule ist stressig, weil ich jetzt in der Abschlussklasse bin. Am 20. September habe ich mit Simon Schluss gemacht, weil er mich tierisch aufgeregt hat! Seitdem reden wir nur noch das Nötigste miteinander, und bei der letzten Matheschulaufgabe hat er extra lange rumgerechnet, weil er sich nicht entscheiden konnte, ob er mich jetzt abschreiben lassen soll oder nicht! Zum Glück hat er in den letzten zehn Minuten dann doch noch gemerkt, dass sein Verhalten kindisch ist. Ich bekam 'ne Zwei!

Seit ich wieder solo bin, mache ich mir Gedanken darüber, wie es weitergehen soll mit meiner Frauenarztphobie. Eigentlich würde es mich doch brennend interessieren, ob ich wegen der Anorexie für immer empfängnisunfähig bleibe oder nicht! Ich habe mir vorgenommen, noch mal mit Carlotta zu reden!

Seit Carlotta mich beim Essen wieder kontrolliert, habe ich wieder total zugenommen. 67 kg ! Hilfe! Carlotta und ich haben beschlossen, dass ich, statt wieder zu kotzen oder zu reduzieren, Sport machen soll. Ich wollte ja unbedingt wieder Basketball spielen, aber die trainieren immer montagabends, da kann ich nicht! Das heißt, ich würde ja gerne – aber da haben wir immer gemeinsames Abendessen mit Anwesenheitspflicht! Carlotta hat mir vorgeschlagen, ins Fitnessstudio zu gehen, wo es keine festen Zeiten gibt. Vanessa ging da hin, hat aber keine Lust mehr. Jetzt soll ich ihren Vertrag übernehmen.

Mein siebzehnter Geburtstag war einer der schönsten in meinem Leben! Wir trafen uns alle in einem Café in München, und die Mädls schenkten mir ein silbernes Armband. Es ist wirklich schön!

Freitag, 27. November 1999

Sie haben immer alle Recht! Rafael, Carlotta, Louis…!

Am ersten November wurde es grau und fing an zu regnen! Ich weiß nicht, welcher Teufel mich reitet – meine Drüse setzte auf alle Fälle völlig aus! Rafael erklärte mir das:

Irgendwo im Hinterkopf sitzt eine Drüse, deren Namen ich mir nicht gemerkt habe. Diese Drüse setzt Glückshormone frei, besonders dann, wenn die Sonne scheint! Bei mir ist die Drüse im Eimer. Sie funktioniert *ausschließlich*, wenn die Sonne scheint! Und deswegen wurde meine Medikamentendosis so enorm erhöht, das ich nur noch ein Gefühl habe: das Gefühl, keine Gefühle mehr zu haben. Ich könnte im Lotto gewinnen und würde, wenn ich Glück hätte, gerade mal ein Lächeln über meine Lippen bringen. Und wenn Carlotta oder eines der Mädchen, eine Freundin oder jemand anders, der mir wichtig ist, vom Lastwagen überrollt würde, könnte mir das keine Träne entlocken. Ich bin gefühlstot! Und ich bekomme auch nichts mit! Nichts! Alles zieht an mir vorbei wie ein monotoner Film!

Ich habe mich anfangs geweigert, die Tabletten zu nehmen, bis mir Rafael sagte, es sei nur vorübergehend und er wolle verhindern, dass ich in ein Loch falle! Ich nahm sie aber trotzdem nicht – und jetzt muss ich mir jeden Abend von Vanessa dabei zusehen lassen, wie ich die Dinger runterschlucke! Ein paarmal habe ich geschummelt, worauf ich psychisch komplett durcheinander kam. Ich heulte und lachte zur selben Zeit und wusste nicht, warum! Weil Carlotta sich solche Sorgen machte, musste ich drei Tage im Kreutzweg übernachten.

Ich taumele nur noch durch die Gegend. Trist ist es, und ich habe schon alles Mögliche probiert, um etwas zu spüren! Linus und ich haben auf einem Fest gekokst, obwohl ich mir geschworen hatte, es nicht mehr zu tun! Ich zitterte stundenlang! Kiffen ist für mich wie Zigarettenrauchen. Und Alkohol wirkt sich auch anders aus! Ich brauche nicht viel zu trinken, dann bin ich schon der lustigste Mensch auf Erden, kann aus mir herausgehen, lachen und Spaß haben. Doch trinke ich dann einen Schluck zu viel, werde ich so depressiv, dass ich mich selbst in Gefahr bringe. Rafael hat mir verboten, Alkohol zu trinken. Aber ich mache es trotzdem, weil ich sonst nie Spaß haben kann!

Keine Ahnung, wie lange das noch so weitergehen soll. Die Leute merken, dass ich komisch bin. Für die Schule musste mir Carlotta schon einen Brief schreiben, weil die Tabletten morgens so müde machen. Flora muss mich ständig zwicken, damit ich nicht einschlafe. Der Rest der Klasse hält mich für blöd, weil ich den ganzen Abschlussstoff verpenne. Sogar mein Fitnesstrainer hat mich schon gefragt, warum ich so müde und träge wirke!

Carlotta versucht, mich durch positiven Stress wieder in die Realität zurückzuholen. Sie hat mir einen Plan aufgedrückt, der mich nicht zum Grübeln kommen lassen soll.

Montag: Schule, Mittagessen, Therapie von 15.00 bis 16.00 Uhr, lernen bis 18.00 Uhr, gemeinsames Abendessen und Wochenplanung! Dienstag: Schule wie montags, lernen von 15.00 bis 18.00 Uhr, und abends gehe ich zu zwei Grafikern in München, die mir bei der Vorbereitung auf die Kunstschule helfen. Mittwoch: Schule, essen, reden, lernen und abends Fitnessstudio. Wenn ich dort hingehe, bin ich immer völlig weggetreten und ständig damit beschäftigt, so klar wie möglich zu denken. Weil ich dort völlig allein bin und mir niemand Vorschriften macht, mich niemand anspricht und ich für mich sein kann. Donnerstag: Tagesablauf bis abends wie immer, dann Gruppenunternehmung – kegeln, Kino oder sonst was. Am Freitag kommen Carlotta oder Louis zum Glück nicht, aber sobald das

Wochenende naht, gehe ich sofort zu Pia und Timo rüber oder mache was mit Linus und Sina, weil ich mir sonst am Sonntagabend einbilde, mein Leben nicht genossen und etwas verpasst zu haben. Den Samstag bin ich nur zum Schlafen zu Hause, gehe aber sofort wieder auf die Piste, um nicht ständig in dieser kontrollierten Umgebung zu sein. Sonntag: Wenn Carlotta gegen 12.00 Uhr kommt, muss der Großputz gemacht sein und ein perfektes Frühstück auf dem Tisch stehen! Nachmittags wird gelernt.

Montag, 29. November 1999

Ich weiß inzwischen, was ich bin! Ein Roboter!

In meiner Therapie sagte ich heute zu Rafael, dass ich ihm nichts über mein Gefühlsleben berichten kann, solange ich diese Tabletten nehme. Ich darf sie zwar nicht absetzen, aber ich darf die Dosis verringern. Es kann also nur besser werden.

Franka fragte Carlotta heute, ob sie sich ein Handy kaufen dürfe. Sie darf nicht – warum, habe ich leider nicht mehr mitbekommen, weil ich Louis, der das Abendessen vorbereitete, zuhören musste. Er hatte mich BWL abgefragt, und ich leierte ihm den ganzen Text über Unternehmenszusammenschlüsse vor. Auswendig gelernt hatte ich ihn, mit Mühe und Not. Aber verstanden hatte ich nichts! Das hatte Louis natürlich gemerkt, und deshalb predigte er mir, warum es nichts bringe, BWL auswendig zu lernen.

Donnerstag, 24. Februar 2000

Es ist unvorstellbar viel passiert! Ich hatte vor lauter Stress fast vergessen, dass ich ein Tagebuch besitze.

Weihnachten war zum Wiehern, weil alles drunter und drüber ging. An Silvester, der Jahrtausendwende, befand ich mich zusammen mit Pia und Timo bei irgendwelchen Kerlen in irgendeiner Wohnung irgendwo in München. Es war natürlich längst nicht so toll, wie sich alle die Jahrtausendwende vorgestellt hatten. Timo fing am 1.1.00 um 3.00 Uhr morgens an, das Bad und die Küche dieser ihm völlig fremden Wohnung zu putzen. Einer der Jungs erzählte mir die ganze Zeit von seiner Gummipuppe Jenny, die neben ihm im Bett lag, und ein anderer Typ laberte die ganze Zeit davon, wie geil es ist, Magic Mushrooms zu fressen. Ich hielt mich da raus, auf Pilze hatte ich wirklich keine Lust! Pia schlief, und ich aß die ganze Zeit ungarisches Fladenbrot, bis ich so voll war, dass ich es nicht mehr aushielt und mich übergab.

Ein Kleiner aus dem Kreutzweg ließ am 2. Januar im Wohnzimmer einen Böller losgehen. Ich wäre zu gern dabei gewesen. Ein großer schwarzer Fleck ist jetzt auf dem schönen weißen Teppich im Wohnzimmer.

Seit ich dieses Fitnessstudio besuche, habe ich tatsächlich abgenommen. Leider weiß ich nicht, woran es liegt, da ich mich trozdem oft nach dem Essen übergebe. Carlotta glaubt mir doch allen Ernstes nicht, dass ich regelmäßig dort hingehe. Deswegen musste ich meinen Fitnesstrainer darum bitten, mir jedes Mal einen Zettel mit Datum, Stempel und Unterschrift mitzugeben. Ich kam mir dabei selten blöd vor! Dieser Fitnesstrainer ist ein ganz normaler Mensch – wie soll der diesen Unsinn nur verstehen?

Wir hatten schon wieder Marathon. Wie ich es hasse! Nach den vier Tagen Quälerei gingen wir, wie immer, zum Marathonessen. Da gibt es immer die allerbesten Dinge – Trüffel und so Zeug. Beim Essen erzählten uns die Erzieher, wie gelungen sie den Marathon fänden und dass es einer der besten seit Jahren war. Sie lobten uns, weil jeder gut mitgearbeitet hatte. Nach dem Essen trafen Stella, Sina, Franka, Vivi, Linus, Martin, David und ich uns heimlich an der S-Bahn und fuhren nach München. Vanessa ließen wir mit Absicht nichts mitbekommen (wir schlichen uns aus dem Haus), weil sie immer alles petzt. Fast wie Bibi damals! Wir hatten wirklich Spaß, bis wir alle zu viel hatten. Zu viel gekifft. Sina übergab sich mitten in München auf der Rolltreppe. Mit der ersten S-Bahn am nächsten Morgen fuhren wir heim.

Natürlich flog der ganze Schwindel durch Vanessa auf, und zur Strafe bekamen wir alle Ausgangssperre und mussten in einem Aufsatz erklären, warum wir nach so einem gelungenen Gruppenmarathon so einen Blödsinn machen mussten und warum wir versuchen Vanessa auszugrenzen. Aber wenn man mich fragt, grenzt sie sich selber aus, indem sie Carlotta zum Beispiel erzählt, dass Stella immer ihre Zigaretten auf den Tellern ausdrückt (ENORM), oder indem sie ihr erzählt, dass ich mich immer öfter in mein Zimmer zurückziehe und völlig isoliere (UNGLAUBLICH) oder Sina alle Süßigkeiten aufisst und die leeren Packungen wieder in den Schrank legt (SKANDAL) oder Franka mit Straßenschuhen die Diele betreten und damit Vanessas Dienstbereich beschmutzt hat (UNFASSBAR) und, und, und. Wir müssen dann natürlich erklären, warum wir so asozial sind. Auf dieses Gefasel hat aber kein Schwein Lust, was dazu führt, dass Vanessa sich eben unbeliebt macht. Wenn sie in der Nähe ist, muss man ständig aufpassen, dass man nichts sagt oder tut, was sie später gegen einen verwenden kann! Doch mich fragt ja eh keiner, und deswegen muss ich eben darauf achten, dass ich gegen so wenig Regeln wie möglich verstoße oder mir selbst jedes kleine Vergehen von Vanessa genau merke und bei der nächsten »Anklage« zu meiner Verteidigung benütze! Das geht dann so:

»Sophia, komm sofort her und erkläre mir, warum ich eben von Vanessa erfahren muss, dass du den Rasen betreten hast! Wenn du eine Regel brichst, verlange ich von dir, dass du so aufrichtig bist, es mir mitzuteilen. Vanessa hat schließlich Außendienst, und der Rasen ist extrem pflegebedürftig! Das hatte ich beim Abendessen ausdrücklich erwähnt, wir haben es sogar ins Protokoll geschrieben!« – »Es tut mir schrecklich Leid, dass ich nicht ehrlich zu dir war, Carlotta! Ich glaube, ich habe nur so agiert, weil ich so aggressiv auf Vanessa bin, weil sie immer ihre Kakaotassen nicht auswäscht und einfach auf die Ablage in der Küche stellt, anstatt sie, wie vereinbart und ebenfalls im Protokoll festgehalten, sofort in die Spülmaschine einzuräumen.« Dann zieht Carlotta immer die Augenbrauen hoch und wirft Vanessa einen bösen Blick zu! »Ich bitte euch beide, in Zukunft über eure Aggressionen zu sprechen, anstatt sie durch asoziales Verhalten auszuagieren!«

PSYCHOS!!! ALLES NUR PSYCHOS!!!

Das rechtfertigt die Kifferei, oder?

Am 1. Februar ist Vivian ausgezogen. Sie hatte nur noch Stress mit uns und den Erwachsenen. Ihr Vater zahlt ihr jetzt eine Wohnung in München! Die Erzieher sind sich sicher, dass sie abnehmen wird, die Schule schmeißt oder Ähnliches. Sie sagen, sie wird es draußen nicht schaffen. Sie wird einsam sein!

Ich selber weiß nicht, was ich glauben soll. Einerseits beneide ich Vivian um diese Freiheit, diese Unabhängigkeit, dieses neue Leben. Andererseits hätte ich selbst viel zu viel Angst davor auszuziehen. Wenn ich schon in der WG als so krank gelte, wie krank wäre ich erst, wenn ich draußen, ganz auf mich allein gestellt wäre. Ich bin viel zu schwach für diese Welt da draußen. Ich würde das nie schaffen! Ich würde meinen Abschluss bestimmt nicht bekommen, würde wieder anorektisch und wahrscheinlich noch mehr Drogen nehmen als jetzt. So viele, dass ich abhängig würde. Und außerdem hätte ich niemanden! – Oder bilde ich mir das alles nur ein? Woher weiß ich, dass Rafael Recht hat? Woher weiß ich, dass ich da draußen vor die Hunde gehen würde? Ich weiß es nicht, aber ich bin davon überzeugt, weil ich es mir jeden Tag sagen lasse. »Sophie, du musst noch viel lernen!«, »Sophie, so was erlaubt sich niemand außer dir«, »Sophie, du bist immer noch nicht reif genug!«, »Sophie, du wirst eine Nutte, wenn du so weitermachst«, »Sophie, warum willst du so werden wie deine Mutter?«, »Sophie, du hast eine schwere Vergangenheit, die du erst verarbeiten musst, bevor man dich auf die Menschheit loslassen kann!«...

Ich glaube, sie haben Recht! Rafael hat mir das in der letzten Therapie erklärt!

Mein Zeugnis war zum Heulen. Wie soll ich auch gut sein, wenn ich ständig bekokst, bekifft oder betrunken bin? Rafael sagt, ich will nicht gut sein, und ich sage: Recht hat er! Warum ich nicht gut sein will, weiß ich nicht. Rafael sagt, weil ich meinen Eltern zeigen will, was sie angerichtet haben. Recht hat er! Trotzdem weiß ich, dass ich nichts ändern werde, weil mir diese blöde Lernerei unter Aufsicht und der ganze Quatsch total auf die Nerven geht. Ich habe noch nie gelernt, wieso sollte ich es jetzt also tun?

Nächste Woche zieht übrigens dieser Paradiesvogel Chris bei uns ein. Wie ich Carlotta kenne, wird sie ihr erst mal ein ordentliches Styling verpassen. So wie die rumläuft, kann man sich ja nicht mit ihr blicken lassen! (Das sagte sie zu mir auch, als ich mit meinen Dreadlocks aus der Klapse kam!) Aber sie hat ja Recht! Inzwischen fühle ich mich mit den normalen Haaren viel wohler!

Dienstag, 30. Mai 2000

Stella ist ausgezogen. Und Valerie und der Paradiesvogel ein! Dass Valerie jetzt hier ist, finde ich super. Sina, Valerie, Linus, Pia und ich sind jetzt am Wochenende immer unterwegs.

So wie am 20. März. Ein Kaff weiter war ein Feuerwehrfest. Es war wirklich lustig. Wir trafen Leute, die wir kannten, und hatten jede Menge Spaß! Valerie und Linus fuhren zwei S-Bahnen früher, als wir vorhatten zu fahren. Doch als Sina und ich uns auf den Weg machen wollten, fanden wir Pia nicht. Sie war spurlos verschwunden. Als wir sie wieder fanden, hatten wir die S-Bahn verpasst. An sich wäre das nicht so schlimm gewesen, wenn Sina und ich nicht die letzten zwei Wochen schon zu spät gekommen wären und uns diesen Ausgang durch hervorragende Führung hätten verdienen müssen. Ich war sauer und nicht ganz nüchtern. Da habe ich ihr einfach eine geschmiert! Einfach so! Neben mir stand dann auch noch mein Fitnesstrainer! Was zum Teufel hatte der da zu suchen? Mein Gott, war mir das peinlich! Den hatte ich vorher schon mal getroffen, aber da habe ich es nicht ganz überrissen, eben auch nicht, weil ich nicht ganz nüchtern war! Als wir dann die nächste S-Bahn nehmen wollten, brach sich Sina den Fuß! Ich schleppte sie nach Hause und rief einen Notdienst, die behaupteten, ich solle sie am nächsten Vormittag ins Krankenhaus fahren. Wie sollte ich sie ins Krankenhaus bringen? Also rief ich ein Mädchen aus den Wohnungen an, das den Führerschein hatte, und bat sie um den Gefallen. Bis Carlotta kam, hatte ich sowohl meinen wie auch Sinas Dienst erledigt. Aber was geschah? Ich bekam den Anschiss meines Lebens! Ich sei kaltblütig, weil ich Sina nicht ins Krankenhaus begleitet hätte! Sina und ich lachen uns noch heute darüber schief! Wenn ich es getan hätte, wäre ich zur Sau gemacht worden, weil unsere Dienste nicht ordnungsgemäß erledigt gewesen wären.

Psychos, alles nur Psychos!

Genauso, wie ich es total absurd finde, dass wir alle kein Handy besitzen dürfen! »Dann wird nachts telefoniert, und ihr habt zu irgendwelchen Pennern Kontakt, von denen ich nichts weiß! Außerdem könnt ihr euch das doch alle nicht leisten!« Unglaublich, was Carlotta manchmal für einen Krampf von sich gibt!

Gestern hatte ich übrigens meine erste Abschlussprüfung. Textverarbeitung und Steno. In TV stürzte mir doch wahrhaftig dieser verfluchte PC ab. Am liebsten hätte ich ihn aus dem Fenster geworfen. Warum ich dann, ausgerechnet bei der Prüfung, urplötzlich Steno konnte, weiß ich nicht! Aber ich habe das ganze Diktat mitgeschrieben und den vollständigen Brief ins Reine getippt! Kaum zu glauben! Aber ich musste, sonst hätte ich mir die Prüfung schon gestern versaut.

Morgen Abend ist ein Fest im Nachbarort und übermorgen in K. Am Freitag und Samstag ist Volksfest hier in M. Und am Montag? Da habe ich Deutsch-Abschlussprüfung! Ich weiß, ich sollte mich hinsetzen und wenigstens etwas dafür tun! Aber es geht nicht! Ich kann einfach nicht lernen! Irgendwie weiß ich, dass ich diesen dummen Abschluss auch ohne große Lernerei schaffe! Es muss einfach ohne gehen!

Sonntag, 4. Juni 2000

Ich bin vielleicht bescheuert! Es ist 23.43 Uhr, und ich habe immer noch nicht gelernt! Keinen Strich habe ich getan! Und schlafen kann ich auch nicht! Die letzten vier Tage bin ich kaum ein einziges Mal aus meinem Delirium erwacht. Ich fühle mich immer noch voll prall und dicht! So schaffe ich diesen Abschluss nie!

Freitag, 9. Juni 2000

Alles überstanden! Meine Noten weiß ich noch nicht, aber ich bin mir sicher, das ich's gepackt habe. In Deutsch habe ich sie alle gerippt! Das Thema hieß: *Handy – pro und contra! Erörtere die Vor- und Nachteile von Mobiltelefonen.* Ich habe mich schrecklich vernünftig gegen Handys (dabei hätte ich doch so gerne eins!) ausgelassen, das muss eine Zwei sein! In Englisch kam ich etwas durcheinander, weil unsere Englischlehrerin mit dem Frosch-Tick einen extrem hässlichen Frosch an die Tafel malte und darunter schrieb: »Good Luck«. Die ganze Zeit wollte ich aufstehen und einen schöneren Frosch hinmalen! Von BWL hatte ich bis fünf Minuten vor der Prüfung keinen blassen Schimmer! Pia hatte mich sogar am Morgen in der S-Bahn abzufragen versucht, aber das war aufgrund meiner geringen BWL-Kenntnissse gar nicht möglich. Ich wusste einfach nichts! Kurz vor der Prüfung kam dann unsere Lehrerin rein und sagte: »Erzählt niemandem, dass ich da war, aber schaut euch noch mal das Marketing an!« Das Marketing umfasst geschlagene dreiundsechzig Seiten in unserem BWL-Buch. Ich las ungefähr vier davon. Als sie dann die riesigen Blätter austeilte, wurde mir fast schlecht vor Aufregung (selber schuld!!). Ich habe nicht gebetet, also kann es der liebe Gott nicht gewesen sein! Aber irgendein soziales Wesen hatte die Prüfungsbogen manipuliert – genau das, was ich auf den vier Seiten gelesen hatte, wurde verlangt! Noch ein paar andere Dinge, von denen ich auch schon mal was gehört hatte, und schwupsdiwups… die BWL-Prüfung war vorbei! Jetzt stand mir also nur noch mein Lieblingsfach Rechnungswesen bevor! Mensch, was hatten sich meine Lehrerin samt Nachhilfelehrerin für Mühe gemacht, mir den Quatsch beizubringen. Meine Noten: fünf, vier, drei! Ich hatte also Fortschritte gemacht. Im Abschluss gab ich mir dann auch wirklich mal Mühe, aber als ich gerade versuchte, eine »Einzelwertberichtigung« zu machen, dröhnte auf einmal Britney Spears »Hit me baby, one more time« in mein Ohr. Irgendein Volltrottel aus den unteren Klassen hatte nichts Besseres zu tun, als auf dem Pausenhof diese verdammt unangenehme Popmusik aufzudrehen und einen Heidenradau zu veranstalten. Obwohl wir sofort das Fenster schlossen, verwechselte ich die Einzelwertberichtigung mit der Pauschalwertberichtigung und war mir dann den Rest der Prüfungszeit nicht mehr sicher, welche denn jetzt gemeint war. Ich schrieb alles um und hatte für die letzte Seite fast keine Zeit mehr. So ein Mist! Wenn das mal keine Fünf wird! Und schuld ist natürlich, na wer wohl? Britney Spears! Blöde Kuh! (Weiß ja niemand von meinen abendlichen Aktionen in der Woche vor der Prüfung!!)

Dienstag, 13. Juni 2000

Rafael behauptet, ich falle in absehbarer Zeit in ein tiefes Loch. Deswegen darf ich meine Tabletten diesen Sommer nicht absetzen.

Seit ich nicht mehr unter diesem Prüfungsdruck stehe, habe ich mehr Zeit, über verschiedene Dinge nachzudenken.

In und um München gibt es bestimmt an die hundert Heime. Warum, zum Teufel, steckten sie mich ausgerechnet in dieses? Und was machen die hier mit mir?

Ich brauchte Lebenshilfe, Betreuung, Sicherheit und, ich geb's ja zu, vielleicht auch eine strenge Hand. Aber jetzt, nach fast zwei Jahren, in denen ich mich entwickelt habe und um einiges reifer geworden bin, habe ich mein Leben, was das Essen, die Depressionen, die Zukunftsängste, das fehlende Selbstwertgefühl, meine innere wie äußerliche Unordnung und was sonst noch alles in der Akte »Sophia Viktoria Lambeck« steht, relativ gut im Griff. Folglich frage ich mich, wozu ich trotz all dieser tollen Fortschritte jeden Montag und Donnerstag in die Therapie rennen muss, in der ich sowieso nur lüge und fantasiere, da ich es leid bin, mich über altbekannte Kindheits- und Jugendtraumata zu äußern. Ich vergleiche das mit einer tiefen Fleischwunde, in der ständig herumgepult wird, so lange, bis ich ohne fremde Hilfe jämmerlich verbluten würde. Meine Helden sind in diesem Fall dann Rafael, Carlotta oder Louis, die das Blut stillen und einen dicken weißen Verband darum wickeln. Bis zum nächsten Gespräch, bis zur nächsten Therapie, in der sie den Verband wieder herunterreißen und gierig wie die Geier mit ihren spitzen scharfen Schnäbeln in meinen Wunden stochern.

Wenn ich in der Therapie über aktuelle Alltagsprobleme spreche, muss ich ständig damit rechnen, dass Rafael neue Krankheitsbilder an mir entdeckt. Damit hätten wir zwar für die nächsten Wochen Therapie-Gesprächsstoff, aber in meiner Akte, die mich mein Leben lang begleiten wird, stünden dann eben auch noch mehr stupide Dinge.

Weil ich in der Klinik war, wurde mir schon so ein Paragraph aufgedrückt. In meiner Akte steht deswegen: »Sophia leidet an einer emotionalen Störung, einhergehend mit einer seelischen Behinderung.«

Also, logisch: Kein Wort über Aktuelles, wenn sich's vermeiden lässt.

Und noch etwas: Ich muss das alles hier irgendwie beenden, weil ich es so, wie es ist, nicht weiter ertrage. Und genau das ist auch der einzige Grund, immer und immer wieder Drogen zu nehmen. Früher waren es meine Eltern, jetzt ist es das Heim, das mich belastet. Und überall erscheint mir meine Situation aussichtslos. Natürlich bin ich mir im Klaren darüber, dass sie real nicht aussichtslos ist. Doch ich weiß jetzt, dass die nächsten vier Jahre meines Lebens in jeder Hinsicht von Psychiatern, Psychologen und Sozialpädagogen verplant sind und es meine Aufgabe ist, diesen Plan zu verwirklichen. Sie werden *alles* dafür tun, um mich zu »behalten« – oder besser: um meinen Tagessatz vom Jugendamt zu kassieren!

Aber *meine* Pläne sind anders! Ich weiß, was ich will und was ich nicht will! Ich will nicht auf die Fachoberschule für Wirtschaft, ich will auf die Kunst-FOS. Ich will auch manchmal die Tasse nicht am Henkel nehmen, sondern sie wie einen Eimer aussaufen. Doch Carlottas Plan lautet: »Sophia, nimm die Tasse am Henkel!« – denn ich muss ja eine wohlerzogene junge Frau sein, wenn ich eines wunderschönen und lang herbeigesehnten Tages die therapeutische WG in der Senningerstraße verlassen sollte.

Und das dauert gar nicht mehr so lange. Vanessa und ich werden noch in den Sommerferien nach K. ziehen. Das teilte uns Louis heute beiläufig am Kaffeetisch mit.

Im Übrigen hatte ich heute eine Auseinandersetzung mit Vanessa. Sie warf mir vor, ich würde ihren Dienstbereich (das Wohnzimmer) voll bröseln. Seitdem versuche ich, mir krampfhaft vorzustellen, wie ich mit meinem Starfrucht-Joghurt brösele.

Samstag, 17. Juni 2000

Vor ein paar Tagen Befehl von Carlotta: »Such dir einen Ferienjob!« Als ich am Mittwoch noch keinen hatte, rastete sie aus, und mir blieb nichts anderes übrig, als mein schickes Old-School-Bike mit dem Leopardensattel zu packen und jedes Geschäft in M. abzuklappern. Mann, hatte ich ein Pech! Ausgerechnet beim Metzger suchten sie wen!

Deswegen musste ich heute Morgen um 6.00 Uhr

dort auf der Matte stehen. Der Chef ist ein Unsympath sondersgleichen. Die Mitarbeiter sind alle aus Sachsen und – ich will jetzt nicht rassistisch sein, aber Sachsen haben einfach eine andere Mentalität als Münchner. Ich sage jetzt bewusst nicht Bayern – die sind nämlich wieder etwas völlig anderes!

Kurzum, ich fühle mich ausgestoßen, weil ich kein Sächsisch kann. Zu meinem großen Glück musste ich keine Wurst oder Fleisch anfassen oder gar essen. Ich musste nur kassieren. Ständig vertippte ich mich auf dieser gemeinen Kasse, und dann war Kopfrechnen angesagt, was wirklich jede Oma besser kann als ich. Beispiel: »Mei, i hob Eahna doch an Fümfa gem, da kinnans ma doch net nua a Mack rausgem! I kriag no wos!« Oder: »Is des Ihr easta Dog heit? Des meakt ma! Imma mit da Rua, bloß net aufregn, des wead scho!« Und das von siebenundneunzigjährigen Großmüttern, die 4 kg Geschnetzeltes kauften, oder von Familienvätern in Unterhemd und Trainingshose, die es gerade noch in ihre Badeschlapfen geschafft hatten und Grillfleisch besorgten! Am nettesten waren die Kunden, die bloß gedankenverloren auf irgendein Sonderangebot starrten und warteten, bis sie ihr Geld bekamen. Schweigen ist Gold!

Ich habe versucht, so selten wie möglich in Richtung Theke zu schielen. Es reichte, dass ich die bestimmt mit BSE verseuchte Leber riechen musste. Inzwischen bilde ich mir ein, ich nehme schon zu, wenn ich den Geruch von Fleischwaren einatme.

Was mir dann endgültig den Rest gab, war das Schild gegenüber: »Frischer Presssack, nur 99 Pfennige / 100 g!«

Allein das Wort Presssack machte mich k.o., aber dass man es jetzt auch noch mit drei »s« schreibt, halte ich nicht aus. Deswegen wäre ich, als man mich endlich da rausließ, am liebsten gleich wieder reingelaufen um zu kündigen. Aber das ging ja nicht, wegen Carlotta.

Heute Abend waren Sina, Valerie, Pia, Linus und ich auf der Sonnwendfeier. Alle guten Vorsätze waren vergessen, als Linus meinte, er hätte was im Schuh und ob ich nicht mitkommen wollte, nur schnell, hinten am Parkplatz vorbei und dann...

Sina kam auch mit, und wir rauchten diesen dicken, fetten Dübel. Grins...

Zu Hause trank ich eine ganze Flasche Hohes-C-Frühstückssaft leer. Noch nie in meinem Leben habe ich einen Geschmack so intensiv wahrgenommen. Dieser geile Saft machte mich unvorstellbar glücklich. Mmmmmm...

Letzte Woche, als ich zum Zeichnen zu den beiden Grafikern fuhr, traf ich übrigens Vivian in der S-Bahn. Sie wiegt inzwischen ungefähr noch die Hälfte von dem, was sie wog, als sie noch bei uns wohnte. Das hat mich geschockt! Ich versuche seitdem, so selten wie möglich daran zu denken. David hat vor einigen Wochen einen Jungen am Ostbahnhof getroffen, der vorher für zwei Monate im Kreutzweg wohnte. Der zeigte ihm seine Einstichnarben und redete nur Müll.

Das ist es, was mir Angst macht, das ist der Grund dafür, dass ich nicht schon längst ausgezogen bin, und das ist das, was mir Rafael und Carlotta ständig einreden! Ich schaff es draußen nicht, genau wie dieser Junge und Vivian, die solche Voraussagen bestätigt haben.

Donnerstag, 6. Juli 2000

In den letzten Wochen horteten Sina und ich in einer kleinen rot-blauen Blechdose unser Geld. Wir hatten geplant, so lange zu sparen, bis genug beisammen war, um einfach ausziehen zu können. Aber nun kam alles anders! Im Juni wurde Sina achtzehn und wollte sofort raus! Es fand ein Hilfeplangespräch mit dem Jugendamt statt, in dem Sina für eine andere Betreuungsart plädierte, doch Rafael redete so lange in Psychologenchinesisch auf die Dame vom JA ein, bis diese Sina vor die Entscheidung stellte: Entweder hier, in diesem Verein, bleiben – oder keine Jugendhilfe mehr. Sina entschied sich zu gehen. Deswegen zog sie heute zu ihrer Mutter und ihrer kleinen Schwester in ein Einzimmerappartement nach München. Bis sie den nächsten Jugendhilfeantrag stellen darf, müssen sechs lange Monate vergehen. Wenn ich ehrlich bin, denke ich in diesem Fall genau wie Rafael, Carlotta, Louis und der Rest der Mädls: Sie wird es da draußen nicht packen! Nicht unter diesen Umständen!

Und traurig bin ich, komme mir verlassen vor! Kontakt werden wir keinen mehr haben, da es verboten ist, mit ehemaligen WG-Insassen zu kommunizieren – außer sie gehen im Guten, was man von Sina nicht behaupten kann. Warum es verboten ist, kann uns eigentlich niemand genau erklären. Ich bin mir aber sicher, die Sektenführer befürchten, die Flüchtlinge könnten es eben doch schaffen und uns auf dumme Gedanken bringen.

Montag, 10. Juli 2000

Heute fand mein Hilfeplangespräch statt. Carlotta bekam einen Wutausbruch, weil ich statt der mintgrünen Servietten weiße auf den Tisch gelegt hatte. Carlotta und ihr Mintgrün! Vor ein paar Jahren ließ sie sogar alle Türen und Kommoden mintgrün streichen.

Dem Herrn Thimel vom Jugendamt D. sah man es richtig an, dass er Carlottas Anfall schwer nachvollziehen konnte.

Er ist übrigens der vierte und damit auch letzte Sozialarbeiter vom JA D. Anfangs war eine Frau Sonstwas für mich zuständig, die allerdings schwanger wurde und die Akte »Sophia Viktoria Lambeck, 08.10.1982« einem Herrn Ott auf den Tisch legte, den ich aber nie kennen lernte. Der verschob sie irgendwann auf den Schreibtisch von Herrn Fischer, der beim letzten Hilfeplangespräch mit von der Partie war. Heute erschien dann Herr Thimel und stellte sich als mein »Neuer« vor! Dabei wird's auch bleiben, da dem JA D. nicht unendlich viel Personal zur Verfügung steht. Und schwanger wird Herr Thimel laut Biobuch auch nicht so schnell. Das Gespräch verlief so, wie Rafael es geplant hatte. Er lobte mich, und ich lächelte die ganze Zeit nur, weil ich noch nie in meinem Leben so viele Komplimente auf einmal bekommen hatte.

»Unsere Sophie macht sich hervorragend! Jetzt hat sie in zwei Jahren die mittlere Reife nachgeholt, was uns alle sehr freut! In der Therapie arbeitet sie seit einiger Zeit äußerst gut mit und macht große Fortschritte!

Sie entwickelt sich langsam zu einer intelligenten, hübschen und kessen jungen Frau! Dabei ist sie noch gar nicht lange hier, erst zwei Jahre! Ihre Essstörung haben wir so weit im Griff, es gibt nur noch selten Episoden von Fressanfällen mit darauf folgendem selbst induziertem Erbrechen. Auffällige Gewichtsschwankungen kommen so gut wie gar nicht mehr vor, das hat sich generell stabilisiert. Sie betreibt auch keinen Missbrauch mit Laxantien oder Diuretika. Hin und wieder treten depressive Verstimmungen auf, die oft das selbst erniedrigende Gefühl nach einem Verlust der Willenskontrolle über das Essen ersetzen, wenn die Dame nicht schon zur Schüssel gerannt ist. Zähne und Rachen sind durch medikamentöse Behandlung wieder beschwerdelos. Dabei darf aber nicht vergessen werden, dass diese Fortschritte durch das soziale Gerüst unserer Einrichtung erzielt wurden, sodass bei dessen Verlust ein Rückfall in frühere Verhaltensabnormitäten wahrscheinlich ist…«

Das waren Rafaels Worte. Ich lächelte, Carlotta lächelte und Herr Thimel grinste: »Na, das ist ja gewaltig, wie du dich entwickelt hast, Sophia! Was hast du denn für Pläne, wie soll's denn weitergehen?« Und schon hörte ich auf zu lächeln, zog die Augenbrauen hoch und begann: »Ja, also, äh… eigentlich wollte ich ja auf die Kunst-FO…«

Weiter kam ich nicht, weil mir Rafael und Carlotta ins Wort fielen. »Ihr Ziel ist das Abitur auf der Fachoberschule für Wirtschaft, sie ist bereits angemeldet. Ein weiteres Ziel ist es, einen Kontakt zu den Eltern herzustellen und wenn möglich sogar eine Beziehung aufzubauen. Im Moment besteht gar kein Kontakt. Das Elterngespräch findet im Übrigen noch in diesem Monat statt.«

Am liebsten wäre ich aufgesprungen und hätte Rafael angeschrien, hätte dem Herrn Thimel die ganze Wahrheit über diese Sekte hier erzählt. Aber er hätte mir nicht geglaubt, weil Rafael durch sein Psychogelaber alle überzeugt.

Also sitze ich immer noch in diesem Gefängnis, in dem ich alles darf und bekomme, was ich will, mit dem Nachteil, zu einer Maschine gemacht zu werden, aus der bei Knopfdruck ein Bericht über die momentane innere Befindlichkeit sprudelt und die alle ihr aufgetragenen Befehle sofort erledigt; eine Maschine, die nicht fähig ist, selbstständig zu handeln, die einer ständigen Gedanken- und Gefühlskontrolle unterworfen ist, die sie in ihren Entschlüssen verunsichert und alle Träume von einem freien, eigenständigen Leben zunichte macht.

Um auf die Tasse und ihren Henkel zurückzukommen: Inzwischen bin ich selber schon so weit, dass ich an meiner »emotionalen Stabilität« zweifle, wenn ich schlürfe oder sie »wie einen Eimer umklammere«.

Beim gemeinsamen Abendessen diskutierten die Mädls, Louis und Carlotta ungefähr zwei Stunden darüber, ob im Wohnzimmer geraucht werden darf oder nicht. Ich habe mich rausgehalten, weil es mir piepegal ist. Plötzlich Carlottas erwartungsvoller eiserner und kühler Blick, dem niemand entwischen kann. Wenn man wegschaut, plärrt sie: »Schau mich an, wenn ich mit dir rede!«, wenn man die Augen verdreht, brüllt sie: »Verdreh deine Augen nicht so demonstrativ!« Dieser Blick brannte auf meiner Haut – und dazu die zynischen Worte: »Und wer sich mal wieder aus allem raushält, ist unser Fräulein Lambeck! Du hältst es wohl nicht für nötig, dich am Gespräch zu beteiligen?« Mit dem Wissen, dass mir jetzt weder Augenrollen noch Stöhnen noch laut: »Carlotta, ich rauche nicht!«-Sagen auch nur im Geringsten behilflich sein würde, rollte ich meine Augen, stöhnte leise und sagte, im Ton vielleicht etwas zu vorwurfsvoll: »Carlotta! Ich rauche nicht!« Was sie dann schrie, habe ich vergessen. Ich kann mich nur noch daran erinnern, dass Louis mich auch irgendwann anplärrte und auf mein Zimmer schickte. »Sag mal, du hast wohl nicht mehr alle Tassen im Schrank, verschwinde sofort in dein Zimmer, aber dalli! Wenn du dich beruhigt hast, darfst du wieder runterkommen!«

Kurze Anmerkung: Ich bin siebzehneinhalb Jahr alt und werde immer noch auf mein Zimmer verwiesen! Und das grundlos!

Dienstag, 25. Juli 2000

?*##x*x!?*?#**!###!... Heute hatte ich Elterngespräch! Um Carlotta nicht wieder auf die Palme zu bringen, deckte ich sogar mit mintgrünen Servietten. Als es klingelte, wäre ich vor Aufregung am liebsten einfach abgehauen! Vor der Tür stand mein Vater und... Nein, ich konnte es nicht fassen! Der hatte doch tatsächlich Gisela mitgeschleift! Während er mich mit einem förmlichen »Hallo, Kind!« begrüßte, fiel mir diese Ökotante um den Hals und schrie mir in mein Ohr. »Hi, Schätzchen, gut siehst du aus, toll, dich zu sehen! Ach, was freu ich mich!«

Ich machte gute Miene zum bösen Spiel, denn dass Gisela mich nicht ausstehen kann, liegt auf der Hand.

Meine Mutter klingelte eine Viertelstunde später. Ich hatte sie als dicke, aufgeschwemmte, kranke alte Frau in Erinnerung. Wenn ich es nicht mit meinen eigenen Augen gesehen hätte, würde ich es nicht glauben! Vor mir stand eine schlanke, durchaus schöne Frau in ihren besten Jahren. Sie trug ein langes rotes Sommerkleid und einen großen roten Hut. Ihr schwarzes Haar hatte sie zu einem langen Zopf geflochten. Noch in derselben Sekunde, in der ich sie nach so vielen Jahren wiedersah, wurde mir bewusst, dass sie trocken ist. Als sie mich mit leiser, belegter Stimme begrüßte, kam sie mir so fremd vor, als hätte ich sie noch nie gesehen.

Als Rafael meinen Eltern vorwarf, was sie falsch gemacht hatten und was zur Essstörung und letztendlich zum Beziehungsabbruch geführt hatte, schob mein Vater die ganze Schuld meiner Mutter in die Schuhe, die schließlich anfing zu weinen. Dann heulte ich auch, und als ich keine Luft mehr bekam, ging Carlotta mit mir ins Wohnzimmer, um mich zu beruhigen. Immer wenn ich einen Blick durchs Fenster hinaus auf die Terrasse warf, wo Gisela, Rafael und meine Eltern saßen, sah mich Gisela mit diesem »Pass-auf-sonst-erwürge-ich-dich«-Blick an. Carlotta bemerkte ihn auch.

Am Ende des zweistündigen Gesprächs gingen

meine Mutter und ich friedlich auseinander. Sie ist tatsächlich seit Monaten trocken, worüber ich wirklich glücklich bin. Aber das Geschehene hinterlässt Wunden, die allerhöchstens die Zeit heilen kann. Und ich muss versuchen zu verzeihen. Das kann ich nicht von heute auf morgen, und deswegen werden wir uns viel Zeit nehmen, um uns noch einmal kennen zu lernen. Mein Vater hat letztlich auch alles eingesehen. Einmal blieb mir für Sekunden das Herz stehen, weil Rafael vor versammelter Mannschaft sagte: »Sie können froh sein, dass Ihre Tochter nicht Anzeige gegen Sie erstattet hat!« Mein Vater muss gedacht haben: wegen der Kinderpornos, Rafael muss gedacht haben: wegen der sexuellen Übergriffe, und ich dachte: Red bloß nicht weiter!

Tat er auch nicht, denn sonst hätte er seine Schweigepflicht gebrochen!

Und Gisela? Die rückte mit der Wahrheit heraus, als Carlotta sie auf ihre bösen Blicke ansprach. Sie erzählte, dass sie selbst über Jahre hinweg an einer Essstörung gelitten habe und dass sie mein Rumgezicke beim Essen fast wieder hineingetrieben hätte. Sie gab sogar zu, mir damals mit Absicht viel zu kleine Klamotten und dauernd Schokolade geschenkt zu haben. Gisela und ich werden uns also nie anfreunden! Essgestörte verstehen sich einfach nicht!

Nach dem Gespräch behaupteten Carlotta und Rafael, meine Eltern hätten sich gemein und erpresserisch verhalten, indem meine Mutter die Leidende spielte und lauter Krokodilstränen hervorquetschte und mein Vater sich verantwortungslos und uneinsichtig benommen habe. Deswegen habe ich nächste Woche zweimal Einzeltherapie! (Stöhn!! Ich will nicht!)

Mittwoch, 23. August 2000

Obwohl ich erst im Oktober volljährig werde, haben Rafael und Carlotta zugelassen, dass ich nach K. in eine der Wohnungen ziehe. Am Achtzehnten packten Vanessa und ich unser Zeug, und am heiligen Samstag, dem 19., zogen wir um. Vanessa zog zu Bibiana und David und ich zu Emilio und Flo.

Mein Zimmer ist ein Traum, groß, vier Fenster... Schon jetzt fühle ich mich hier wie zu Hause. (Weiß überhaupt nicht, warum mich das so verwundert, es *ist* ja mein Zuhause!) Die Zimmer der Jungs befinden sich oben, und die Küche liegt gleich neben meinem Zimmer.

Nach dem Einzug habe ich als Erstes eins der drei Fächer im Kühlschrank geputzt. Aber bis heute hatte ich noch nicht das Bedürfnis, etwas hineinzustellen außer einen Becher Joghurt. Ich verlasse mein Zimmer allerhöchstens zum Duschen oder Pinkeln. Die Küche meide ich, weil sie mich anekelt.

Ich weiß nicht, wie lange die schon nicht mehr geputzt wurde. Wochen? Jahre? Flo begrüßte mich auch dementsprechend: »Endlich mal wieder eine Frau im Haus! Hier muss nämlich dringend mal wieder geputzt werden!« Ich denke, ich habe ihm deutlich genug zu verstehen gegeben, dass ich mich für den Dreck von Leuten, die in den letzten fünf Jahren hier wohnten, nicht verantwortlich fühle und deswegen lediglich mein eigenes Zimmer putzen und den Rest der Wohnung so wenig wie möglich nutzen werde.

Kaum bin ich hier, muss ich auch schon wieder weg! Am Freitag fahren wir nach Italien, auf denselben Campingplatz wie letztes Jahr, an denselben See. Ich würde viel lieber hier bleiben und meine Ferien einfach nur in meinem neuen Heim genießen. Schließlich gelten hier andere Regeln als in der Senningerstraße.

Sonntag, 10. September 2000

Kaum zu glauben, die Italienfahrt ist schon wieder vorbei. Die erste Woche war super. Ich war nur einmal betrunken, habe nur zweimal gekifft und lediglich ein einziges Mal mit Linus eine Bahn gezogen.

Meine Leidensgenossen hatten ihre sexuellen Wünsche diesen Sommer nicht unter Kontrolle. Franka schob mit Flo und David rum, Valerie mit Emilio und, und, und. Nachdem Linus zweimal versucht hat, mich zu küssen, habe ich ihm gesagt, dass ich für solche Späße nicht zu haben bin. Diese Zeiten sind vorbei. Mit vierzehn, fünfzehn habe ich so was gemacht, aber inzwischen halte ich es doch für angebracht, den Jungs von Anfang an zu sagen, was Sache ist.

Die zweite Woche fing mit Regen an, ging mit Regen weiter und endete damit, dass drei der Kiddis aus dem Kreutzweg vor lauter Frust und Langeweile den Campingwagen unserer niedersächsischen Nachbarn aufbrachen und dort randalierten, was zur Folge hatte, dass der Bürgermeister des Ortes der WG verbot, jemals wieder auf diesen Campingplatz zu kommen. Wir saßen den Rest der Zeit also unten an der Bar und sahen zu, wie unsere Zelte langsam von den Fluten verschlungen wurden. Okay, das ist jetzt etwas übertrieben, aber die Wege auf dem Campingplatz standen immerhin so weit unter Wasser, dass es uns nicht möglich war, trockenen Fußes zu unseren Zelten zu gelangen. Die Jungs, Valerie und ich beschlossen irgendwann, den Regen einfach zu ignorieren. Wir spielten Fußball im Schlamm... Und jetzt bin ich gerade dabei, die Waschmaschine voll zu stopfen. Bin froh, wieder zu Hause zu sein.

Freitag, 15. September 2000

O Jammer! Die Fachoberschule frustriert mich noch mehr, als ich es mir vorgestellt hatte. Meine Lehrer sind langweilig, alles Radwegbenutzer, meine Klassenkameraden sind abgestumpfte Zicken und schlecht erzogene Halbstarke. Das Mädchen neben mir ist die Einzige, die noch einen Funken Kreativität besitzt: Sie singt in einer Band. Der Rest strebt eine Ausbildung als Bankkaufmann oder -frau, als Rechtsanwaltsgehilfe oder als BWL-Lehrer oder -Lehrerin an. Sie sind alle so engstirnig, sehen ihre Erfüllung in diesen Berufen.

Und ich? Ich langweile mich zu Tode! Ich werde wie immer angeschrien, wenn ich zeichne, oder muss mir blöde Bemerkungen von meiner Mathelehrerin anhören. Mein Englischlehrer hat mich schon einmal rausgeschmissen, weil ich auf seine Frage, warum ich eigentlich hier bin, eine ehrliche Antwort gab. Ich sagte: »Ich bin hier, weil man mich gezwungen hat, oder glauben Sie etwa, ich setze mich freiwillig in Ihren Unterricht?« Vor der Tür überlegte ich mir dann, ob es überhaupt Sinn macht, so rebellisch zu reagieren, und nun weiß ich: Nichts, was ich auf dieser Schule mache, hat Sinn! Egal ob ich lerne oder nicht, meine Meinung sage oder nicht, randaliere oder still auf meinem Platz sitze – es wird mir alles nichts bringen. Ich bin eingesperrt!

Zu allem Unglück muss ich jetzt auch noch ein Praktikum in einer Bank machen. Allein der Gedanke dreht mir den Magen um. Ich passe ungefähr so gut in eine Bank wie Helmut Kohl in meine Unterwäsche.

Aber wie es der Zufall so will, passieren auch mir noch durchaus schöne Dinge. Am Mittwoch wurde ich angefahren!

Ich schlenderte gedankenverloren über die Straße vor unserem Haus, wollte nur schnell von den Jungs gegenüber Pfeffer holen, da quietschte es plötzlich – und dann, rumsdibums, lag ich da! Über mir der Abendhimmel, neben mir ein dunkelblauer Mercedes, auf der anderen Seite mein zerbrochenes Pfefferdöschen, unter mir der harte Asphalt. Schockiert starrte ich auf den Mercedesstern, hörte eine Autotür zuknallen. Und dann stand er vor mir – mein absoluter Traummann! Groß, blond, breite Schultern und ein Lachen… Ich brachte keinen Ton heraus, starrte ihn an und versuchte dann, ihm zu vermitteln, dass ich lebe und gesund bin. Außer einem Bluterguss am rechten Oberschenkel und einem kleinen Schock hatte ich keine weiteren Verletzungen. Zumindest keine äußerlichen. Doch da drinnen, in meinem Inneren, da klopfte es und schrie und pochte es ganz wild, mein Herz, das ich seit Simon auf Eis gelegt hatte. Ich konnte es nicht glauben, dass sich MEIN HERZCHEN noch in diesem Jahr bemerkbar machen würde.

Er heißt Fabio, ist dreiundzwanzig und studiert Jura (würg!). In meinen kühnsten Träumen wäre ich nie auf die Idee gekommen, mich in einen Jurastudenten zu verlieben, erst recht nicht, seit ich diese Schule besuche. Er brachte mich nach Hause, und wir unterhielten uns gute zwei Stunden über Gott und die Welt. Er hat irgendwas, was sonst keiner hat. Seit diesem Mittwoch überlege ich, was es ist. Ich würde dieses gewisse Etwas so gerne definieren – aber dazu kenne ich ihn nicht gut genug.

Das Schönste an der ganzen Sache ist allerdings, dass er mich anrufen wird. Morgen!

Sonntag, 17. September 2000

Seit ich hier wohne, habe ich diese neue Betreuerin, Kerstin. Sie ist bis heute noch kein einziges Mal pünktlich gekommen, und wenn sie dann endlich da ist, hat man das Gefühl, sie hat überhaupt keinen Bock, hier zu sein, mit uns zu reden, uns anzuhören. Ich mag sie nicht, und deswegen erzähle ich ihr auch nichts. Einmal in der Woche kocht sie für uns, aber weil ich sie nicht mag, mag ich auch ihr Essen nicht. Das Essen fällt mir hier ziemlich schwer. In dieser Küche kann ich nicht essen, weil sie mich anekelt. Sobald ich den Raum betrete, hab ich wieder diesen ätzenden Schimmelgeruch in der Nase, und mit ihm kommen die Erinnerungen. In meinem Zimmer kann ich nicht richtig essen, weil ich allein bin. Daran muss ich mich nach so langer Essensbetreuung erst gewöhnen. Ich esse also nur noch das Nötigste, Joghurt mit Mandarinen – lange halte ich das nicht durch, deswegen überkommen mich abends oft wieder diese Anfälle. Stopf, stopf, stopf! Und ich dachte, es wäre vorbei!

Bis jetzt hat keiner was gemerkt, aber mir ist klar, dass ich diesen Rückfall nicht lange verheimlichen kann. Vor den Jungs nicht, vor Kerstin nicht und vor Rafael sowieso nicht.

Fabio und ich trafen uns gestern, und nun ist es endgültig um mich geschehen. Am kommenden Freitag fahre ich zu ihm, er hat eine Bude in München.

Sonntag, 24. September 2000

Ich verbrachte das ganze Wochenende bei Fabio. Es war so wunderschön bei ihm! Er macht mich einfach glücklich.

Als ich kam, hatte er bereits den Tisch gedeckt und Kerzen aufgestellt. Es gab Zanderfilet mit Kartoffeln, und es schmeckte mir, wie mir schon lange nichts mehr geschmeckt hatte. Weil ich von dem Wein Kopfweh bekam, trug er mich nach oben und legte mich in sein Bett. Ich wusste nicht, was ich sagen sollte, ich wusste nicht, was ich tun sollte, ich wusste nichts mehr, aber ich fühlte mich so geborgen und beschützt bei ihm. Er saß einfach nur neben mir am Bett und streichelte mein Gesicht. Wir starrten uns an und redeten nicht, taten einfach nichts, außer zu starren. Ich prägte mir seine Gesichtszüge ein, um sie für immer in meinem Archiv der geilsten Männer der Welt zu speichern. Mir fiel auf, dass der Speicher leer war: Julius hatte ich gelöscht, Simon fand ich auf einer Nebendatei, die vom nächsten Virus sowieso zerstört würde. Ich sog sein Bild förmlich in mich auf. Es war so schön, nicht ausgenutzt zu werden, einfach nur in seinen Armen einzuschlafen. Ich wollte keinen Sex, ich wollte einfach nur diese Nähe. Er hat das begriffen und lediglich an meinen Ohren herumgenagt.

Am Samstagvormittag sah die Sache dann schön völlig anders aus, und ich bereue nichts! Ich glaube, ich weiß jetzt, was Sex ist! Zumindest weiß ich, dass alles, was ich vorher erlebt hatte, nur Männerbefriedigung war! Ich konnte meine Finger gar nicht mehr von ihm lassen, weil ich schon bei seinem Geruch kaum noch ruhig bleiben kann. Zum Glück beruhte das auf Gegenseitigkeit, schließlich wollte ich ihn ja nicht bedrängen. Also verbrachten wir den ganzen Samstag im Bett und ums Bett herum.

Am Sonntag fuhr mich Fabio dann nach Hause, ich musste zur Therapie. Weil ich so glücklich war, erzählte ich Rafael von ihm. »Du lässt dich schon wieder von irgendeinem dahergelaufenen Typen vögeln«, sagte er. »Überleg dir mal, warum du das jetzt nötig hast! Du hast was Besseres verdient als einen Kerl, der dich fast umgebracht hätte!« Ich sagte nichts dazu. Ergebnis: Ich war mal wieder die therapieverweigernde, bockige Sophia! Bis Donnerstag muss ich nun wissen, warum ich mich prostituiere! Ich habe überhaupt nicht versucht, Rafael zu erklären, dass ich diesen Mann liebe. Denn wenn der Prof. Dr. med. Dipl. Psy. von seiner Meinung überzeugt ist, dann kann diese noch so absurd sein; ich muss sie akzeptieren und ihm eine Erklärung für mein Verhalten liefern.

Donnerstag, 5. Oktober 2000

Seit fast zwei Wochen muss ich jetzt in diese Bank rennen. Es ist im Gegensatz zur Schule die reine Erholung, obwohl ich nichts anderes tue, als im Archiv aufzuräumen und Bürgschaften zu sortieren. Eine monotone Tätigkeit, die mich auf die Dauer abstumpfen lässt. Ich fühle mich permanent unterfordert. Letzte Woche habe ich drei Tage geschwänzt und meine Intelligenz darauf verwendet, es vor Emilio, Flo und Kerstin zu verbergen!

Mein Geburtstag steht vor der Tür! Die Jungs und ich haben eine kleine Feier geplant, achtzehn Leute habe ich eingeladen.

Mittwoch, 11. Oktober 2000

Seit Montag muss ich wieder in diese verfluchte Schule. Aber meinen Geburtstag hätte ich mir nicht schöner vorstellen können. Flo muss ganz K. informiert haben. Nicht achtzehn Leute kamen, sondern am Ende waren es sechsundfünfzig. Einige kannte ich gar nicht, und sie kamen auch immer schubweise, denn sechsundfünfzig Personen hätten zusammen nie in die kleine Wohnung gepasst. Immerhin hatte ich das Gefühl, dass man mich hier in K. sehr schnell akzeptiert hat. Einen Lockenstab, eine Kette, ein großes Foto, einen Kuchen, einen Armreif, eine Kerze und lauter solchen Kram bekam ich geschenkt. Und ein paar Leute hatten sogar für ein Handy zusammengelegt. Ich freute mich wirklich über alles, bis auf den Kuchen, aber das ist ja jedes Jahr dasselbe! Fabio schenkte mir eine rosa Wolldecke mit weißen Herzen drauf und ein champagnerfabenes Satinnachthemdchen, das unglaublich teuer aussieht.

Ein bisschen Sorgen mache ich mir um Flo. Er hat fast eine ganze Flasche Wodka pur getrunken und ist nicht umgefallen. Ich glaube, er ist schon bald so weit wie meine Mutter, die ist zum Schluss auch beim Gin gelandet. Ich war angeheitert, aber nicht betrunken. Ich hatte viel zu große Angst, mir meinen Geburtstag dadurch zu versauen.

Donnerstag, 12. Oktober 2000

Es ist zwar erst Mitte Oktober, aber dieser Tag heute kommt mir vor wie November. Es regnet, es ist kühl, und ich bin verzweifelt. Von einer Doppelstunde Mathe und BWL total gestresst, kam ich zu Hause an und hoffte, dass mich ein Telefonat mit Fabio aufmuntern würde. Aber Fabio war irgendwie komisch und anders!

Ich redete und redete, bis er sagte, dass unsere Beziehung keinen Sinn habe. Begründung? Er fühle sich »überfordert« und komme mit meiner Krankheit nicht klar. Ich habe geheult, geschrien und versucht, ihn vom Gegenteil zu überzeugen, aber es nutzte alles nichts. Er hat einfach Schluss gemacht – obwohl er in mich verliebt ist, will er mich nicht mehr sehen.

Das halte ich nicht aus! Im Kopf nicht und im Herzen schon gar nicht! Drei Wochen meines Lebens mit diesem Mann reichen mir einfach nicht! Wieso kann er das nicht verstehen?

Ich sage jetzt nicht, dass ich nicht mehr leben will, ich sage nur, dass ich *so* nicht mehr leben will!

Sonntag, 15. Oktober 2000

Ich suche nach einem neuen Sinn, aber ich finde keinen. Ich war am Freitag nicht in der Schule, habe auch nicht dort angerufen oder irgendwelche anderen Aktivitäten unternommen. Ich habe nur alle fünf Minuten geheult, und jetzt plagen mich Hammer-Kopfschmerzen. Essen kann ich sowieso nichts mehr, und deswegen habe ich Linus gestern Abend angerufen und ihm gesagt, er solle mir was zum Rauchen besorgen, was er freundlicherweise auch tat. Ich verließ mein Zimmer nicht und sperrte nur auf, als die Lieferung eintraf. Ich erzählte Pia davon, worauf sie beschloss, mich auf ein Fest in der Nähe von M. mitzuschleifen.

Mir war alles egal! Ganz M. war dort und ganz K. und alle darumliegenden Dörfer. Und die ganze WG. Während Pia sich mit Flo prächtig amüsierte, ging ich mit Linus was rauchen, was meine Stimmung auch nicht besserte. Aus meinem Mund muss nur noch wirres Zeug gekommen sein! Als ich wieder reden konnte, traf ich einen Robin, einen Jungen, der in dasselbe Fitnessstudio geht wie ich. Irgendwie muss ich anschließend auch noch meinen Fitnesstrainer über Handy belästigt haben, weil der gerade mit diesem Robin telefonierte. Also, wenn ich mein Fitnesstrainer wäre, würde ich mich nicht mögen. Aber was soll's – ich kann mich nicht jedem von der Schokoladenseite präsentieren. Dieser Robin spendierte mir ein Spezi, und als ich das irgendwie stehen ließ, schenkte er mir seins. Man merkt: Ich muss wirklich von allen guten Geistern verlassen gewesen sein! Normalerweise trinke ich kein Spezi! Der Spezi-Mann hat mich irgendwie verwirrt. Ich war zu benommen, um zu kapieren, was abging. An den Rest dieses wunderbaren Festes kann ich mich nicht erinnern. Totaler Filmriss!

Der Spezi-Mann ist an allem schuld! Ganz sicher! Am Mittwoch weiß ich mehr.

Das Schlimmste ist, dass diese Chris aus der Senningerstraße mitbekommen hat, wie ich abgestürzt bin. Sie ist eine von der Einschleimersorte, die als »vernünftig« gilt, wenn sie jemanden verpfeift. So 'ne Alarmanlagenbesitzerin! Es wird also nicht lange dauern, bis Carlotta Bescheid weiß, und von der erfährt es Rafael. Dann weiß es Kerstin, und anschließend weiß es jeder! Und ich weiß jetzt schon, dass ich mich nicht wehren, mich nicht rechtfertigen kann. Es ist genau wie in der Schule! Ich kann machen, was ich will, ich bin eingesperrt. Außerdem werde ich jetzt bestimmt zum Drogentest genötigt.

Dienstag, 17. Oktober 2000

Dieses Biest hat mich tatsächlich verpfiffen. Wenn ich am Donnerstagabend noch leben sollte, dann wird das mein schlimmster Donnerstagabend in meinem Leben. Jetzt bin ich der Arsch! Rafael und Kerstin werden mich so fertig machen. Ich kann nur noch an diesen Donnerstag denken, daran, wie mich alle anstarren werden, wie es still sein wird, weil ich kein Wort sagen werde! Wie ich dasitzen, auf den Teppich starren und hoffen werde, dass es so schnell wie möglich vorbeigeht. Ich weiß, was mir Rafael vorwerfen wird, und ich weiß auch, dass nichts von dem, was ich sagen werde, ernst genommen werden wird.

Mittwoch, 18. Oktober 2000

Ich habe mich nicht getäuscht. Dieser Robin hat mich wirklich verwirrt. Er sieht Fabio nicht nur unglaublich ähnlich (blonde Haare, blaue Augen, und ein Lachen…), er redet auch so wie er, er lacht wie er (ein Anblick zum Danhinschmelzen!), und er bewegt sich wie Fabio. Außerdem studiert er (wie Fabio). Und ich steh doch so auf Studenten! Kaum habe ich mich darauf eingestellt, dass ich Fabio vergessen muss, da springt sein Double in mein Leben!

Robin hat mich heute nach dem Training heimgefahren (in einem Mercedes, wie Fabio), und wir haben ein bisschen geredet (wenn er lacht, wirft er seinen Kopf leicht nach hinten, wie Fabio). Es kam mir ständig so vor, als wüsste er alles über mich. Und dann hab ich ihm tausendmal gesagt, wie sozial ich es finde, dass er mich fährt. In dem Moment, als ich ausstieg, hätte ich ihm am liebsten gesagt, dass er sich aus meinem Leben verpissen soll!

Es fällt mir so schwer, diese Männer richtig einzusortieren. Hoffentlich falle ich ihm nicht irgendwann um den Hals und küsse ihn oder mache irgendeinen anderen Blödsinn, weil ich ihn für Fabio halte! Er kann ja nichts dafür!

Mein ganzes Leben besteht nur aus einem einzigen Wirrwarr, über den ich langsam die Kontrolle verliere.

Ich fühle mich so schrecklich eingeengt, und ich habe Angst vor morgen, vor dem Gruppengespräch.

Donnerstag, 19. Oktober 2000

Es war noch schlimmer als erwartet. Flo hat gleich zu Anfang in die lustige Diskussionsrunde geworfen, dass ich wieder kotze. Er spielte zwar dabei an meinen Haaren rum, was bei Flo immer bedeutet, das er es nur gut meint, aber er hatte damit auch einen perfekten Grundstein für alles Weitere gelegt. Rafael schrie mich an und machte mir einen Vorwurf nach dem anderen.

Ich sei eine kleine Schlampe, die durch Drogen ihre schlechte Kindheit verdrängen will, ich sei falsch und kaltherzig, bösartig und stur. Er schrie so laut, dass ich totale Panik bekam! Ich sagte nichts – Verteidigung hätte, wie ich schon so oft feststellen musste, keinen Sinn gehabt. Ab und zu warf mir Rafael irgendwas Absurdes vor, und dann wurde es wieder leise. Ich starrte vor mich hin, und der Rest starrte mich an! Am schlimmsten wurde es, als Rafael von mir verlangte, ihn anzusehen! Ich konnte nicht, ich starrte auf den Teppich. Linus hatte schon wieder zwei verschiedene Socken an!

Mir liefen die Tränen über die Wangen, und Rafael drohte mir, wenn ich nicht sofort mit dem Flennen aufhörte, würde er mich noch heute in die Geschlossene einweisen. Ich konnte nicht aufhören, ich wollte, aber ich konnte nicht. Mein Kopf war ganz heiß, mein Hände schwitzten, und ich bekam keine Luft mehr durch die Nase, da kein Schwein daran dachte, mir ein Taschentuch zu geben. Dann wollte ich etwas sagen, aber aus Angst, dass es Rafael nicht in den Kram passen könnte und ich dann in die Geschlossene käme, blieben mir die Worte im Hals stecken, der höllisch brannte. Ich traute mich nicht einmal mehr, mich zu bewegen. Alle starrten sie mich an. Erst als ich anfing zu zittern, hörte Rafael auf und sagte: »Das Weib spinnt total, ich glaube, das kann ich in der Gruppe nicht klären! Das ist tiefer, gehört in die Einzeltherapie!« Dann warf er mir einen versöhnlichen Blick zu und fragte, ob ich damit einverstanden wäre. Ich nickte, rührte mich aber immer noch nicht. Den Rest der langen Zeit blieb ich vor Angst wie erstarrt auf dem Sofa sitzen und wendete meinen Blick nicht mehr vom Teppich ab.

Am Ende verließ ich stumm und so unauffällig wie möglich den Raum, setzte mich allein irgendwo in die S-Bahn und verkroch mich dann zu Hause in mein Zimmer. Ich heulte die ganze Nacht, weil ich mir so hilflos und allein vorkam. Denn das ist kein Familienleben, kein Familienersatz, wie sie es immer darstellen. DAS IST DIE HÖLLE! Rafael ist der Satan, und die Betreuer sind seine Untertanen! Und ich habe Angst vor ihnen!

Montag, 23. Oktober 2000

Ich kann nichts Sinnvolles mehr tun, weil mich die Schule und die WG, meine Mitbewohner und mein Leben einfach nur noch stressen.

Der Robin, dieser Möchtegern-Fabioverschnitt, bringt mich irgendwann noch um den Verstand, und dabei weiß ich nicht mal, ob er es ist oder die Erinnerung an Fabio. Inzwischen haben wir Handynummern getauscht, und immer wenn ich eine SMS von ihm erhalte, denke ich an Fabio (oder Robin, was im Endeffekt aufs Gleiche hinausläuft, da keiner von beiden mit mir zusammen sein will! Heul!).

Ich habe mir vorgenommen, Ordnung in meine Gefühlswelt zu bringen, und erst dann, wenn ich Klarheit habe, wieder mit irgendwelchen Männern zu reden!

Donnerstag, 2. November 2000

Ich halte es in dieser Sekte nicht mehr aus! Sie machen mich wahnsinnig, irr, verrückt!

Heute hat mich Kerstin gefragt, warum ich Husten habe. Als ich versuchte ihr zu erklären, es müsse wohl daran liegen, dass ich gestern nach dem Fitnessstudio mit nassen Haaren und ohne Mütze durch die Kälte gelaufen bin (Robin, dieser Blümchenpflücker, hat mich einfach draußen stehen lassen), hat sie mich angemault und gemeint, ich solle nicht schon wieder nach einer Ausrede suchen und ihr erklären, was mich belastet. Denn sie ist ja Psychologin und kann jeden AGGRESSIONSHUSTEN von einem normalen Husten unterscheiden.

Natürlich weiß ich, was mich belastet, aber damit hat mein Husten nichts zu tun. Erstens kann ich zurzeit mal wieder nichts essen, ohne danach zu kotzen, zweitens bin ich auf der für mich abgrundtief entsetzlichsten Schule seit Menschengedenken, drittens bringe ich es nicht auf die Reihe, Fabio zu vergessen, weil ich ständig diesen Robin sehe, und viertens ist mir jetzt endlich klar, dass mich dieser wild gewordene Haufen Psychologen tatsächlich in den Wahnsinn treibt.

Das Heim hat mir anfangs sehr geholfen, es hat mich gefestigt und mir neuen Lebensmut gegeben. Eine neue Perspektive – ich hatte ja vorher nur die, bei meinem Vater vor die Hunde zu gehen – hat mir Mut gemacht. Aber diese Perspektive, so wurde mir erklärt, gibt es für mich nur im Rahmen der Heimbetreuung. Ohne diese

Betreuung sei ich nicht stark genug, mein Ziel zu erreichen.

Und so sehe ich das jetzt: Kaum war ich hier, hat man mit allen Mitteln versucht, mich abhängig zu machen. Abhängig in finanzieller Hinsicht und dadurch, dass man mir meine Entscheidungsfreiheit nahm. Ich wurde als Geldanlage bis 2003 eingeplant! Um mich so lange halten zu können, mussten sie mir neue Krankheiten einreden, mich weiterhin verunsichern, die Abhängigkeit aufrechterhalten. Daher der ständige Druck, unter den man mich gesetzt hat, indem man mich immer und immer wieder zu neuen Berichten über mein Inneres anhielt; indem man mich zu Dingen zwang, die ich gegen meine Überzeugung tat, um ja nicht als noch kränker zu gelten; indem man versuchte, mein Leben für mich zu planen... Aus diesen Gründen konnte ich meine Essstörung bis heute nicht ablegen. Meine ständige Angst habe ich (zum Glück) schön unterdrücken können, indem ich einfach Drogen nahm!

Und das alles nur, weil das Jugendamt sich verpflichtet hat, für mich zu zahlen. Ich bin für die Sekte ein »Wirtschaftsfaktor« – und deshalb darf ich erst im Jahr 2003 gesund werden!

Es ist nur noch eine Frage der Zeit, dann bin ich weg!

In der Schule widerfuhr mir eine Pleite nach der anderen. In Rechtslehre wurde uns von der Lehrerin, die donnerstags eigentlich immer krank ist, fünfundvierzig Minuten lang der Taschengeldparagraph (110 BGB) erklärt, der mich nur so lang interessierte, bis mir klar wurde, dass er die Dauerebbe in meinem Geldbeutel auch nicht beheben würde.

Unser Deutschlehrer trug heute einen bananengelben Pulli, und an seinem Ärmel klebte passenderweise ein Aufkleber, der normalerweise auf frische Bananen gehört. Bis heute war mir der Deutsch-Macker immer am sympathischsten gewesen, aber jetzt ist auch er bei mir untendurch. Mit Bananen kann man mich bekannterweise jagen – ein zur Banane mutierender Deutschlehrer, das geht zu weit!

In der Fünften wurde ich in Betriebswirtschaftslehre abgefragt und bekam eine Fünf minus! Ich konnte dem Kerl lediglich die Formel für die »Ermittlung des Verwaltungs- und Vertriebsgemeinkostenzuschlagsatzes« sagen. Das war vielleicht frustrierend. Und weil es der Mathetante, dieser Aspirineinwerferin, so viel Spaß macht, mich zu ärgen, musste ich zu guter Letzt auch noch bei ihr an die Tafel. Horror! Ich wusste natürlich überhaupt nichts, und wenn Tom, Ralf und Tobi mir nicht mit einem überdimensionalen Spickzettel zu Hilfe gekommen wären, dann hätte ich auch in Mathe eine Note bekommen, die perfekt in Rafaels und Kerstins Versagerkonzept gepasst hätte.

Aber ich erarbeitete mir durch gekonntes Abschreiben vom Monsterspicker und mit gespitzten Ohren in Richtung Klassenzimmer immerhin eine Vier. Wie ich solche Schultage wie heute doch liebe!

Auf der Heimfahrt im Bus fing ich an, Ausziehpläne zu schmieden. Zum Glück hatte ein Mädchen aus meiner Klasse Vivil zuckerfrei und heißen Tee dabei. Ein »Kaffeeklatsch« mit den Weibern im Bus baut doch immer wieder auf, egal wie langweilig diese Weiber sonst auch sind.

Donnerstag, 16. November 2000

Nach Rafaels Meinung lande ich über kurz oder lang auf dem Strich oder in der Gosse! Das hat er mir heute im Gruppengespräch mal wieder erläutert. Mein Drogentest war natürlich positiv. Ich hatte auch nichts anderes erwartet. Außerdem hatte ich Rafael in der Einzeltherapie von einem Traum erzählt, in dem ich mich in einer wackelnden Dose befand und laut um Hilfe schrie. Er stellte mal wieder gestörtes Sexualverhalten fest. Es erinnere ihn, meinte er, an das einer Hure, die einst bei ihm in Behandlung war. Er warf mir also vor, ich sei auf dem besten Weg zur Hurerei. Als ich sauer wurde, schickte er mich weg und drohte erneut damit, mich für klinikreif zu erklären. Für Samstag bekam ich eine Sondersitzung aufgedrückt.

Natürlich bin ich am Samstag um 15.00 Uhr in seiner Praxis erschienen. Ich habe mir mal wieder irgendeinen psychologischen Schwachsinn aus den Fingern gesogen – regelrechte Geschichten erfunden –, und es tatsächlich geschafft, Rafael in den Glauben zu versetzen, dass ich mein Leben von nun an wieder in den Griff bekommen würde. Brav gestand ich meine Schuld und sah alles ein, was er mir vorwarf.

Aber als ich danach seine Praxis verließ, spürte ich, wie die Wut von meinem Bauch bis in meinen Kopf krabbelte, um sich dort in einen großen Wutkloß zu verwandeln, der anschließend in Form von »Aggressionstränen« über meine Wangen lief. Auf dem Weg zur S-Bahn habe ich geheult wie ein Schlosshund, hab die

Zähne gefletscht, hab den armen Sträuchern, die am Wegrand wachsen, die Blätter abgerissen, um sie drei Schritte weiter wieder auf den Boden zu schmeißen, hab gegen den Zaun getreten und mir dabei beinahe den kleinen Zeh gebrochen und hätte mich dann aus Wut über Rafael und den ganzen Verein fast von einem Fahrradfahrer überfahren lassen, der mit Höchstgeschwindigkeit durch die Unterführung raste. Während ich 33 Minuten in der Kälte auf die S-Bahn wartete, beschloss ich endgültig, beim Jugendamt anzurufen.

Freitag, 1. Dezember 2000

Ich habe bis heute nicht dort angerufen.

Inzwischen war ich mal mit Robin weg. Wenn ich ihn besser kennen würde, hätte ich vielleicht nicht so große Schwierigkeiten damit, dass er mich ständig an Fabio erinnert.

Weil ich Fabio zurückhaben wollte, bin ich Robin hinterhergelaufen – aber jetzt ist mir klar, dass er komplett anders ist als Fabio.

Heute Nachmittag habe ich bei Fabio angerufen. Ich weiß nicht, warum ich es tat. Ich überlegte nicht, ich ging meinem Gefühl nach. Und dieses Gefühl sagte: Ruf Fabio an!

Zu meinem Erstaunen ging er ran und legte auch nicht gleich wieder auf.

Wir telefonierten stundenlang, und ich erzählte ihm alles, was mich bewegte. Vor allem aber redeten wir darüber, dass ich raus will und auf eine andere Schule.

Und dann fragte mich Fabio, ob ich fürs Erste nicht zu ihm kommen wolle. Ich verstehe ihn nicht! Erst sagt er, er will mich nicht mehr sehen, jetzt will er, dass ich zu ihm ziehe. Eigentlich war ich zu stolz, das Angebot anzunehmen. Außerdem wusste ich, dass es unserer »Beziehung« sicher nicht gut tun würde, wenn wir unter einem Dach wohnten. Aber der Wunsch, hier endlich rauszukommen und wieder bei Fabio zu sein, war überwältigend – also zögerte ich keine Minute, und wir planten meine Flucht.

Ich werde einfach ausziehen, ohne irgendjemandem davon zu erzählen! Ich werde alles dafür tun, ein Abschlussgespräch mit WG und JA zusammen zu verhindern. Sonst ergeht es mir noch wie Sina.

Sonntag, 3. Dezember 2000

Seit ich weiß, dass ich endlich hier rauskomme, habe ich mich noch deutlicher von Flo und Emilio distanziert. Es herrschte gestern Mittag so dicke Luft, dass Flo ausrastete. Er warf einen vollen Wasserkasten nach mir. Ich hatte ihn ein bisschen provoziert, und er war noch nicht ganz wach… Aber das ist kein Grund, mit schwerem Gerät nach mir zu werfen. Da könnte ich genauso gut zu meinem Vater ziehen und mich mit Klein Konsti anlegen.

Seit dem Vorfall liegt dieser Wasserkasten im Gang. Nicht einmal die Scherben hat Flo weggeräumt. Psycho! Wir reden nicht mehr miteinander – was nichts daran ändert, dass ich ihn mag. Irgendwie tut es weh, da ich weiß, dass ich bald weg sein werde! Oft hat er Ersatzpapa gespielt, was ich süß fand und was mir gut tat.

Montag, 4. Dezember 2000

Heute habe ich es tatsächlich getan! Ich rief das Jugendamt an.

Nachdem ich dem Herrn Thimel meine Situation geschildert hatte, meinte dieser, ich solle, wenn ich die Psychologen gar nicht mehr ertragen könne, mein Zeug packen und übergangsweise zu meinen Eltern oder Freunden ziehen. Da ich volljährig sei, könne mich niemand zwingen, in der WG zu bleiben. In diesem Fall müsse man dann eine andere Lösung finden, aber das sei wohl kein Problem, da ich Anspruch auf eine Weiterförderung bis zum einundzwanzigsten Lebensjahr hätte. Ich bedankte mich und fühlte mich auf einmal so frei!

Ich ging heute nicht in die Bank, ich telefonierte den ganzen Vormittag mit Fabio. Lang werde ich bei ihm nicht bleiben können, fürchte ich. Und danach? Viele Freunde außerhalb der WG habe ich ja nicht. Pia, ja, aber zu der kann ich nicht, weil ihr Vater mich hasst, da ich ein Heimkind bin. Die meisten Kontakte sind eingeschlafen, weil ich mich nie um andere bemühen musste, es war ja immer irgendjemand da. Wenn ich hier draußen bin, wird auch die Verbindung zu den zurückbleibenden WG-Insassen abbrechen, denn ihnen wird der Kontakt zu mir verboten. Ich habe Angst, da ich nicht weiß, wo mein Trip morgen hinführt. Dennoch habe ich mich zu diesem Schritt entschieden und bin fest entschlossen, ihn durchzuziehen und das Beste daraus zu machen.

Dienstag, 5. Dezember 2000

Ich habe die wichtigsten Sachen gepackt und einen Zettel auf den Küchentisch gelegt.

Bin bei Fabio, den Rest hole ich später!

Kurz bevor Emilio nach Hause kam, stand Fabio mit dem Kombi seiner Mutter vor der Tür, und wir verstauten den ganzen Krempel im Kofferraum. Auf der Fahrt nach München schossen mir Tausende von Fragen durch den Kopf. Würde Emilio oder Flo den Zettel entdecken? Wie würden die beiden reagieren? Was würden sie dann machen? Wie würde Kerstin reagieren? Was würde Rafael sagen? Ich war total verunsichert! Nur in einer Sache war ich mir ganz sicher: Nie, nie wieder will ich zurück. Nur ein einziges Mal noch, um den letzten Ramsch zu holen. Es stehen noch meine Blumen auf der Fensterbank, und meine Stereoanlage hatte auch nicht mehr ins Auto gepasst. Aber sobald der letzte Kruscht verladen ist, kann mich nichts und niemand mehr zurückholen…

Und dann passierte etwas, was ich von mir selbst nicht erwartet hätte, denn eigentlich sollte ich mich ja freuen. Aber ich weinte! Ich weinte so lange, bis Fabio anhielt und mich in den Arm nahm. Ich wusste nicht, warum ich weinte, vielleicht war es nur die Angst.

Aber Fabio war unglaublich süß und sagte: »Dein Leben steckt voller Überraschungen, dagegen ist meines stinklangweilig. Was habe ich denn schon Großartiges erlebt? Das Einzige, was mein Leben versüßt, bist du! Phia, dir stehen jetzt wieder alle Türen offen! Du kannst machen, was du willst, verstehst du?«

Den Rest der Fahrt hämmerte es in meinem Kopf: Ich schaff das, ich schaff das, ich schaff das!

Aber so sicher, wie ich versuchte, es mir einzureden, war ich nicht. In Wirklichkeit hatte ich Angst davor, draußen, in der Realität, zu versagen!

Trotzdem musste ich plötzlich lachen, einfach nur, weil ich glücklich war, endlich frei zu sein und über mich selbst bestimmen zu können. Und das, obwohl ich keine Ahnung habe, wie es weitergehen soll!

Ich habe endlich das Gefühl, mein eigenes Leben leben zu können! Und das lasse ich mir von niemandem mehr nehmen!

August 2002

Liebe Sophia,
vielen Dank für Deine Karte. Ich habe mich sehr gefreut, zu hören, dass Du es Dir dort unten im sonnigen Süden Spaniens, meinem Heimatland, gut gehen lässt!

Ich wollte Dir schon lange schreiben, bin aber vor lauter Arbeit im Hotel leider nicht dazugekommen! Vor allem jetzt, wo die ganzen Sommergäste kommen, gibt es eine Menge zu tun! Wenn ich nach Schichtende nach Hause komme, schlafe ich meistens vor Erschöpfung sofort ein.

Bei meinem letzten Besuch in München, Anfang Mai, hast Du mir Deine neue Adresse gegeben. Ich hoffe sehr, dass Du den Umzug gut hinter Dich gebracht hast und dass Du Dich in Deiner neuen Wohnung wohl fühlst.

Mir hat das Treffen im Mai sehr gut getan. Es ist schön für mich, zu sehen, dass meine Tochter erwachsen geworden ist.

Sophia, Du weißt, dass es in Deinem wie in meinem Leben Zeiten gab, in denen uns alle aufgegeben hatten und keiner mehr an uns geglaubt hat. Da Du meine Tochter bist, bist Du mir in vielen Dingen sehr ähnlich. Du hast mein Temperament, meine Sensibilität, mein ausgeprägtes Harmoniebedürfnis und bist ebenso rebellisch. Und Du hast an Dich geglaubt.

Nach all den Jahren kann ich Dir sagen, dass es das Allerwichtigste ist, an sich selbst zu glauben und seinen eigenen Weg zu gehen. Denn auf andere Menschen kann man sich selten verlassen. Auch nicht auf die eigene Familie. Aber was red ich, Du weißt das wahrscheinlich alles viel besser als ich. Ich möchte, dass Du weißt, dass ich sehr stolz auf Dich bin. Als ich neunzehn war, war ich noch lange nicht so reif wie Du und wusste nicht, was ich wollte. Ich war viel zu jung, um Mutter zu sein, habe mich wie Du gegen dieses ganze System gesträubt. Ich kann Dir gar nicht oft genug sagen, wie froh ich bin, dass Du mir meine Fehler von damals verzeihst. Du weißt, dass ich mir sehr viele Vorwürfe deswegen gemacht habe. Wenn ich noch einmal die Chance bekäme, würde ich vieles anders machen. Danke, dass Du mir eine Chance gibst, Dir jetzt wenigstens eine gute Freundin zu sein.

Doch jetzt höre ich mit diesen Gefühlsduseleien auf! Ich habe mir überlegt, nächsten Sommer, wenn Du Dein Fachabitur gemacht hast, mit Dir zu verreisen, und würde mich sehr freuen, wenn Du das Angebot wahrnähmst. Zeit und Ziel bestimmst allein Du. Es gibt so viele Orte, die ich noch nicht gesehen habe, so viele Kulturen, die mich interessieren, so viele andere Traditionen, die ich kennen lernen möchte. Und ich hätte Dich gerne dabei! Aber das können wir ja alles noch genau besprechen, wenn ich Dich in Deiner neuen Wohnung besuche.

Ich hatte Dir doch versprochen, bei meinem nächsten Besuch für Dich zu kochen. Sag mir doch davor noch Bescheid, was Du am liebsten essen würdest, damit ich weiß, was ich mitbringen muss. Besitzt Du überhaupt einen Topf? So wie ich Dich kenne, bringe ich dann wohl mal lieber meine halbe Kochausrüstung mit.

Jetzt ist es schon spät, und ich muss langsam zum Schluss kommen. Ich wünsche Dir noch eine schöne, erholsame Zeit in Spanien und hoffe, Du freust dich ein bisschen, wenn Du bei Deiner Rückkehr meinen Brief im Briefkasten vorfindest. Und natürlich wünsche ich Dir viel Kraft und Durchhaltevermögen bei Deinem nächsten Anlauf, Deine (entschuldige meine Ausdrucksweise) beschissene Essstörung endgültig zu besiegen. Du weißt: Rückschläge kann es immer geben, wichtig ist, dass Du es immer und immer wieder versuchst, bis es eines Tages klappt. Und das wird es, glaub mir! Du hast es Dir zum Ziel gesetzt, und ich weiß, dass Du Dir große Mühe gibst.

Doch jetzt ist es endgültig genug mit der Rederei.

Deine Mum Marlene